Sammlung Luchterhand 816

*Über dieses Buch*: Eine der berühmten Vater-Sohn-Geschichten oder das Berlin der kleinen Leute in den dreißiger Jahren: Aufgewachsen in Weißensee, im Nordosten von Berlin, beschreibt Wolfdietrich Schnurre, was er in den zwanziger und dreißiger Jahren erlebt hat, erzählt er vom Leben zwischen Fabrikschlot, Mietshaus und Laubenkolonie, von Lunapark und Bolzplatz, von der List und der Moral des alltäglichen Überlebens, von Festen, Malzkaffeeduft und Bierdunst.
»Idealisten hat es immer gegeben«, schreibt der Autor über seine Gestalten, »weltbewegende große und grashalmbewegende kleine. Hier treten zwei kleinere auf, ein bedingungsloser (der Vater) und ein bedingter (der Sohn). Daß die Handlungen der beiden so häufig zum Scheitern verurteilt sind, liegt am Wesen des Idealismus. Idealisten müssen scheitern, sonst wären sie keine.«

*Über den Autor:* Wolfdietrich Schnurre, geboren am 22. August 1920 in Frankfurt a.M., siedelte 1928 mit seinem Vater nach Berlin über, wo er eine sozialistische Volksschule und das Humanistische Gymnasium besuchte. Begann nach dem Krieg zu schreiben. Mitbegründer der Gruppe 47. Erhielt u.a. den Georg-Büchner-Preis (1983). Wolfdietrich Schnurre ist am 9. Juni 1989 gestorben.

Wolfdietrich Schnurre

# Als Vaters Bart noch rot war

*Ein Roman in Geschichten*

Luchterhand
Literaturverlag

Sammlung Luchterhand, Dezember 1988
Luchterhand Literaturverlag GmbH, Frankfurt am Main.  Lizenzausgabe mit freundlicher Genehmigung der Arche Verlag AG, Raabe + Vitali, Zürich.  Umschlagentwurf: Max Bartholl. Druck und Bindung: Ebner Ulm. Printed in Germany.
ISBN 3-630-61816-2

3 4 5 6 7 8 96 95 94 93 92 91

Inhalt

Berlin gewidmet

## RUSS IN DER LUFT

ALS ICH RUNTERGING an dem Morgen, standen überall die Flurfenster auf, und es roch im ganzen Haus nach Seifenlauge, Karbolineum und Scheuertuch. Es war Ende März und in den Nächten oft noch sehr kalt, aber jetzt prallte die Sonne aufs Pflaster, und überall auf den Höfen bellten die geprügelten Teppiche los, und das S-Bahn-Geräusch kam viel klarer vom Hochbahnhof rüber als sonst, und auch in der Stimme des Lumpensammlers, der auf der Straße nach Altpapier schrie, lag es drin, und sogar die Glocke des Milchmanns klang anders an dem Morgen.

Ich blieb einen Augenblick am offenen Fenster im zweiten Stock stehen und sah auf den Hof. Er war ummauert und asphaltiert, und links stand die Teppichklopfstange mit dem Schild, daß man nicht auf dem Hof spielen dürfte, und rechts war das Teerpappendach der Waschküche zu sehen, und dahinter standen die Müllkästen.

Ich hatte auf einmal keinen Appetit mehr; ich aß die Wurst vom Brot und warf die Stulle flach wie einen Bierdeckel aus dem Fenster. Sie segelte, ohne sich ein einziges Mal zu überschlagen, quer über den Hof, das Schmalz leuchtete weiß in der Sonne, und dann klatschte sie auf das Waschküchendach, schlitterte noch ein Stück, und dann blieb sie liegen.

Ich rutschte das Geländer hinab und kuckte unten noch mal aus dem Fenster. Das Brot sah man nicht mehr, weil man jetzt ja an der Waschküche raufblicken mußte, aber man hörte die Spatzen auf dem Dach, die sich um die Stulle zankten; und dann fiel sie auf einmal vom Dach runter, und das Rudel Spatzen stob hinterher und stürzte sich auf sie und kreischte und balgte sich um die Krümel.

Ich sah eine Weile zu; dann klingelte ich bei der schwachsinnigen Frau Kosanke und wartete, bis sie rausgehumpelt kam und streckte ihr die Zunge heraus. Aber es klappte nicht an dem Morgen; sonst hatte Frau Kosanke immer gekeift und gedroht und Fratzen geschnitten; aber diesmal sah sie nur mit zusammengekniffenen Augen durch mich hindurch und raus auf die Straße und ging wieder rein.

Ich ärgerte mich und klingelte noch mal. Doch Frau Kosanke rührte sich nicht. Da trat ich raus auf die Straße.

Gerade fuhr ein Brauereiwagen vorbei; zwei dicke glänzende Pferde zogen ihn, in ihren Kruppen spiegelte sich die Sonne, und sie hatten kupfernes Geschirr um und gaben sehr an mit ihrem roten Firlefanz über den Stirnen und den bastdurchflochtenen Mähnen. Auf dem Bock saßen zwei Brauer mit knallroten Backen und in weiße Jacken gezwängt; sie trugen Lederschürzen und ein messinggelbes Schild an der Mütze, und einem klemmte ein Kopierstift hinter dem Ohr, der ihn seitlich am Kopf ganz blau geschmiert hatte. An der Längsseite des Wagens pendelten Sandkissen hin und her, die brauchten sie zum Abladen der Fässer, weil sonst der Schupo kam und sagte, die Fässer hauten das Pflaster kaputt.

Der Wagen war bis obenhin vollgeladen. Der Geruch kam aber erst, als der Wagen schon fast vorbei war. Das war der herrlichste Geruch, den es gab, dieser Duft von schalem Bier, und der Geruch, der entsteht, wenn die Sonne auf leere Bierfässer scheint, und dazu noch der scharfe, in der Nase prickelnde Salmiakgeruch der schwitzenden Pferde.

Ich lief ein Stück mit; mir wurde richtig schwindlig von diesem Geruch. Und dann blieb ich stehen und machte die Augen zu, und da hatte ich den Geruch auf einmal wieder auswendig im Kopf und mir wurde plötzlich ganz wunderbar und großartig zumut, ich schrie laut auf und rannte über den Damm, und ein Auto quietschte, und der Chauffeur riß die Schlagtür auf und schimpfte hinter mir her.

Ich rannte erst noch ein Stückchen; dann kriegte ich Stiche, und ich sprang auf dem Pflaster herum, weil da eine Hopse aufgemalt war mit oben ‚Himmel' und unten ‚Hölle' und so; und da kam auch schon das kleine Mädchen, das sie gemalt hatte und sagte, das wäre seine Hopse, und ich dürfte da nicht drauf rumspringen. Da sprang ich aber gerade drauf rum, und das kleine Mädchen fing an zu weinen, und ich schubste es, so daß es hinfiel und schrie.

Ich rannte rasch auf die andere Straßenseite; dann ging ich wieder langsam und tat so, als wäre nichts weiter passiert und gab auf Zigarettenschachteln acht, weil man manchmal doch Bilder in ihnen fand.

Es war richtig warm in der Sonne, man hätte getrost schon trieseln oder mit Murmeln spielen können. Gerade als ich das so dachte, hatte ich plötzlich dasselbe Gefühl wie nachts, wenn ich aufwachte und wußte ganz sicher, jetzt mußte Vater gleich kommen, und da hörte man auch schon die Haustür gehen, und gleich darauf rasselte draußen das Schlüsselbund, und Vater schloß die Wohnungstür auf. Jetzt war es ähnlich; ich wußte, gleich mußte irgendwas Aufregendes passieren; es lag in der Luft, man merkte es deutlich; und ich blieb atemlos stehen und machte den Mund auf.

Und da kam es auch schon. Erst nur ein Wehen, dann ein Summen, dann ein paar Töne und schließlich Musik: ein Leierkasten, der erste Leierkasten in diesem Jahr. Er mußte sehr weit weg sein; jedesmal, wenn vorn über die Kreuzung eine Straßenbahn fuhr oder auch nur, wenn ein Auto an mir vorbeikam, übertönte das die Musik, und ich mußte mir große Mühe geben, sie darauf wieder ins Ohr zu bekommen.

Ich lauschte, bis mir das Herz im Hals schlug. Es war das gleiche Lied, das der Musikautomat damals spielte, als wir Vater aus dem Lokal abgeholt hatten. Vater hatte seine Stellung verloren, er lachte; er lachte sonst gar nicht, aber jetzt steckte er immer wieder einen Groschen in den Musikautomaten, und der spielte das Lied, und Vater summte und lachte dazu. Mama mochte das Lied gar nicht; aber mir hatte es eigentlich schon damals sehr gefallen. Doch jetzt, so über die Häuser weg und auf dem Leierkasten, klang es noch viel schöner. Und auf einmal kriegte ich riesige Angst, daß es aufhören könnte, und ich fing an zu zittern, und mein Herz klopfte wie rasend, und ich rannte los, der Musik nach.

Doch mit Rennen war da wenig zu machen; man mußte langsam gehen und leise und mußte Lastwagen und Motorräder vorbeilassen und immer wieder stehenbleiben und lauschen und den Atem anhalten und aufpassen, von woher der Wind kam; denn es war nicht einfach, die Richtung festzustellen, aus der es ertönte.

Ein bißchen näherte ich mich ihm so auch, aber richtig ins Ohr kriegte ich es nicht. Es war wie verhext, immer wenn ich dachte, eine Querstraße noch, war es plötzlich weiter weg als vorher; und manchmal war es auch gar nicht zu hören, und dann stand ich bloß da und trat von einem Fuß auf den anderen und preßte die Faust gegen den Mund, weil ich nicht losweinen wollte. Doch es kam immer wieder nach einer Weile, es blieb nie längere Zeit weg.

Ich lief weiter; ich wußte schon längst nicht mehr, wo ich war; es war auch nicht wichtig, wichtig war nur, zu dem Leierkasten zu kommen. Ich wurde immer erregter; ich merkte, daß ich anfing, müde zu werden, und ich hatte große Furcht, ich könnte auf einmal nicht mehr, und ich hätte den Leierkasten dann noch nicht gefunden.

Ich war jetzt in einem Viertel, wo es nur Fabriken gab; die Schornsteine sahen wie große, brandrote Zigarren aus, und überall ratterten Maschinen und zischte und hämmerte es. Aber es war merkwürdig, gerade hier war der Leierkasten jetzt so deutlich zu hören, wie vorher noch nie.

Ich fing eben an, das Lied ein bißchen mitzusummen, da heulte plötzlich eine Sirene auf, und gleich darauf eine zweite und dritte, und auf einmal tuteten in allen Fabriken ringsum die Sirenen, und die Tore gingen auf, und die Arbeiter kamen heraus.

Ich rannte in eine Seitenstraße, doch auch hier wimmelte es von Arbeitern. Ich rannte zurück, aber es waren überall Arbeiter jetzt, und überall in der Luft war dieser

Sirenenton. Ich schrie, ich heulte und schlug um mich; aber sie lachten nur, und dann packte mich einer und zerrte mich zu einem Schupo.

Doch ich riß mich los und rannte weg; und dann hörte auf einmal der Sirenenton auf, und die Straße war wieder leer.

Ich blieb stehen und lauschte. Ich hielt den Atem so lange an, bis ich dachte, der Kopf müßte mir platzen –: nichts; der Leierkasten blieb still, die Sirenen hatten ihn stumm gemacht. Da setzte ich mich auf den Rinnstein und wünschte, ich wäre tot.

Das schönste Spielzeug, das ich gehabt habe, ist ein Nußknacker gewesen, dem der Unterkiefer fehlte, weil Hertha mal Wallnüsse mit ihm geknackt hatte, wo der Nußknacker doch bloß für Haselnüsse gemacht war. Er hieß Perkeo, und ich nahm ihn immer mit ins Bett, und sonntags hatte er Ausgang, da traf er sich mit einem Meerschweinchen, das Josefa hieß.

Josefa gehörte Hertha, und Hertha war meine Braut. Sie wohnte uns gegenüber; sie saß den ganzen Tag in einem Rollstuhl, weil sie ein Gipskleid anhatte, das war zu steif zum Laufen.

Wir hatten ausgemacht, wenn Hertha stürbe, sollte ich Perkeo mit in den Sarg tun und Josefa zu mir nehmen; denn Josefa war unser Kind.

Hertha hat immer gewußt, daß sie bald sterben würde; sie war nicht traurig darüber. Sie sagte, das wäre gar nicht so schlimm, was denn schon sein sollte; und als sie dann tot war, da hatte sie auch ein ganz liebes Gesicht, und ich wunderte mich bloß, daß alle so weinten.

Mama war auch rübergekommen; sie weinte am meisten. Als sie sah, daß ich nicht weinte, bekam sie ganz böse Augen und sie sagte nachher, ich wäre herzlos.

Am nächsten Tag nahm ich den Nußknacker und ging zu Herthas Mutter. Ich sagte, ich wollte den Nußknacker jetzt in den Sarg tun.

Aber Herthas Mutter schluchzte auf einmal, sie sagte, wie ich so was nur aussprechen könnte; sie könnte sich gar nicht vorstellen, wieso Hertha mich so gemocht hätte, und ich wäre ja ein furchtbares Kind.

Ich war wütend auf Herthas Mutter; und obwohl Mama mich feingemacht hatte, ging ich nicht zum Begräbnis sondern ich ging Kaulquappen fangen an dem Tag; und als ich am Abend dann wiederkam, da hatte ich lauter Entengrütze an der Hose, und der Jackenkragen und die

Schuhe waren auch eingesaut, und Vater schimpfte mit mir, und Mama bekam wieder ganz böse Augen, und sie sagte, na, also von ihr hätte ich das jedenfalls nicht.

Um sie zu bestrafen, fehlte ich am nächsten Tag in der Schule. Ich hatte den Nußknacker in den Ranzen gepackt und ging auf den Friedhof.

Ich wußte nicht, wo Hertha lag; aber ein Mann, der auf einem Hügel saß und Kaffee trank, sagte es mir; und er nahm seine Schippe auf und kam mit.

Ob das meine Schwester gewesen wäre.

«Nein», sagte ich, «meine Braut.»

«So», sagte der Mann. «War sie denn nett?»

«Ja», sagte ich, «sehr.»

«Schlimm, schlimm», sagte der Mann.

«Hertha hat keine Angst gehabt», sagte ich.

«So», sagte der Mann.

Ich packte den Nußknacker aus und fragte den Mann, ob er mir seine Schippe mal borgen könnte, ich wollte das Grab aufmachen, um Hertha den Nußknacker noch reinzutun.

«Verdammt», sagte der Mann, «konntest du das denn nicht vorher erledigen?»

Ich sagte ihm, ich hätte es ja gewollt, aber Herthas Mutter, die hätte gesagt, ich wäre ein furchtbares Kind; na, und da wäre ich weggegangen und zum Begräbnis wäre ich auch nicht gekommen.

«Hast nichts versäumt», sagte der Mann.

«Aber wie krieg ich jetzt den Nußknacker rein», fragte ich; «ich hab es ihr doch ganz fest versprochen.»

«Stell ihn doch auf das Grab», sagte der Mann.

«Daß die ihn klauen», sagte ich; «nee.»

«Verdammt», sagte der Mann; «ja.»

Ich fragte ihn, ob es denn verboten wäre, das Grab aufzumachen.

«Eigentlich ja», sagte er.

«Aber vielleicht, wenn's dunkel ist», sagte ich.

«Das könnte gehn», sagte der Mann.

Ich fragte ihn, wann ich kommen sollte, und er sagte, um acht.

Ich ging erst gar nicht nach Hause, ich ging an den Faulen See, Kaulquappen fangen. Mittags nahm ich ein bißchen Futter aus dem Fasanenhäuschen, Sonnenblumenkerne und Hirse, das aß ich auf. Dann sah ich noch den Bleßhühnern zu, und am Abend fragte ich dauernd, wie spät es wäre, und um acht ging ich zum Friedhof.

Der Mann war schon da; er saß auf einem der Hügel und rauchte; seine Schippe lag neben ihm. «Wir müssen noch warten», sagte er; «es ist noch nicht dunkel genug.»

Ich setzte mich zu ihm, und wir hörten den Amseln zu. Dann kamen die Fledermäuse; und als es ganz dunkel war, da sagte er, so, jetzt könnten wir anfangen.

Wir räumten die Kränze weg; dann fing er an zu graben, und ich paßte auf, daß auch niemand vorbeikäme.

Der Mann grub sehr schnell.

Ich ging auf und ab, und auf einmal gab es ein dumpfes Geräusch, und man hörte, wie die Schippe auf was Hölzernem entlangschabte.

Der Mann fluchte; es rumpelte; und dann fragte er mich, ob ich sie mir noch mal ansehen wollte.

«Wozu», sagte ich; «ich hab sie im Kopf»; und er sollte den Nußknacker nur reintun.

«Schon geschehn», sagte der Mann.

Ich sah, wie er eine Taschenlampe anknipste; der Lichtkegel stand einen Augenblick still, dann war das Licht wieder weg. Der Mann stieg heraus, und jetzt hörte man auch wieder die Erdklumpen aufschlagen.

Als wir die Kränze ordentlich draufgelegt hatten, hob mich der Mann über die Mauer. «Wehe, du erzählst einem was.»

«Wem soll ich es denn erzählen», sagte ich.

«Weiß *ich* doch nicht», sagte er.

«So was, das hätte man nur Hertha erzählen können», sagte ich.

«Ja», sagte der Mann, «sie sah sehr schön aus.»

«Hast du sie auch gekannt?» fragte ich.

«Nee», sagte der Mann. «Los, mach jetzt, daß du wegkommst.»

«Ja», sagte ich; «und schönen Dank auch.»

«Komm, hör auf», sagte der Mann. Sein Kopf verschwand hinter der Mauer; dann hörte ich, wie er den Kiesweg entlangging.

Ich bin sehr ausgeschimpft worden an dem Abend; und daß der Nußknacker weg war, haben sie auch gemerkt. Ich habe gesagt, er wäre beim Kaulquappenfangen ins Wasser gefallen.

Am nächsten Tag ging ich rüber, Josefa abholen.

Herthas Mutter war aber nicht da; das Mädchen sagte, sie wäre auf Wohnungssuche.

Ich sagte, sie hätte aber doch eine Wohnung.

«Ja», sagte das Mädchen; «aber hier erinnert sie alles an Hertha.»

Ich verstand sie nicht gleich; ich sagte, ich käme eigentlich Josefa abholen, ich hätte mit Hertha doch abgemacht, für sie zu sorgen.

«Josefa –?» fragte das Mädchen; «die hat die Alte an irgend so 'ne Tierhandlung verkauft.»

«Aber sie hat doch Hertha gehört», sagte ich.

«Eben», sagte das Mädchen.

Da verstand ich; ich war jetzt nur froh, daß Hertha noch den Nußknacker bekommen hatte.

NIEMAND MOCHTE ihn leiden. Er hatte ein spitzes, blasses Gesicht, war kleiner als wir, hatte schwarze Locken, lange Koteletten, dicke Brauen und Beine, die aussahen wie Häkelhaken, so dünn waren sie.

Vater sagte, er wäre sehr klug, und wir sollten uns schämen, daß wir nicht mit ihm spielten; doch wir wollten uns nicht mit ihm abgeben, und Heini sagte, das fehlte gerade noch, daß wir uns mit einem Itzig auf dem Buddelplatz zeigten.

Ich wußte nicht, was ein Itzig war, aber Heini sagte, was Schlimmes, und darum paßte ich gut auf, damit ich ihm nicht doch noch mal in den Weg liefe.

Aber einmal hat er mich trotzdem erwischt.

Es war auf dem Buddelplatz; wir hatten eine Sandburg gebaut, und Heini und Manfred waren weg, Kies für die Auffahrt besorgen. Ich saß im Buddelkasten und paßte auf, daß die anderen Kinder die Burg nicht kaputtmachten, und auf einmal sah ich ihn drüben hinter dem Springbrunnen vorkommen. Eigentlich wollte ich wegsehen, aber irgendwie kriegte ich es nicht fertig; und so saß ich bloß da und sah zu ihm rüber.

Er lief mit ganz kleinen, komisch trippelnden Schritten, die Füße sehr weit nach außen gestellt, und unterm Arm trug er eine funkelnagelneue Schippe, die leuchtete in der Sonne und hatte einen langen gelben Stiel, auf dem noch das Fabrikzeichen klebte.

Jetzt erkannte er mich und kam rüber. Ich sah schnell weg, aber zum Glück waren die anderen Kinder alle nicht aus unserer Straße und kannten Veitel nicht.

Er blieb am Rand des Buddelkastens stehen und sagte, daß ich da aber 'ne schicke Burg hingesetzt hätte.

Ich sagte, die hätten Heini und Manfred genauso gebaut, und ich, ich paßte bloß auf, daß sie uns keiner kaputtmachte.

Wie das wäre, fragte er, ob man denn hier einfach so losbuddeln könnte, oder ob das was kostete.

Nee, sagte ich, das kostete nichts.

Die Sache wäre nämlich so, sagte er, er buddelte heute zum ersten Mal, sein Vater hätte gesagt, er sollte nur einfach zum Spielplatz gehen, da fände er bestimmt Kinder, die ihn mitspielen ließen.

Ich war still und sah weg; ich hatte Angst, Heini und Manfred könnten zurückkommen und sehen, wie ich mich mit ihm abgab.

«Willst *du* nicht vielleicht mit mir spielen?» fragte er da auf einmal.

Ich sah entsetzt an ihm hoch, und da sah ich erst richtig, wie häßlich er war. «Nee», sagte ich und schüttelte heftig den Kopf.

«Warum nicht», sagte er und wurde plötzlich ganz weiß.

«Darum», sagte ich.

Da drehte er sich um und ging weg. Er lief mit ganz kleinen, komisch trippelnden Schritten, die Füße sehr weit nach außen gestellt, und unterm Arm trug er seine neue Schippe, in der sich die Sonne spiegelte.

Ein paar Wochen vergingen, und dann sagte Manfred mal, Veitel wäre krank. Ich hätte ganz gern gewußt, was ihm fehlte, aber ich getraute mich nicht zu fragen, ich hatte Angst, Heini könnte glauben, ich hätte Mitleid mit Veitel, und ich hatte doch gar keins.

Aber eines Tages sagte Vater mal zu uns bei Tisch, wir sollten doch nachher noch mal rüberkommen zu ihm, er hätte uns was zu sagen; und als wir uns reinschoben zu ihm, da standen zwei Körbchen voll Erdbeeren vor ihm, und er sagte, die sollten wir Veitel jetzt bringen, und wir sollten uns doch auch ein bißchen mit ihm unterhalten.

Heini zog gleich einen Flunsch, doch Vater fragte, ob wir denn überhaupt wüßten, was los wäre mit Veitel.

Nein, sagten wir.

«Er ist an beiden Beinen gelähmt», sagte Vater, «und wahrscheinlich wird er nie wieder laufen können.»

Ich sah Heini an; aber Heini hatte die Augen zusammengekniffen und sah aus dem Fenster.

«Los», sagte Vater, «jetzt geht; und vergeßt ja nicht, auch ein bißchen nett zu ihm zu sein.»

Draußen nahm mich Heini beiseite. «Hör zu», sagte er, «dein Alter meint's gut, soviel ist klar. Aber 's geht einfach nicht, wir können dem Veitel die Erdbeeren nicht bringen.»

«Aber warum denn nicht?» fragte ich.

Heini knabberte an seiner Lippe. «Warum nicht? Na, Mensch, weil er dann denkt, wir wolln uns anschmiern bei ihm!»

Darauf zog er mich unter die Treppe, und wir aßen die Erdbeeren auf.

Als Vater uns beim Abendbrot fragte, was Veitel gesagt hätte, antwortete Heini, na, gefreut hätte er sich, und wir sollten doch bald mal wieder mit rankommen.

Vater lobte uns; er seufzte und er sagte, wenn mal bloß alle so einsichtig wären wie wir.

Ja, sagte Mama, bestimmt fühlten sich Veitels Leute dann wohler, denn das Schlimmste wäre Hochmut und das Zweitschlimmste Unachtsamkeit.

Ich kuckte zu Heini rüber, er hatte die Augen zusammengekniffen und sah aus dem Fenster; doch er nickte.

Da nickte ich auch; aber ich merkte, ich war rot geworden, und ich hatte auch auf einmal gar keinen Hunger mehr; dabei hatte ich noch gar nichts gegessen an diesem Abend.

Am nächsten Tag passierte was Komisches.

Wir saßen beim Mittagessen, da klingelte es; Mama ging raus, und als sie zurückkam, da lachte sie und sie sagte: «Na, seht ihr, alles trägt seinen Lohn: Veitels Eltern haben das Mädchen geschickt, und ihr seid eingeladen zu Veitels Geburtstag; morgen um fünf sollt ihr da sein.»

Ich schielte zu Heini rüber; der sah starr auf den Teller.

«Na, hört mal», sagte Vater, «freut ihr euch denn nicht?»

«Doch, doch», sagte ich schnell.

«Ja, sehr», sagte Heini.

Nach dem Essen gingen wir gleich auf den Spielplatz, wo wir uns mit Manfred verabredet hatten.

Manfred saß auf dem Rand des Buddelkastens, er baumelte mit den Beinen und sah vor sich hin.

Was denn los wäre, fragten wir ihn.

«Ach, Mensch», sagte er.

Heini kniff die Augen zusammen. «Jetzt sag bloß, der Veitel hat dich auch eingeladen.»

«*Auch* –?» sagte Manfred; «tatsächlich, bei euch war die auch?»

Wir erzählten ihm alles und dann überlegten wir, was an der Sache für ein Haken sein könnte.

Heini war der Meinung, es handelte sich um eine Falle; Veitel wollte sich bloß an uns rächen, das wäre alles.

«Das Beste», sagte Manfred, «man geht gar nicht hin.»

«Bist du verrückt!» sagte Heini; «daß die noch denken, wir haben Schiß. Nee, hin müssen wir jetzt; bloß wie.»

Es war nicht einfach, das Richtige rauszufinden, aber schließlich einigten wir uns: Wir nahmen die Einladung an, doch nicht ohne Revolver.

Wir holten gleich Geld aus dem Sparkassenschwein und kauften uns jeder drei Zündplätzchenrollen.

«Besser ist besser», sagte Heini; «so biste auf alles gefaßt.»

Am nächsten Tag mußten wir erst mal in die Badewanne, dann schickte Mama uns zum Frisör, und dann mußten wir unsere Matrosenanzüge anziehen, bekamen saubere Kragen um und durften nichts anfassen und mit nichts spielen und uns nicht hinsetzen draußen und gar nichts.

Heini knirschte mit den Zähnen, er tat die erste Zündplätzchenrolle in den Revolver und sagte, na, das sollte er uns aber büßen, der Itzig.

Wir trafen uns mit Manfred im Park.

Manfred hatte seinen Revolver auch schon geladen, und

Heini und er, sie aßen erst mal die Pralinen auf, die Mama uns für Veitel mitgegeben hatte.

Unterwegs trafen wir dann auch noch andere Kinder aus unserer Straße, die auch alle ihre Sonntagskleider anhatten und zu Veitels Geburtstagsfest gingen. Wir überlegten, ob wir ihnen sagen sollten, daß sie in eine Falle liefen; aber Heini war der Meinung, es wäre besser, wir behielten es erst mal für uns, Veitel schöpfte sonst bloß Verdacht.

Veitels Eltern wohnten in einer geräumigen Villa mit einem großen Garten drum herum. Wir klingelten, und das Mädchen kam raus und nahm uns die Mützen ab und führte uns in ein Zimmer, in dem lauter Kerzen brannten, und ein mächtiger Tisch war gedeckt, und überall standen Kinder aus unserer Straße herum und aßen Kekse und tranken Saft, und ganz oben am Tisch saß Veitel und blickte vor sich hin auf den Teller.

Wir bekamen einen sehr großen Schreck, als wir ihn sahen. Alles Häßliche aus seinem Gesicht war weg, seine Stirn leuchtete, und er sah ganz zart und zerbrechlich aus und war richtig schön.

Wir blieben dicht an der Tür stehen, wir hofften, da sähe er uns nicht; aber da kam schon das Dienstmädchen auf uns zu, und es sagte, wir möchten doch zu ihm kommen, damit er uns Guten Tag sagen könnte.

Wir zögerten erst, aber dann gingen wir doch hin, und Veitel lachte und gab uns die Hand, und er sagte: «Ich freu mich kaputt, daß ihr da seid.»

Manfred schluckte und fragte, wie es ihm ginge.

«Danke, gut», sagte Veitel.

Dann kam das Dienstmädchen wieder und goß Kakao ein, und wir setzten uns alle. Ich saß links von Veitel, Heini saß rechts von ihm. Manfred saß weiter unten am Tisch, er hatte Glück gehabt, er war beim Plätzeverteilen beiseite getreten.

Der Kakao schmeckte sehr gut, und der Kuchen war auch wunderbar.

Einmal kam Veitels Mutter rein; sie war schwarzhaarig wie er und sehr dick und sehr nett und sie trug einen kleinen Bart auf der Oberlippe. Sie ging überall herum und fragte, ob wir auch satt würden, und ob es auch schmeckte, und dann sagte sie, wir sollten ja nicht vergessen: am Abend, da gäbe es noch eine Überraschung für alle.

Die anderen Kinder waren alle sehr fröhlich. Nur Heini und ich waren nicht fröhlich, und Manfred wohl auch nicht, aber das sah man nicht so, der aß bloß dauernd.

Veitel dagegen war richtig aufgekratzt. Immer wieder fragte er uns, ob wir denn auch genug hätten und wir sollten doch nur zugreifen, und auch das Dienstmädchen fragte er dauernd, ob denn genug Kuchen und genug Kakao da wären, es sollte bloß nicht knauserig sein und sollte allen genug geben. Dabei aß Veitel selber fast gar nichts, er rührte nur immer in seiner Tasse herum und schüttelte ein bißchen den Kopf und lächelte vor sich hin.

Ich wäre sehr gern auch fröhlich gewesen, aber ich konnte tun, was ich wollte, es wurde nichts draus. Ich weiß nicht, warum, ich mußte dauernd dran denken, wie Veitel auf dem Spielplatz damals von mir weggegangen war mit diesen kleinen, komisch trippelnden Schritten, die Füße sehr weit nach außen gestellt, und unterm Arm die neue Schippe mit dem langen gelben Stiel, in dem sich die Sonne spiegelte.

Veitel merkte, daß ich was hatte, und auch daß Heini was hatte, begriff er sehr schnell; er sah uns ein paarmal an und lachte, und nicht viel hätte gefehlt, und ich wäre weggerannt.

Gott sei Dank kam aber dann Veitels Vater rein; der war auch sehr nett, und er sagte, wer fertig wäre und Lust hätte, der sollte jetzt mit in den Garten raus kommen, da sollten Sackhüpfen und Eierlaufen stattfinden, und man könnte auch Kricket spielen.

Wir rannten gleich los, und Heini und ich, wir rannten sogar noch schneller als alle anderen.

Dann fing das Sackhüpfen an; das machte großen Spaß.

Heini gewann dreimal, weil er so lange Beine hatte, und einmal gewann ich auch selber, und alle klatschten, und Veitels Vater kam angerannt, er war ganz außer Atem, weil er sich um alles zugleich kümmerte, und er steckte jedem von uns eine Papierblume an und klopfte uns auf die Schulter und sagte, wirklich, das hätten wir großartig gemacht eben.

Manfred stand erst abseits, aber dann machte er auch mit und schließlich wollte er gar nicht mehr aufhören und hüpfte und hüpfte, und dabei hatten die anderen schon längst angefangen, Blindekuh zu spielen.

Das Eierlaufen ließen wir die Mädchen machen, *wir* spielten Kricket. Das war sehr aufregend, weil man dabei doch so achtgeben muß, daß die Kugel auch richtig durchs Tor geht.

Wir spielten ziemlich lange, und auf einmal fing es an, dunkel zu werden, und vom Haus her rief Veitels Mutter, so, und jetzt wäre es soweit, hier wartete die Überraschung auf uns.

Wir liefen sofort alle hin, und da lagen auf einem Tisch lauter zusammengefaltete Lampions und Bündel von Stökken und Schachteln mit Kerzen, und Veitels Vater befestigte die Kerzen, und Veitels Mutter klappte die Lampions auf und hängte sie an die Stöcke.

Ich bekam einen sehr schönen; er sah aus wie ein Mond und hatte blaue Augen und einen lachenden Mund, in dem man die Zähne sah.

Es dauerte eine ganze Weile, bis wir alle einen Lampion hatten. Dann stellten wir uns auf, und Veitels Vater lief aufgeregt mit einer brennenden Kerze die Reihen entlang und zündete behutsam die Lichter an.

Als alle Lampions dann hell waren, da schienen schon richtig die Sterne, und vorn fingen ein paar Mädchen an, leise das Laternenlied zu singen.

«Kommt aber zurück!» rief Veitels Mutter; «es gibt noch Abendbrot hinterher!»

Dann setzte sich unser Zug in Bewegung.

Wir liefen erst einmal im Garten herum. Als die ersten dann wieder am Haus vorbeikamen, da sah ich Veitel.

Er saß in einem Lehnstuhl auf der Veranda. Seine Augen waren sehr groß. Er hatte eine Decke um die Beine und eine Baskenmütze auf, man hatte den Eindruck, er wollte verreisen. Seine Eltern standen hinter ihm, sie hatten ihm die Hand auf die Schulter gelegt und sahen freundlich, doch ohne zu lächeln, zu uns herüber.

Ich war ziemlich weit hinten im Zug, ich hatte Angst, einer könnte meinen Lampion kaputtmachen. Als aber die Spitze des Zuges dann in den Kiesweg einbog, der auf die Straße raus führte, da rannte ich vor und hielt das Gartentor auf.

Es sah wunderbar aus, die Lampions so heranschweben zu sehen, auf die Veranda und auf Veitel und seine Eltern fiel dabei immer ein anderes Licht: mal ein blaues, mal ein grünes, mal ein rotes, mal ein gelbes. Jetzt sangen alle Kinder das Laternenlied. Ich wartete, bis sie heranwaren, dann drängte ich mich zwischen sie und sang mit.

## DER VERRAT

MIT EINEM SCHLAG war es Frühling. Auf der abgestorbenen Ulme im Hof sang früh eine Drossel, die Spatzen verschwanden mit ellenlangen Strohhalmen hinter der Dachrinne, und in den Schaufenstern der Papierhandlungen waren rotgelbe Triesel und stumpf glänzende Murmeln zu sehen.

Vater stand jetzt wieder früher auf, und wir gingen morgens immer in den Tiergarten, wo wir uns auf eine Bank in der Sonne setzten und dösten oder uns Geschichten erzählten, in denen Leute vorkamen, die Arbeit hatten und jeden Tag satt wurden.

War die Sonne mal weg, oder es regnete, gingen wir in den Zoo. Wir kamen umsonst rein; Vater war mit dem Mann an der Kasse befreundet.

Am häufigsten gingen wir zu den Affen; wir nahmen ihnen meist, wenn niemand hinsah, die Erdnüsse weg; die Affen hatten genug zu essen, sie hatten bestimmt viel mehr als wir.

Manche Affen kannten uns schon; ein Gibbon war da, der reichte uns jedesmal alles, was er an Eßbarem hatte, durchs Gitter. Nahmen wir es ihm ab, klatschte er über dem Kopf in seine langen Hände, fletschte die Zähne und torkelte wie betrunken im Käfig umher. Wir dachten zuerst, er machte sich über uns lustig; aber allmählich kamen wir dahinter, er verstellte sich nur, er wollte uns der Peinlichkeit des Almosenempfangens entheben.

Er sparte richtig für uns. Er hatte eine alte Konservenbüchse, in die tat er alles, was man ihm am Tag zu essen gegeben hatte, hinein. Wenn wir kamen, sah er sich jedesmal erst besorgt um, ob uns auch niemand beobachten könnte; dann griff er in seine Büchse und reichte uns die erste Erdnuß, nachdem er sie sorgfältig am Brustfell saubergerieben hatte, durchs Gitter.

Er wartete, bis wir eine Nuß aufgegessen hatten, darauf

reichte er uns die nächste hinaus. Es war mühsam, sich da nach ihm zu richten; aber er hatte wohl seine Gründe für diese umständliche Art, uns die Nüsse zu geben; und wir mochten ihn auch nicht beleidigen, denn er hatte Augen, so alt wie die Welt, und Vater sagte immer: «Wenn das stimmt mit der Seelenwanderung und so, dann wäre es wohl das Beste, als Gibbon wiederzukommen.»

Einmal fanden wir ein Portemonnaie mit zwanzig Pfennigen drin. Erst wollten wir uns Brötchen kaufen; aber dann nahmen wir uns zusammen und kauften dem Gibbon ein Viertelpfund Rosinen dafür.

Er nahm die Tüte auch an. Er öffnete sie vorsichtig, roch behutsam am Inhalt, und darauf nahm er Rosine um Rosine heraus und legte sie achtsam in seine Konservenbüchse; und als wir am nächsten Tag kamen, reichte er uns das ganze Viertelpfund wieder, Rosine um Rosine, durchs Gitter, und uns blieb nichts weiter übrig, als sie zu essen; denn er war leicht zu verstimmen.

Einige Tage später war große Aufregung im Affenhaus. Der Zoodirektor war drin und schnauzte den Oberwärter an, und der Oberwärter schnauzte den Wärter an, und der Wärter schnauzte die Leute, die drum herumstanden an, und endlich kam raus: die Käfigtür hatte offengestanden, und der Gibbon war weg.

Uns ging es gerade wieder ein bißchen besser an dem Tag; wir hatten zwei Mark mit Teppichklopfen verdient und dem Gibbon eine Banane gekauft. Wir liefen den ganzen Tag über herum und halfen dem Wärter ihn suchen – umsonst. Da vergruben wir die Banane im Tiergarten und schworen uns, sie auch beim ärgsten Hunger nicht auszugraben; sie sollte ein Opfer sein; wir hofften, damit zu erreichen, daß dem Gibbon kein Unglück passierte.

Am nächsten Tag waren wir wieder im Zoo; den Gibbon hatte niemand gesehen. Es suchte ihn auch schon gar keiner mehr; die Wärter sagten: «Der ist abgehauen in den Tiergarten rüber.» Aber wir suchten trotzdem weiter nach ihm, allerdings nicht mehr sehr lange; wir waren zu traurig.

Den Rest des Tages saßen wir bloß vor seinem leeren Käfig und starrten hinein; und dann fing die Sonne an unterzugehen, und Vater sagte: «Komm, laufen wir noch ein bißchen herum.»

Der Abend war milde. Die Eingänge waren schon zu, aber wir kannten ein Loch in der Mauer hinter dem Verwaltungsgebäude, da konnte man durchkriechen. So hatten wir Zeit jetzt und sahen den Löwen zu, die zum Abendbrotnachtisch den Rost von den Käfigstangen leckten und besuchten das Nilpferd, das schon in seinem gekachelten Stall war und, vom Lichtwiderschein einer nackten Glühbirne verschönt, vor einem Heufuder stand und genüßlich auf einem Ampferhalm kaute.

Auf einmal hielt mich Vater am Arm fest. «Da –!» sagte er heiser und nickte zu der Eichengruppe im Rentiergehege hinüber.

Man mußte die Augen zukneifen, es war zuviel Abendrot-Gold in den Zweigen. Aber dann sah auch ich ihn: dort hing er, an einem seiner langen Arme baumelnd, im Licht der schläfrigen Sonne und lauste sich wohlig.

Wir sahen uns erst sorgfältig um, ob auch keiner der Wärter den Gibbon entdeckt hätte, dann stellten wir uns unter das überhängende Dach des Rentiergeheges und beobachteten ihn.

Das Abendrot mischte sich langsam mit Grau. Man hörte die S-Bahn vom Hochbahnhof rüber und die Seehunde jauchzen; ein Pfau kreischte fern, und auf der Marmorbüste des ersten Direktors saß eine Amsel mit einem sich krümmenden Regenwurm im Schnabel. Es roch nach Frühling, nach Raubtier und nach Benzin; die Luft war wie aus gläsernem Spinnweb gesponnen.

Der Gibbon hatte seine Arbeit jetzt unterbrochen, er stand freihändig, die Arme ausgebreitet wie zögernde Flügel, auf seinem waagrechten Ast und hatte die flache Nase witternd zum Zenit aufgehoben.

Plötzlich stieß er einen schnalzenden Freudenlaut aus, seine Spachtelhände griffen einen höheren Ast, er schwang sich einmal vor, einmal zurück, und dann flog er mit einem riesigen Satz zum Nachbarbaum rüber und von dem zum nächsten Baum hin; Vater und ich rannten aufgeregt mit.

Aber auf einmal blieben wir stehen, und ich dachte, das Herz ginge mir kaputt vor Schreck: Wieder flog der Gibbon jetzt durch die Luft, er wollte zu der Baumgruppe im Wildschweingehege hinüber. Aber er hatte sich in der Entfernung verschätzt, mitten im Sprung brach die Brücke seines Schwungs plötzlich ab; es sah aus, als stünde er einen Augenblick verloren und ratlos still in der Luft; dann stürzte er Hals über Kopf ins Wildschweingehege.

Ich wollte schrein, aber ich bekam keine Luft; da rannte ich Vater nach und half ihm, aufs Gitter zu steigen. Er wickelte sich oben den Mantel um den Arm, und dann sprang er hinab.

Es war höchste Zeit, schon standen drei ruppige Wildschweine um den Gibbon herum; sie grunzten böse, und eins, dem vier mächtige gelbe Hauer aus der Steckdosenschnauze ragten, hatte einen der langen Arme des Gibbon gepackt und zerrte an ihm.

Vater hielt sich den Mantelknäuel vor den Bauch und gab dem Wildschwein einen Tritt. Es bekam einen Schreck; es ließ den Gibbon los und sprang quiekend zur Seite. Vorsichtig hob Vater den Gibbon nun auf und zog sich im Zeitlupentempo mit ihm zum Gitter zurück.

Ich war raufgeklettert und nahm ihm den Leblosen ab; er war wie tot; ich wunderte mich, wie leicht er sich anhob.

Jetzt hatte sich das Wildschwein wieder gefaßt, es gurgelte eine Beschimpfung und raste mit gesenktem Schädel auf Vater zu. Der duckte sich und sprang zur Seite, und der Kopf des Wildschweins krachte gegen das Gitter. Es war sehr benommen darauf und die Pause, die es zum Nachdenken brauchte, benutzte Vater, um wieder rüberzukommen.

Nun rannten alle Wildschweine ans Gitter und hoben die Rüssel und beschimpften uns grunzend und sahen uns heimtückisch an.

«Tut mir leid», sagte Vater zu dem, das sich den Kopf gerammt hatte; «war leider nicht anders zu machen.»

Dann packten wir den Gibbon in Vaters Mantel ein und schlichen auf Umwegen zu dem Loch in der Mauer; wir wollten nicht gern gesehen werden, denn der Zoo-Arzt war Veterinär, «und Pferde-Doktoren», sagte Vater, «die verstehen sich nun mal auf Affenseelen nicht gut.»

Doch es sah beinah so aus, als hätte der Gibbon *seine* schon ausgehaucht. Als Vater ihn zu Hause aufs Bett legte, war nicht mal sein Atem zu spüren.

Vater horchte ihn ab.

Ich hielt so lange die Luft an, bis ich dachte, das Herz bliebe mir stehen. «Na –?» fragte ich schließlich.

Vater richtete sich auf; er räusperte sich, seine Stimme klang heiser. «Er lebt», sagte er dann.

Drei Tage lang machten wir kein Auge zu; wir saßen nur am Bett und krampften die Fäuste zusammen und schworen, dem Schicksal mindestens eine Mark einzugraben, wenn es den Gibbon wieder zu sich kommen ließe.

Am dritten Tag fing er dann auch an zu reden im Fieber; es war eine merkwürdige, sanfte und ans Zerbrechen von Gummibaumblättern erinnernde Sprache.

«Er redet vom Urwald», sagte Vater; «und wohl auch von seinen Geschwistern und von den schmackhaften Käfern und Larven und zarten Lianentrieben, die er zu Hause gegessen hat.»

Einmal wachte er auch auf und sah uns an. Er fletschte etwas die Zähne, aber wir waren nicht sicher, ob es ein Lächeln bedeutete. Immerhin, er nahm uns ein wenig Milch ab, und am nächsten Tag aß er sogar schon Kartoffelpüree mit geriebenen Mohrrüben drin. Er schien sich nichts gebrochen zu haben; nur seine Seele hatte den Sturz zu den Wildschweinen noch nicht überwunden; sie hatte wohl schon zu viel Freiheit gewittert und konnte sich nun nicht so recht damit abfinden, wieder gefangen zu sein. Auch die Stelle, an der ihn das Wildschwein gebissen hatte, begann ihm jetzt zu schaffen zu machen.

Zum Glück hatten wir bei der Apotheke Kredit; Vater legte dem Gibbon einen Verband an, und in den folgenden Tagen machten wir auch die ersten Gehversuche mit ihm. Wir nahmen ihn jeder an eine Hand und gingen langsam mit ihm im Zimmer umher. Das mochte er gern; er sah zu uns auf und fletschte die Zähne dazu. Aber er hielt nie lange durch, er war noch zu schwach; der Sturz mußte wohl doch allerhand in ihm durcheinandergeschüttelt haben.

Leider hatten wir nur in der Apotheke Kredit; die Lebensmittelgeschäfte borgten uns schon lange nichts mehr. Anfangs pumpten wir uns immer noch ein paar Pfennige zusammen und kauften wenigstens dem Gibbon noch was zu essen. Aber *wir* hatten auch Hunger.

Ein paarmal gingen wir abwechselnd auf Froschjagd; die Frösche verkauften wir an das Seruminstitut der Charité; man kriegte da fünfzig Pfennige fürs Dutzend. Damit kamen wir ein bißchen weiter. Aber dann wollten sie eines Tages keine Frösche mehr haben, und da wußten wir, jetzt war es endgültig aus.

Vater versuchte es noch mal mit Teppichklopfen; doch die Zeit des Frühjahrs-Großreinemachens war endgültig vorbei, und zu was anderem taugten wir nicht.

Einmal war ich im Zoo, um dem Gibbon im Affenhaus ein paar Erdnüsse zu besorgen. Auf dem Rückweg erzählte mir der Mann an der Kasse, sie hätten eine Belohnung ausgesetzt: wer den Gibbon zurückbrächte, der bekäme zwanzig Mark ausbezahlt.

Ich rannte nach Hause und erzählte es Vater.

Vater saß auf dem Bettrand; seit wir dem Gibbon kein Obst und kein Gemüse mehr geben konnten, war er wieder kränklich geworden; seine langen Arme auf dem Deckbett sahen wie trockene Farnrispen aus, und seine alten Weltaugen blickten abwesend ins Leere.

«Schäm dich», sagte Vater nach einer längeren Pause.

Ich schämte mich auch; aber in der Nacht kamen wir beide fast zur gleichen Zeit drauf zu sprechen; wir hatten einfach zu großen Hunger.

Der Gibbon wußte genau, was ihm bevorstand, als wir ihn am nächsten Morgen dann einpackten. Er zog die Mundwinkel runter und ließ pausenlos den Kopf hin und her pendeln. Wir kannten diese Geste an ihm, sie bedeutete Trauer.

Nur mühsam bezwang ich mich, nicht zu heulen, und auch Vater begann schon zu schlucken.

Aber im Hausflur legte der Gibbon Vater plötzlich die langen Arme um den Hals, und da räusperte Vater sich, und wir machten wortlos kehrt und legten den Gibbon wieder ins Bett.

Doch in der Nacht fing er an, in seiner Blätterzerknacksprache zu reden, und da wußten wir, morgen mußte er weg, er würde sonst sterben vor Hunger.

Ich war zu erledigt, um zum Zoo zu gehen; so sagte Vater ihnen Bescheid. Aber als er dann wiederkam und sagte, er hätte es wirklich getan, da hielt ich es nicht aus, dabei zu sein, wenn sie ihn holten; und ich lief weg und versteckte mich bis zum Abend.

Gegen sieben kam ich zurück.

Vater hatte schon eingekauft; er stand am Fenster und sah raus auf den Hof, wo in der abgestorbenen Ulme die Drossel ihr Abendlied sang.

«Iß», sagte er.

«Und du –?» fragte ich.

Vater sagte, er hätte schon.

Ich sah erst das Brot an, darauf die Wurst; von beidem war noch nichts abgeschnitten. Da trat ich neben ihn, und wir kuckten eine Weile zusammen auf die Müllkästen runter.

«Am liebsten», sagte ich, «würd ich's vergraben.»

«Geht mir genauso», sagte Vater.

## WOVON MAN LEBT

JEDESMAL, wenn es auf irgendein Fest zuging, kam eine Zeit, wo mit Vater nichts anzufangen war. Er stand dann seufzend und in Selbstgespräche vertieft, herum, blätterte entschlußlos im Konversationslexikon, kaute, leer vor sich hinstarrend, auf seinen rostfarbenen Schnurrbartenden oder fragte unvermutet mitten im ärgsten Verkehrsgewühl einen violett anlaufenden Schupo, was er für besser als Kerzenhalter geeignet hielte: Zwirnsterne oder Bieruntersätze.

Mama war damit (und mit noch einigem anderen) nicht fertiggeworden; aber auch Frieda, die dann Mamas Nachfolge antrat, hatte es nicht immer ganz leicht. Doch es lag meistens an ihr; denn daß Vater so oft arbeitslos war, hatte bestimmt nichts mit Faulheit zu tun; Vater hatte eben nur keine Lust, sich den ganzen Tag von mir zu trennen.

«Wie soll ich den Jungen erziehen», sagte er, «wenn ich ihn bloß zum Abendbrot sehe?»

Frieda schwieg dann und nagte nur finster an ihrer Unterlippe. Dabei hatte sie gar keinen Grund, finster zu sein, denn immer wenn von insgesamt drei Wochen, die uns noch von einem Fest trennten, so etwa zwei herumwaren, trat regelmäßig das Unwahrscheinliche ein: Vaters Züge entwölkten sich, er lud Frieda, die damals noch getrennt von uns wohnte, zu einer Tasse Malzkaffee ein und teilte ihr mit, was er sich diesmal wieder Außergewöhnliches hatte einfallen lassen.

Nur als es dann mal auf Ostern zuging, wollte Vater nichts einfallen. Allerdings war es auch noch keinem seiner Freunde und Bekannten, die uns sonst manchmal geholfen hatten, so schlecht wie in jenem Frühjahr gegangen.

Selbst Friedas Bruder, der Straßenfeger war, hatte seine Stelle verloren und saß nun den ganzen Tag in Friedas möbliertem Zimmer herum und wollte abwechselnd die

Zentrumspartei, das Wetter und den Reichspräsidenten für seine Entlassung verantwortlich machen.

Aber Vaters Sorgen waren kaum weniger drückend; die Unterstützung reichte knapp für die Miete, und obwohl es Tausenden so schlecht ging wie uns, waren die Schaufenster verlockender mit Schokoladenhasen und Marzipaneiern gefüllt denn je. Es nützte wenig, daß ich Vater schwor, ich würde mich um all das nicht kümmern.

«Ich bitte dich!» rief er; «das kann man doch wohl von einem kleinen Jungen nicht gut verlangen.»

«Was heißt hier klein», sagte ich.

«Nein, nein», sagte Vater erregt, «sieh dir nur die Schaufenster an.»

«Und wenn sie mir gefallen?» fragte ich.

«Ruhe», sagte Vater und begann auf seinen Bartenden zu kauen, «Ruhe; mir fällt da, glaub ich, was ein.»

Nein, ihm fiel nichts ein; diesmal nicht.

Frieda schüttelte den Kopf, wenn sie ihn so mit hängenden Schultern in der Küche vor dem Fenster stehen sah.

«Du machst dich noch mal kaputt, Otto», sagte sie und streifte mich dabei mit einem Blick, als hätte *ich* an all diesen Festen schuld.

«Unsinn», sagte Vater; «es muß doch eine Möglichkeit geben, diesem Jungen eine Osterfreude zu machen!»

«Kleinigkeit», sagte Frieda; «du nimmst zwanzig Mark und kaufst ihm was für.»

Darauf knallte sie meistens die Tür. Es war aber nicht Wut, was sie so wegrennen ließ, es war Ohnmacht; denn Frieda war auch arbeitslos.

So etwa vierzehn Tage vor Ostern hielt ich Vaters Grübelei nicht mehr aus. Ich trat zu ihm ans Fenster, und wir schwiegen eine Weile zusammen und sahen auf den Hof und auf die abgestorbene Ulme hinaus.

«Laß uns doch am Ostersonntag einfach zu Hause bleiben», sagte ich dann; «wir können uns ja am Vormittag noch mal die Bilder im Konversationslexikon ansehen;

und am Nachmittag könnte man vielleicht mit Frieda und ihrem Bruder ,Mensch, ärgere dich nicht' spielen oder so was.»

Vater seufzte. «Für jeden Durchschnittssonntag ein wundervolles Programm; für Ostern jedoch ein Skandal.»

«Und wenn ich zu Frau Hirschberger ginge und uns ihre Schallplatten borgte? Es sind auch zwei Choräle dabei.»

«Musik», sagte Vater, «macht es nur schlimmer.»

Mehr fiel mir nun auch nicht mehr ein, und bis zum Abend standen wir nur schweigend am Fenster und sahen raus auf den Hof.

Abends brachte Frieda jetzt immer noch ihren Bruder mit. Er verstand Vater gut.

«Wir müssen systematisch vorgehn, Herr Dokter», sagte er mit der Ordnungsliebe, die ja für ihn als Straßenfeger unerläßlich war; «fangen wir mal bei Ihren Freunden an. Kann Ihnen da einer helfen?»

«Keiner», sagte Vater gepreßt.

«Weg damit», sagte der Bruder, als fegte er einen Haufen alter Blätter beiseite. «Weiter: wie steht es mit Ihren Bekannten?»

«Auch nicht besser», ächzte Vater.

«Schön», sagte der Bruder aufgekratzt; «nun ist die Sache doch ganz einfach.»

«Darf man mal», sagte Vater gereizt, «fragen, wieso?»

«Na, doch logisch», sagte der Bruder: «jetzt wissen Sie, daß es auf *Sie* ankommt und auf niemand sonst.»

So einfach das vielleicht klang, Vater half dieser Hinweis sehr. Es waren keine zwei Tage vergangen, da sah er in der Küche nach, ob noch etwas Malzkaffee da wäre, setzte den Wasserkessel auf den Herd und sagte mir, ich möchte doch Frieda und ihren Bruder mal rüberbitten.

«Hat er gelächelt dabei?» fragte Frieda, als ich es ihr mitgeteilt hatte.

«Nein», sagte ich.

«Wieso denn gelächelt?» fragte der Bruder.

«Wenn er eine brauchbare Idee hat, lächelt er immer», sagte Frieda; «deshalb *ist* er doch dauernd so ernst.»

«Vielleicht», sagte der Bruder, «ist es dennoch eine brauchbare Idee.»

«Nanu», sagte Frieda; «was sollte denn das dann für eine Idee sein?»

«Mal sehn», sagte der Bruder; «ich hab da irgendwie Vertrauen zu ihm.»

Frieda nahm einen Zigarettenstummel aus dem Aschenbecher und steckte ihn sich an. «Du Glücklicher», sagte sie und blies den Rauch an die Decke.

Trotzdem, Vater schien tatsächlich eine leidlich solide Idee gekommen zu sein; als ich wieder von der Straße heraufkam – er hatte mich, wie üblich bei so was, runtergeschickt – drückten ihm Frieda und ihr Bruder gerade ernst und gesammelt die Hand.

«Es fällt mir schwer, Otto», sagte Frieda, «aber ich will es tun.»

«Gemacht, Herr Dokter», sagte der Bruder; «auf mich ist Verlaß.»

«Bruno», sagte Vater, und noch immer lächelte er nicht, «komm mal her.»

Ich ging mit so kleinen Schritten wie möglich zu ihnen hin.

«Bruno», sagte Vater und räusperte sich, «was würdest du sagen, wenn du zu Ostern das schönste gefüllte Schokoladen-Ei kriegst, das man sich vorstellen kann?»

«Was ist drin?» fragte ich atemlos.

«Was drin ist», sagte Vater mühsam, «sollst du selber bestimmen.»

«Und auch bei der Verpackung», warf Frieda großzügig ein, «hast du ein Wort mitzureden.»

«Laß es dir mit einer hübschen bunten Schleife zusammenbinden», sagte der Bruder.

«Logisch», erwiderte ich, «sonst klappt es doch auseinander.»

«Und werde dir rechtzeitig darüber klar», sagte Vater,

«ob es aus gewöhnlicher Milchschokolade oder aus Krokantschokolade bestehen soll.»

«Ginge auch beides?» fragte ich.

Vater sah Frieda an.

Die nickte finster. «Warum nicht.»

Ich hatte noch fast zehn Tage Zeit, um Ordnung in meine Wünsche zu bringen. Es waren so mit die aufregendsten Tage, die ich bis dahin erlebt hatte. An Schlaf war kaum noch zu denken; stundenlang lag ich nachts wach und beriet mich mit Vater, wie man das Ei sonst noch ausstatten könnte.

Frieda und ihr Bruder beteiligten sich tagsüber gleichfalls an den Entwürfen, so daß unser Ei allmählich zu etwas so märchenhaft Schönem gedieh, daß ich im stillen schon Angst bekam, es in Wirklichkeit vor mir zu sehen.

Und doch kam dann der Tag, wo Vater vorsichtig eins von Großmutters alten handgeschöpften Büttenblättern aus der Schreibtischschublade zog, den Federhalter eintunkte und sagte, so, nun wäre Schluß mit den Skizzen, jetzt käme der Hauptentwurf dran.

Wir arbeiteten noch bis in den Abend hinein an diesem endgültigen Plan; dann hatten wir endlich alles schriftlich zusammen, und am Morgen darauf – es war der Mittwoch vor Ostern – holte Frieda das Schriftstück ab und schob es unter einer feierlichen Zeremonie in ihre gelackte Sonntagshandtasche.

«So», seufzte Vater, «jetzt heißt es Geduld haben.»

Aber ich hatte keine. Schon am Nachmittag lief ich heimlich zu Frieda und fragte sie, ob sie auch wirklich ruhigen Herzens der Überzeugung wäre, es könnte an unserem Ei nichts falsch gemacht werden.

Frieda zog die Brauen zusammen und sah einen Augenblick lang zu ihrem Bruder hinüber, der am Fenster saß und die Stellenangebote in der ‚Morgenpost' studierte. «Nein», sagte sie langsam; «also, da kannst du ganz sicher sein; Max, hab ich recht?»

«Hundertprozentig», versicherte Max.

Und dann war es soweit.

Als ich am Sonnabend mal von der Straße raufkam, um mir eine Stulle zu holen, nahm Vater mich bei der Hand; er führte mich zum Schreibtisch und sagte gedämpft: «Da ist es drin.»

«Wie ist es geworden?» fragte ich schluckend.

«Unvorstellbar herrlich», sagte Vater; «du denkst, ein Märchen-Ei vor dir zu haben.»

«So, wie wir es uns ausgedacht haben?»

«Stell dir vor», sagte Vater: «noch schöner.»

Ich lag wieder fast die ganze Nacht wach und malte mir aus, wie ich es morgen, in ein Nest aus grüner Papierwolle gebettet, dann finden würde: silbern, und mit einer blaßlila Schleife umwickelt, die in Form einer fünfzehnblättrigen Blume zurechtgezupft wäre.

Und dann war der Ostersonntag endgültig da.

Frieda hatte ihre bändergeschmückte Gitarre mitgebracht, die noch aus ihrer Wandervogel-Zeit stammte, und Max hatte seine längs gefaltete Aktentasche mit den Stullen darin unter dem Arm. Das Ei war schon in Vaters Rucksack verschwunden.

«Geh bloß vorsichtig», sagte ich; «daß du nicht irgendwo anstößt.»

«Unbesorgt», sagte Vater.

Dann gingen wir los.

Es war ein herrlicher Tag; noch nie hatte ich Weißensee so schön gesehen. Überall läuteten die Glocken, und der Himmel schien aus dem gleichen Stoff zu bestehen, aus dem ich mir die Schleife des Ei's gewünscht hatte.

Unser Ziel waren die Rieselfelder, die gleich hinterm Stadtrand begannen. Wenn man nur weit genug lief, gab es Wiesen und kleine Erlenwäldchen in ihnen, die sich wunderbar dafür eigneten, unser Ei zu verstecken.

Wir waren alle sehr fröhlich. Frieda spielte Gitarre beim gehen, Vater pfiff, und Max sang Zweite Stimme dazu.

In Malchow, das bereits außerhalb lag, huschten die

kleinen weißgekleideten Dorfmädchen schon mit ihren Eierkörbchen in den Gärten herum. Silbern gezwirbelte Rauchfahnen standen senkrecht auf den moosgrünen Schilfdächern, und aus der offenen Kirchentür krachte dröhnend das Niesen des Pfarrers heraus.

Eine Wegstunde weiter, und wir hatten die geeignete Stelle gefunden. Es war ein sanft abfallender Wiesenhang, den unten ein Bach und ein dichtes Holundergehölz abschlossen.

Wir sahen uns erst rings an den blühenden Obstbäumen satt; Max schoß ein paarmal Kobolz und dankte seinem Schöpfer dafür, daß er arbeitslos war und heute nicht Sonntagsdienst hatte, und dann zog Vater seinen Reclam-,Faust' aus der Tasche und las uns mit schallender Stimme den Osterspaziergang vor.

Es folgten, von Frieda gespielt und gesungen, drei Löns-Lieder; und dann kam Max mit zwei riesigen Bündeln von wildem Schnittlauch zurück, und wir frühstückten erst mal. Darauf räusperte Vater sich, nahm seinen Rucksack und sagte: «Ich hoffe, Bruno, du bist so fair und siehst mir nicht zu, wenn ich es jetzt verstecke.»

Während er weg war, versuchte ich, von Frieda und Max noch schnell was über die Größe des Ei's zu erfahren; über die hatten wir nämlich komischerweise noch gar nicht so richtig gesprochen.

Doch die beiden waren plötzlich einsilbig geworden; und so mußte ich, als mir Vater dann pfiff, wieder die Phantasie zu Hilfe nehmen, das hieß, ich schätzte das Ei etwa so groß ein wie meinen Kopf; immerhin sollten ja auch noch Marzipan- und Nougat-Eier und Pralinen und Fruchtschnitten Platz in ihm haben.

Ich suchte ziemlich lange. Es war wohl so annähernd die aufregendste Eiersuche, die ich je mitgemacht habe. Nach zweieinhalb Stunden fing ich allerdings an, ein bißchen ungeduldig zu werden.

«Mehr links!» rief Vater mir zu.

«Unsinn!» rief Frieda; «ich hab zugesehn: rechts!»

«Macht keinen Quatsch!» schrie Max: «gradeaus im Holundergebüsch!»

Ich ließ sie sich weiterstreiten und suchte erst links und dann rechts, dann im Holundergebüsch – ohne Erfolg.

Aber nun war auch Vater ungeduldig geworden. Ob ich was dagegen hätte, wenn er mitsuchte.

Nein, ich hatte nichts dagegen.

Wir suchten eine Weile zusammen; doch auch Vater fand es nicht wieder.

«Wir müssen systematisch vorgehn», sagte Max.

Das taten wir dann auch. Wir suchten zu viert auf einem Raum von gut hundert Quadratmetern jedes Grasbüschel, jeden Klettenbusch, jeden Holunderstrauch ab, drehten rostige Eimer und alte Matratzen um, griffen in Kaninchenlöcher, tasteten barfuß den Bachgrund ab – nichts.

Gegen Mittag legten wir eine kurze Pause ein.

Dann ging es weiter.

Frieda war jetzt schon so reizbar geworden, daß sie anfing, Vater und Max zu beschimpfen, wenn einer von beiden ihr in den Weg lief.

Um vier fing auch Max an zu schimpfen, und um sieben war dann auch Vater am Ende.

Sie saßen jetzt wieder alle drei unter den Obstbäumen und sahen mir müde und abgespannt zu. Es dämmerte schon, und vom Bachgrund stieg Nebeldunst auf.

«Ich glaube, Bruno», sagte Vater dumpf, «du gibst es jetzt auf.»

«Und wenn's einer findet?» rief ich.

«Wenn *wir* es nicht finden», sagte Frieda, «wer dann?»

Trotzdem bestand ich darauf, noch bis in die Dunkelheit rein weiter zu suchen. Dann war ich jedoch plötzlich so müde, daß Vater mich huckepack nehmen mußte, als wir den Heimweg antraten.

Ich lauschte noch eine Weile schläfrig auf das rhythmisch summende Bumsen, mit dem Friedas Knie bei jedem Schritt gegen den Gitarrenbauch stieß; dann schlief ich ein, den Kopf auf Vaters schaukelnde Schulter gelegt.

Ich wachte davon auf, daß Frieda laut etwas sagte. Ich ließ den Kopf auf Vaters Schulter liegen und hörte zu.

Vater antwortete gerade; er sprach leise und war sehr erregt. «Ich hab es euch gleich gesagt», sagte er; «ihr wußtet, daß es nicht einfach sein würde.»

«Aber daß es eine solche Schinderei werden würde», ächzte Frieda, «das hab ich nicht gewußt.»

«Ich auch nicht», flüsterte Max; «Mann, Dokter, man hätte ja heulen können, wie man den Jungen da rumkriechen sah!»

«Was ist –?» fragte Frieda dazwischen; «schläft er?»

«Ganz fest», sagte Vater. «Trotzdem», sagte er: «es gab keine andere Möglichkeit. Frieda, sag selbst: hat er sich nicht kaputtgefreut über das Ei?»

«Über das Ei!» äffte Frieda ihn nach; «über was denn für'n Ei?»

Mir fuhr es plötzlich wie ein Eiszapfen ins Herz.

«Wenn es das Ei auch nicht gab», sagte Vater, «es war wirklicher als ein wirkliches Ei; man hat ja schon bald selbst dran geglaubt.»

Einen Augenblick lang dachte ich, sofort Vaters Schulter loslassen und für immer auf und davon rennen zu müssen, egal wohin, nur weg von diesem Mann, der so fürchterlich log und dennoch vorgab, mein Vater zu sein. Aber auch nur einen Augenblick lang; denn dann fuhr er fort:

«Ihr werdet sehen, Bruno denkt noch an dieses Ei, wenn ein sogenanntes ‚normales' seine Kraft zu erinnern schon hundertfach eingebüßt hätte.»

«Na, na», sagte Max; «woher wolln Sie'n das wissen, Herr Dokter?»

«Eine Erfahrung», sagte Vater und bückte sich im gehen, weil mir sonst ein blühender Obstzweig das Ohr gestreift hätte: «Wunschbilder, die nicht in Erfüllung gehen, machen die wahre Glückseligkeit aus.»

«Schön *wär's*», sagte Frieda und sah ihn mit hochgezogenen Brauen von der Seite her an.

# WALTERS ERRETTUNG

WIR WOHNTEN damals möbliert. Eigentlich hätten wir längst schon ausziehen müssen aus unserem Zimmer; das Geld, das Vater im Museum als Hilfspräparator verdiente, reichte gerade fürs Essen. Aber Vater hatte der Wirtin das Bärenfell im Wohnzimmer repariert, und zwar kostenlos; da sah sie uns einiges nach. Nur Frieda mochte sie nicht so recht leiden; denn Frieda hatte ihre Stelle verloren und saß nun fast immer zu Hause; doch das war schließlich nicht Friedas Schuld.

Außerdem waren ja auch noch viel mehr Leute arbeitslos, fast alle von Vaters Freunden zum Beispiel. Die meisten von ihnen waren Angler; das heißt, nicht von Beruf, sie hatten nur Hunger. Sie standen den ganzen Tag an der Spree und starrten ins Wasser. Manchmal standen wir auch da und sahen zu, wie sie ins Wasser starrten.

Mittwochs versammelten sie sich immer alle im Arbeitsamt. Vater kam auch hin; er hatte es satt, andauernd Holzwolle in tote Tiere zu tun und dafür bloß einsfünfundachtzig zu kriegen.

Die anderen mochten Vater gut leiden. Nur eins verstanden sie nie: daß Vater Walter so sehr in Schutz nahm. Walter, sagten sie, wäre nicht ganz richtig im Kopf.

Aber Vater behauptete, niemand wäre normaler als Walter, und ich und Frieda fanden das auch. Denn daß Walter so große Hände und Füße und einen so kleinen Kopf hatte, da konnte *er* doch nichts für. Hinzukam allerdings noch, daß Walter sehr traurig war; er glaubte immer, die Welt ginge unter, und er wäre doch so gern noch leben geblieben.

Einmal war große Aufregung im Arbeitsamt, und sie schimpften alle auf Walter. Ein Schuhgeschäft hatte einen Reklamegänger gebraucht, und unter den rund vierzig Bewerbern war ausgerechnet Walter ausgewählt worden.

Wir rieten lange herum, wie Walter das geschafft haben

könnte; doch erst durch einen Zufall bekam es Vater heraus: er traf Walter im Dienst.

Er hätte wie ein Bär ausgesehen, berichtete Vater; man hätte ihn nur an den zu großen Füßen erkannt. Das Schuhgeschäft hatte nämlich einen Bären im Wappen, und da war man auf die Idee gekommen, jemand in ein Bärenfell zu stecken und mit einem Schild auf dem Rücken herumlaufen zu lassen. Niemand, erzählte Vater, und man hörte deutlich die Genugtuung in seiner Stimme, niemand hätte sich dazu so hervorragend geeignet wie Walter mit seinem schwerfälligen Gang, dem winzigen Kopf und den viel zu großen Händen und Füßen.

Die anderen waren lange nicht so begeistert von Walters Erfolg. Sie sagten, es wäre ein Skandal; wenn man als Bär ginge, müßte man doch wenigstens den Grips eines Bären haben; Walter aber hätte bestenfalls den Grips eines Kaninchens.

«Neid», sagte Vater, «der pure Neid.»

Walter hatte seinen Posten etwa zwei Wochen bekleidet, da trafen wir ihn mal. Ich war mit Frieda auf Arbeitssuche gewesen, und wir hatten Durst. Als wir in das Gartenlokal traten, nahm Walter gerade seinen Bärenkopf ab und bestellte sich eine Weiße.

Wir setzten uns zu ihm, und Frieda fragte ihn, ob das nicht zu anstrengend wäre, dauernd in so einem Fell rumzulaufen.

Das schon, sagte Walter; aber die Sicherheit, die er dadurch erhielte, die wöge das wieder auf.

Tatsächlich war er auch irgendwie verändert. Er wirkte lange nicht mehr so schüchtern wie früher, und auch seine Angst vor dem Weltuntergang schien sich etwas gelegt zu haben.

Er trank seine Weiße aus und zahlte. Dann setzte er sich seinen Bärenkopf auf und nickte uns zu, und dann sahen wir ihn in seinem schwerfälligen Gang auf die Straße raustreten: jeder Zoll ein Bär; nur das Schild auf dem Rücken störte ein bißchen.

Vater verstand Walter gut. «Dieses Kostüm», sagte er, «gibt ihm sein Selbstbewußtsein zurück.»

«Lieber Himmel», sagte Frieda, «wenn sie ihn dann man nur nicht entlassen.»

«Bloß nicht», sagte Vater; «das wäre furchtbar für ihn, er würde bestimmt alles noch mal so schwer nehmen.»

Die anderen verstanden Walter längst nicht so gut; und sie *wollten* ihn auch gar nicht verstehen. Im Gegenteil, sie behaupteten, jetzt wäre er auch noch eingebildet geworden; seine Position wäre ihm zu Kopf gestiegen, es wäre an der Zeit, diesen spinneten Fatzken mal gründlich zurechtzustauchen, er grüßte ja schon kaum mehr einen von ihnen.

«Na, grüßt ihr mal in so einem Aufzug!» schrie Vater sie an.

Doch sie ließen sich nicht überzeugen. Walter müßte mal gründlich eine aufs Dach kriegen, das wäre alles.

Vater gab jetzt noch mehr auf Walter acht als sonst. Aber er konnte ihm ja nicht auf Schritt und Tritt nachlaufen; und so kam es, daß es den anderen eines Tages doch mal gelang, sich an Walter heranzumachen.

Es war Abend; Frieda hatte wieder den ganzen Tag Arbeit gesucht, und ich war, wie üblich, mitgewesen, weil es Stellen gibt, wo es einen guten Eindruck macht, wenn noch ein kleiner Junge dabei ist. Wir standen gerade vor einem Schaufenster und sahen uns die Lebensmittel an, da kamen auf einmal ein paar von Vaters Freunden über die Straße gerannt.

Frieda sah sie zuerst. «Mensch», sagte sie, «die haben Walter den Kopf geklaut! Sieh nach, wo sie ihn hintun!»

Ich rannte ihnen auch gleich nach. Einmal verlor ich sie aus den Augen; ich mußte dauernd an Walter denken und bekam Herzklopfen; das hinderte beim Aufpassen. Doch ein paar Straßen weiter sah ich sie dann auf unbeteiligt mimen und zur Spree runter schlendern, und plötzlich hob der, der den Kopf trug, sich auf die Zehen und warf ihn ins Wasser.

Ich dachte, das Herz bliebe mir stehen vor Schreck; ich wollte schreien, doch es ging nicht, ich sah bloß immer ins Wasser, wo der Kopf untergetaucht war. Dann schlich ich zurück.

Frieda kam mir entgegen. «Na?» fragte sie aufgeregt.

Ich sagte ihr, was passiert war.

«Großer Gott», sagte sie; «und Walter sitzt in dem Gartenlokal und traut sich nicht raus.»

Ich heulte; ich mußte dauernd dran denken, was Vater gesagt hatte.

«Diese Meute!» sagte Frieda; «diese gottverdammte Meute! Hör auf zu heulen!» schrie sie mich an. «Paß auf», sagte sie dann: «du sagst jetzt Walter Bescheid, er soll sich noch ein bißchen gedulden, und ich gehe inzwischen nach Hause und schneide den Kopf vom Wohnzimmerbärenfell ab.»

Ich fand diese Idee großartig; Frieda hatte eigentlich immer großartige Ideen.

Walter hatte schon abgeschlossen. Er sah aus seinem Bärenfell raus wie ein uraltes Baby, das man in eine Ritterrüstung gesteckt hatte. Ich sagte ihm, was wir planten und rannte nach Hause.

Frieda war bereits an der Arbeit; zum Glück war die Wirtin ins Kino gegangen. Das Fell war so zäh, daß wir fast alle Küchenmesser stumpf machten; aber dann hatten wir den Kopf schließlich doch abgetrennt. Er war gar nicht so schwer; er roch nach Mottenpulver und war vollgestopft mit altem Zeitungspapier. Wir räumten es aus, und jetzt war der Schädel ganz leer, und durch die geöffnete Schnauze konnte man bequem hindurchsehen.

Frieda sagte, sie müßte das Papier erst verbrennen; wir taten den Kopf in einen Sack, und ich lud ihn mir auf die Schulter und rannte los.

Walter hatte sich im hintersten Winkel des Gartenlokals verkrochen; Gott sei Dank hatte ihn noch niemand entdeckt.

Ich packte den Kopf aus, und wir probierten ihn auf.

Wenn Walter die Mütze aufbehielt, paßte er tadellos; und er drückte auch nicht. Nur den Kopf schütteln durfte man nicht; aber das hatte sich Walter schon längst abgewöhnt.

Wir warteten noch einen Augenblick, ob auch keiner von Vaters Freunden erschiene, dann erhob sich Walter und trat in seinem schwerfälligen Gang raus auf die Straße: jeder Zoll ein Bär; nur das Schild auf dem Rücken störte ein bißchen.

Als ich nach Hause kam, hatte Frieda es Vater schon erzählt. Aber Vater war nicht böse auf uns; er sagte, er hätte es genauso gemacht.

Wir waren sehr froh, daß er es so sah; jetzt kam nur alles darauf an, wie die Wirtin es aufnahm; wir hatten uns jedenfalls vorgenommen, uns so dumm wie möglich zu stellen.

Als sie um neun endlich kam, und wir die Wohnungstür knarren hörten, verhielt sie sich allerdings so ruhig, daß uns schon ganz unheimlich wurde.

Vater sagte: «So was kommt vor; sie kann es eben einfach nicht fassen, daß dem Fell plötzlich der Kopf fehlt.»

Gerade als wir noch so herumrätselten, klingelte es.

Wir hörten, wie die Wirtin zur Tür ging und öffnete. Im selben Augenblick ertönte ein markerschütternder Schrei, man hörte taumelnde Schritte, eine Tür fiel ins Schloß, darauf war wieder Stille.

Wir brauchten erst einen Moment, ehe wir uns etwas erholt hatten. Dann gingen wir raus.

Eine Schar Kinder stand draußen. Vor ihnen stand Walter; er hatte sein Bärenkostüm an und war gerade dabei, sich den Kopf abzunehmen.

«Puh», sagte er, als er ihn abhatte, «der drückt aber doch noch ein bißchen. Was war denn eben mit der? Ich hab sie doch nicht etwa erschreckt?»

«Nicht so schlimm», sagte Frieda und schneuzte sich; «laß nur.»

«Trotzdem», sagte Walter: «der Kopf ist prima. Ich darf ihn doch erst mal behalten?»

Vater und Frieda sahen sich an.

«Ja», sagte Vater dann langsam, «ich denke, den kannst du jetzt erst mal behalten.»

Dann gingen wir rein und begannen zu packen.

ANFANGS GING ES NOCH; aber als Vater dann auch wieder arbeitslos wurde, da war es aus. Es gab Zank; Frieda sagte, Vater wäre zu unbegabt, um Arbeit zu finden.

Vater sagte: «Ach bitte, sag das noch mal.»

«Du bist zu unbegabt, um Arbeit zu finden», sagte Frieda.

«Ich hoffe», sagte Vater, «du bist dir über die Konsequenzen dieser Feststellung klar.»

Dann nahm er mich bei der Hand, und wir gingen spazieren.

Zum Glück kam damals gerade ein Rummel in unsere Gegend. Er war nicht sehr groß, aber es gab eine Menge auf ihm zu sehen. Mit dem Glücksrad und solchem Kram hatten wir nicht viel im Sinn. Aber was uns sehr interessierte, das waren die Schaubuden.

In einer trat eine weißgeschminkte Dame auf; wenn man der eine Glühbirne in den Mund steckte, dann leuchtete sie. Ein Herr sagte einmal während einer Vorstellung, das wäre Schwindel. Darauf stand Vater auf und sagte, er sollte sich schämen.

Nachher kam die weißgeschminkte Dame zu uns und fragte Vater, ob er Lust hätte, bei sämtlichen Vorstellungen anwesend zu sein und etwaigen Störenfrieden dasselbe zu sagen wie eben; sie bot Vater eine Mark für den Abend.

Wie Vater mir nachher sagte, hatte er Bedenken. Es wäre ein Unterschied, sagte er, ob man sich spontan oder auf Bezahlung empörte. Aber dann sagte er doch zu, denn ein Teller Erbsensuppe bei Aschinger kostete nur fünfzig Pfennige.

Die weißgeschminkte Dame war jedoch nicht die einzige Attraktion, sie war bloß die Chefin. Zugnummer war Emil, der Fakir aus Belutschistan. Er stand barfuß auf einem Nagelbrett, er spuckte Feuer und hypnotisierte. Der Clou seines Auftritts war die Brötchenwette: Emil versprach demjenigen zehn Mark, der, wie er, innerhalb von fünf Minuten, ohne was dazu zu trinken, sechs trockene Brötchen vom Vortag verzehrte.

Erst dachten wir, Emil wäre verrückt. Aber dann stellte sich heraus, es war eine Leistung, und zwar eine einmalige. Denn so groß auch der Andrang jedesmal war, niemand kam über drei Brötchen; und an denen würgten die meisten schon so sehr herum, daß wir immer fast von den Stühlen fielen vor Lachen.

Auch Emil mußte sich sehr anstrengen. Das heißt, es kann auch sein, er verstellte sich nur, denn er war *wirklich* ein Künstler. Und nicht nur das; auch ein Geschäftsmann: alle mußten für das erste Brötchen zehn Pfennige und für jedes weitere das Doppelte vom vorher verzehrten bezahlen.

Hätte Vater damals nicht gerade Geburtstag gehabt, ich hätte bestimmt nicht daran gedacht, hier auch mal mein Heil zu versuchen. Doch ich wollte Vater zum Geburtstag eine Ananas kaufen. Die Schwierigkeit war jetzt bloß, regelmäßig Geld für die Trainingsbrötchen zu kriegen.

Ich versuchte es, indem ich vor EPA auf Fahrräder aufpaßte. Das ging ganz gut. Ich bekam zwar oft Streit mit denen, die schon früher auf diese Idee gekommen waren; aber abends hatte ich doch immer so meine fünfzehn, zwanzig Pfennige zusammen.

Ich hatte zwei Wochen Zeit. Ich trainierte zweimal täglich, einmal morgens, einmal abends. Zum Glück hatte ich immer sehr großen Hunger, so daß ich bald schon auf vier Brötchen in sechs Minuten kam. Dann sagte ich Vater, ich hätte Bauchweh und ließ abends die Erbsen weg, und da schaffte ich sechs Brötchen in sieben Minuten.

Dann kam ich auf die Idee, vorher Maiblätter zu lutschen. Das waren große, grüne, saure Bonbons, sie verhalfen einem zu unglaublich viel Spucke. Jedenfalls schaffte ich die sechs Brötchen jetzt in sechs Minuten und dreißig Sekunden; und drei Tage später hatte ich Emils Rekord sogar noch um zwei Zehntelsekunden unterboten.

Ich war sehr froh; doch ich behielt es erst noch für

mich; es sollte ja eine Überraschung werden. Doch da ich, um besser in Form zu sein, abends immer die Suppe stehen ließ, bekam ich dunkle Ringe um die Augen und ganz löchrige Backen und ausgerechnet, als nur noch zwei Tage Zeit war, sagte Vater, er sähe sich das nun nicht mehr länger mit an: und wenn ich hundertmal Bauchweh hätte, ich müßte die Suppe jetzt essen.

Ich sträubte mich; ich sagte, ich ginge kaputt, wenn ich sie äße.

Aber Vater bestand darauf, und was das Schlimmste war, er hatte einen Kochtopf mitgebracht, in den ließ er sich seine Suppe jetzt einfüllen, und am nächsten Morgen redete er mir so lange zu, bis ich mir ganz schlecht vorkam und sie auslöffelte.

Es war furchtbar; ich war so satt wie noch nie. Ich ging sofort raus und steckte den Finger in den Hals, und am Abend war ich dann auch Gott sei dank wieder ebenso hungrig wie immer.

Es war Sonnabend und ein guter Geschäftstag. Als Vater die Menge im Zelt überblickte, nickte er anerkennend; er sagte, das wäre genau der richtige Tag, die Chefin um eine Geburtstagsgratifikation anzugehen.

Geh du man an, dachte ich. Ich stellte mir schon Vaters Gesicht vor, wenn Emil mir die zehn Mark in die Hand drückte. Sicher würde es auch allerhand Beifall geben. Ich überlegte, ob ich mich dann verbeugen sollte; lieber nicht, das sah immer so anbiedernd aus.

Ich lutschte andauernd Maiblätter; ich glaube, ich habe noch nie soviel Spucke gehabt wie an dem Abend. Das Publikum war wunderbar; es ging sogar bei Clorullupp, dem Fischmenschen mit, und der war bestimmt so das Langweiligste, was man sich nur vorstellen kann.

Dann kam Emil. Er trat auf das Nagelbrett, er spuckte Feuer und hypnotisierte einen Hilfspolizisten; das Publikum raste.

Und dann folgte, von einem dumpfen Trommelwirbel begleitet, der Brötchenclou.

Emil war nicht sehr gut in Form; man sah, diesmal strengte es ihn tatsächlich an. Aber dann hatte er es doch wieder geschafft, und in den losprasselnden Beifall rein sagte er, so, und wer ihm das jetzt nachmachte, der bekäme an der Kasse zehn deutsche Reichsmark ausbezahlt.

Es waren sehr viele Leute, die daraufhin nach vorn gingen. Ich ließ sie erst alle ran und sich blamieren; dann schob ich mir ein Maiblatt unter die Zunge und ging auch nach vorn.

Ich spürte deutlich den Blick von Vater im Nacken, ich drehte mich aber nicht um; ich wußte, sah ich Vater erst an, war es aus. Doch auch die Zuschauer schienen unruhig zu sein, sie glaubten wohl, ich wäre zu klein, um die Brötchen zu schaffen.

Glaubt, was ihr wollt, dachte ich; wundern könnt ihr euch immer noch.

Und dann war ich dran.

«Ach nee», sagte Emil, als er mich sah und kniff ein bißchen die Augen zusammen. Dann rief er laut: «Na, und der junge Herr –: auch mal sein Glück versuchen?»

«Ja», sagte ich.

Ich griff in die Brötchentüte. Ich sagte, er sollte die Stoppuhr einstellen; Emil stellte sie ein.

«Los», sagte er; und im selben Moment fing hinter dem Vorhang Clorullupp an, die Trommel zu rühren.

Ich hielt die Luft an und biß in ein Brötchen. Doch kaum hatte ich den ersten Bissen im Mund, da glaubte ich, ich müßte mich übergeben, so satt war ich auf einmal. Rasch biß ich noch mal was ab; doch es war wie verhext, ich bekam den Bissen nicht runter, der Brötchenbrocken lag mir wie ein Holzwollknäuel auf der Zunge. Obendrein rutschte mir auch noch das Maiblatt in die Luftröhre, ich verschluckte mich und bekam einen Hustenanfall.

Erst dachte ich, mein Husten machte den Krach; aber dann merkte ich, den Krach machten die Leute: sie schrien vor Lachen.

Ich bekam eine wahnsinnige Wut; ich schrie, ich hätte

Emils Rekord neulich sogar unterboten; aber jetzt lachten sie nur noch mehr. Ich heulte; ich schrie, an allem wäre bloß diese verdammte Erbsensuppe schuld, wenn ich die nicht hätte essen müssen, dann hätten sie jetzt aber mal staunen können.

Sie wollten sich totlachen darauf; sie schlugen sich auf die Schenkel, sie klatschten und schrien wie die Wahnsinnigen.

Plötzlich erhob sich jemand im Zuschauerraum und kam langsam nach vorn. Ich fuhr mir über die Augen, und da war es Vater.

Er war sehr bleich; er kam auf das Podium und hob die Hand. «Einen Moment bitte», sagte er laut.

Gleich war das ganze Zelt still, und alle sahen zu ihm auf.

Vater räusperte sich. «Es stimmt, was dieser Junge hier sagt», rief er dann; «ich war selbst mit dabei!»

Er hatte seinen Satz noch nicht mal zu Ende, da ging das Gelächter schon wieder los, jetzt aber noch viel lauter als vorher; denn jetzt lachten sie nicht nur über mich, jetzt lachten sie auch über Vater; ich hätte ihr sonst was antun können, der Bande.

Vater versuchte noch ein paarmal, sich Gehör zu verschaffen; doch der Krach war jedesmal so groß, daß kein Wort durchdrang. Da legte er mir die Hand auf den Kopf, und als das Gelächter mal einen Augenblick nachließ, schrie er: «Sie sollten sich schämen!»

Doch nun wurde das Geschrei und Gejohle wieder so laut, daß man das Gefühl hatte, das Zelt stürzte ein. Ich sah Vater an; er schluckte; die Hand auf meinem Kopf zitterte etwas.

«Komm», sagte er heiser.

Er bezahlte Emil das Brötchen, dann gingen wir raus.

Es regnete. Die Wege zwischen den Buden waren leer; nur vor dem Glücksrad standen ein paar Leute, denn da war ein Dach drüber.

Ich wollte was sagen, aber mir fiel nichts ein.

Gerade als ich noch so überlegte, fiel Licht auf den Schotter, und die Chefin kam aufs Kassenpodest raus, sie war noch geschminkt.

Wir sollten ja machen, daß wir wegkämen, schrie sie; erst kaltlächelnd 'ne Reichsmark kassiern, und hinterher noch 's Geschäft schädigen wolln! Wir wärn die Richtigen!

Ich sah Vater an; ich glaube, er hatte sie gar nicht gehört; er kuckte immer noch zu der Glühbirnengirlande vom Glücksrad rüber.

Dann schrie die Chefin, wir sollten man gar nicht so scheinheilig tun, sie hätte uns schon eine ganze Weile beobachtet; und da drehte Vater sich um.

«Schon gut», sagte er und nahm seinen Hut ab; «und schönen Dank auch, es war eine sehr angenehme Beschäftigung. Komm», sagte er, «mach auch einen Diener.»

Darauf setzte er seinen Hut wieder auf, und dann gingen wir am Glücksrad vorbei und rüber zum Ausgang.

EINMAL IM JAHR, meist so auf Nikolaus zu, besann sich Großmutters Bruder Hugo auf uns. An sich lud Onkel Hugo Vater auch immer mit ein; aber Onkel Hugo lebte auf seinem Forsthaus hinter Schneidemühl ziemlich zurückgezogen, und so ganz ohne Menschen und bloß lauter Natur, das hielt Vater nicht aus.

Mir ging es eigentlich nicht viel anders als ihm; aber ich war da besser dran, ich hatte ja Ida. Ida war die Tochter der alten Melitta, und die alte Melitta war das Mädchen für alles im Forsthaus. Ida hatte rote Zöpfe, Sommersprossen und abstehende Ohren. Sie sprach fließend polnisch, stockend deutsch und schielte ein wenig. Ihre Augenfarbe war grün, die Farbe ihrer Haarschleifen wochentags blau, an Sonntagen weiß.

Ida haßte die Schule und liebte den Wald. Auch Onkel Hugo liebte den Wald sehr; aber Ida sagte, das wäre gelogen.

«Wer sich tut schießen in Wald, kann Wald sich nicht lieben.»

Ich war da nicht ganz ihrer Meinung; ich hatte mir über das Schießen noch keine großen Gedanken gemacht; ich fand es aufregend, und es hatte wohl auch irgendwie was mit Abenteuern zu tun. An dieser Auffassung hielt ich so lange fest, bis die Sache mit dem Nikolaushasen passierte.

Eigentlich war gar kein Wildbret vorgesehen; Tante Else wollte sich mit der Mastente Emmy begnügen. Aber kurz vor Nikolaus traten an Emmy merkwürdige Erscheinungen auf. Sie weigerte sich plötzlich zu fressen und fiel, von einer Darmkolik unterstützt, derart vom Fleisch, daß sie an ihrem geplanten Todestag etwa den Eindruck eines gefiederten Kienspanes machte.

Ida trug während dieser Zeit einen außerordentlich höhnischen Gesichtsausdruck zur Schau; und wirklich ist es ihrer rabiaten Methode (sie hatte Emmy mit Rizinuspillen gefüttert) dann auch gelungen, der Welt ein Entenleben erhalten zu haben.

Doch es war ein Tag vor Nikolaus, und die durch Emmys Weiterleben heraufbeschworenen Schwierigkeiten waren unübersehbar.

Onkel Hugo selber hätte sich vielleicht noch mit einer fleischlosen Ersatzlösung zufriedengegeben. Denn so wild er mit seinem eisgrauen Vollbart und dem gelben Haifischgebiß auch aussah, Wirsingkohl aß er zum Beispiel sehr gern. Doch es hatte sich unglückseligerweise für den Nikolaustag ein Regierungsrat aus Schneidemühl angesagt.

Dieser Mensch stand dem Amt für Forstwirtschaft vor, das Onkel Hugo ein wenig mißtraute. Man meinte dort, er tränke zuviel, und es könnten sich Situationen ergeben, in denen Onkel Hugo Wilddiebshehler für Skatbrüder hielte.

Im Grunde waren das natürlich Verleumdungen, und der Regierungsrat hatte in seinem Eiltelegramm auch klar durchblicken lassen, es käme ihm vor allem auf die würzige Winterluft an. Wie Tante Else aber sehr richtig bemerkte, schloß das den Wink, es dürfte auch Bratenduft in dieser Würze enthalten sein, nicht unbedingt aus; und es ist bestimmt noch nie so unflätig auf eine harmlose Ente geflucht worden, wie Onkel Hugo nach diesem berechtigten Hinweis auf die ehemalige Mastente Emmy geflucht hat.

Sein Zorn war für Ida, die ihn schon immer für jeden runtergefallenen Ast im Wald verantwortlich machte, ein großer Triumph.

«Muß ärgern, bis platzt», sagte sie; «dann Knall, und sich alles Waldgetier tanzt.»

Mit dem Knall sollte sie recht behalten; sonst ist es anders gekommen.

Schon am gleichen Vor-Nikolaustag wies das Schicksal deutlich auf das Nachfolgende hin.

Über der Tür zu Onkel Hugos Arbeitszimmer hing ein

Etwas, das wir flüsternd ‚Teufelsbart' nannten. Onkel Hugo wurde jedoch nicht müde, uns zu versichern, es stellte einen ausgestopften Auerhahn dar; und zwar einen besonderen, denn als Großvater, der damals in Allenstein Amtsrichter war, den Vogel unerlaubt schoß, hätte er sich damit seine ganze Karriere verdorben. Jenem Tier also rieselte, wenn man die Tür heftig schloß, ein sanfter Sägemehlbach aus dem Hals und füllte das Zimmer mit hustenerregendem Staub.

An diesem Tag nun, da unumstößlich feststand, die pflichtvergessene Mastente Emmy hatte das Nikolauswohl sabotiert, warf Onkel Hugo die Tür seines Zimmers jedoch ein paarmal derart ins Schloß, daß jener Sägemehlbach sich unversehens in einen Malstrom verwandelte; und das ausgerechnet, als wir beim Abendbrot saßen.

Nachdem wir so das Schlimmste an Husten und Niesen hinter uns hatten, und es der unruhig blakenden Petroleumlampe wieder gelang, den Sägemehldunst zu durchdringen, erkannten wir schaudernd, der Vogel schien Selbstmord begangen zu haben; sein Hals baumelte wurstpellenhaft nieder, und die Glasaugen blickten verdreht auf Onkel Hugo herab.

Zu allem Überfluß kam jetzt auch noch die alte Melitta mit der Kartoffelschüssel herein. Ihre Einfalt zwang ihr zuerst eine Achtung gebietende Gelassenheit auf; dann jedoch sah sie das Zeichen.

«Nje dobre, Panje!» rief sie wehleidig-anklägerisch aus, und ihr gichtkrummer Zeigefinger wies auf den doppelt gestorbenen Auerhahn hin.

Schweigend aßen wir nach diesem Zwischenfall weiter.

Doch der kopfstehende Schielblick des Vogels ließ Onkel Hugo keine Ruhe. «Ja doch!» ächzte er schließlich und beugte unvermutet die verwitterte Glatze in den Lichtkreis der Lampe.

Tante Else fuhr irritiert etwas zurück. «Was: ja doch –?»

«'n Hasen muß er vorgesetzt kriegen!» schrie Onkel Hugo und schlug mit der Faust auf den Tisch.

Ich sah entsetzt den Auerhahn an.
«Ja», sagte Tante Else ruhig, «das fürchte ich auch.»
Da erst wurde mir klar, daß sie diesen Regierungsrat meinten.
Ida hatte die Sache mit dem Auerhahn schon von ihrer Mutter erfahren. Sie hockte in der Kammer der alten Melitta am Boden und schnitt aus vergilbten Jagdzeitschriften allerlei Tiere aus. Neben ihr lag der Ikonenkasten mit der Schwarzen Madonna von Tschenstochau darin. Idas Schatten fiel drauf, man konnte nicht reinsehen, man sah nur die aufgeklebten Tiere auf dem wurmstichigen Rahmen des Kastens.
Ob auch schon ein Hase dabei wäre, fragte ich Ida.
«Hase –?» fragte sie mürrisch; «wieso.»
«Weil es morgen auf Hasenjagd geht», sagte ich.
«Gib Klebezeug her», sagte Ida.
Sie schnitt einen großen gelben Hasen aus und klebte ihn auf die rechte untere Seite des Glases, das den Ikonenkasten bedeckte. «Hase auf Madonna sein Herz; vielleicht ihm kann helfen.»
«Und der Auerhahn?» sagte ich.
Ida kniff die Augen zusammen. «Nix mit Hase zu tun», krächzte sie heiser; «meint sich Förster, verflixtes.»
Tatsächlich sah es auch anfangs so aus. Onkel Hugo schien es sogar selber zu meinen. Als ich ihm Gute Nacht sagen kam, stand er, von seinem glatzköpfig-bärtigen Schatten umflackert, auf einem Schemel und versuchte, dem Auerhahn den Hals aufzurichten.
Das Schicksal wollte sich aber offenbar nicht dreinreden lassen, der Hals sackte jedesmal wieder in sich zusammen. Schließlich versetzte Onkel Hugo dem störrischen Vogel einen staubaufwirbelnden Schlag vor die Brust und stieg hustend und fluchend von seinem Schemel herunter.
«Komm mal her», sagte er dann.
Ich bekam plötzlich Herzklopfen.
Doch auch Onkel Hugo war anscheinend nicht ganz wohl; er flüsterte auf einmal. «Wie ist das», sagte er, «du

hilfst mir doch morgen, für diesen verdammten Schnüffler aus Schneidemühl 'n Hasen zu kriegen, hm?»

Ich schwieg; ich mußte an Ida denken.

«Was –?» sagte Onkel Hugo, «den Bruder Ottilies, deiner Großmutter, im Stich lassen wollen?!»

Im Stich lassen, das war ein Ausdruck, den konnte ich nie leiden. «Na, hör mal», sagte ich schwach.

«Siehst du», sagte er, jetzt wieder laut, «ich hab doch gewußt, man kann sich auf dich verlassen.»

Mir war dumm zumut. Ich lag lange Zeit wach und versuchte, die Hasen zu hassen, weil ich doch mithelfen sollte, daß einer umgebracht würde. Es gelang jedoch nicht; ich fand, es war nichts Ernstliches vorzubringen gegen die Hasen.

Irgendwann muß ich dann aber doch eingeschlafen sein, denn ich wachte plötzlich mit dem Gefühl auf, etwas stimmte nicht in der Kammer.

Beinah hätte ich Lärm geschlagen; denn für das Christkind war es ja noch zu früh, und was da in einem bleichen Hemd in dem hellen Geviert stand, das die eisblumenglitzernde Dachluke aus dem Mondlicht herausschnitt, konnte dann eigentlich nur ein Gespenst sein.

Es war aber bloß Ida; ich erkannte sie an den abstehenden Ohren. Die Schaftstiefel der alten Melitta sahen unter ihrem Nachthemdrand hervor, und sie hatte den Ikonenkasten unter dem Arm.

Was es gäbe, fragte ich unsicher.

«Kann sein, gibt sich Unglück», murmelte Ida.

Sie trat vor mich hin und legte mir den Ikonenkasten aufs Bett. Das Gesicht der Schwarzen Madonna war in der Dunkelheit nicht zu erkennen, nur das Goldpapier leuchtete stumpf.

Ida räusperte sich, sie war aufgeregt. «Legen Hand obendrauf und schwören, daß morgen nix mitgehn, Hasen totschießen!»

Sie hatte die Tür aufgelassen, der Geruch von frischer Tanne wehte herein, und jetzt hörte man Tante Else im

Wohnzimmer sagen: «Häng gefälligst den Kranz auch *so* hin, Melitta, daß der Herr Regierungsrat sich nicht den Kopf an ihm stößt.»

«Ich kann nicht», sagte ich heiser.

Ida kniff die Augen zusammen. «Kann nicht –?»

«Nein», sagte ich; «Onkel Hugo –»

«Dobre.» Sie nahm den Kasten vom Bett und stolperte raus.

«Ida!» rief ich ihr nach.

«Nix Ida!» krächzte sie draußen; «wenn gehn du mit, unsre Liebe ist aus!»

Mir war ziemlich elend, als ich Onkel Hugo dann am nächsten Morgen in den Wald begleitete. Es dämmerte eben; die Sterne zwischen den Baumwipfeln verblaßten. Der Schnee flimmerte bläulich, und bei jedem Schritt schrie gläsern der Frost auf unter den Schuhen.

Onkel Hugo war schlechter gelaunt denn je. Es war kein Wort aus ihm rauszubringen. Der speckige Försterhut mit dem grünspanbedeckten Reichsadler dran saß ihm fast auf den Augen; sein Vollbart rauchte vor Zorn, man hatte ständig den Eindruck, der angedrohte Regierungsrat liefe schon unsichtbar neben uns her.

Irgendwas war da auch nicht in Ordnung. Denn als Onkel Hugo mal stehenblieb, um sich eine Pfeife anzustecken, waren hinter uns deutlich Schritte zu hören; und etwas später, als eben eine kaltgesichtige Wintersonne hinter den Stämmen auftauchte und sich eitel in Onkel Hugos Gewehrlauf zu spiegeln begann, kam plötzlich aus einer Fichtenschonung ein großes vereistes Holzstück geflogen und plumpste dicht vor uns in den Schnee.

Ähnliche Zwischenfälle wiederholten sich noch ein paarmal und hörten erst auf, als wir das Gelände erreichten, das Onkel Hugo zur Hasenjagd ausgewählt hatte. Es handelte sich um eine große Waldlichtung, die nach Norden zu offen war und in Weide und Ackerland überging; dort sah man eine Reihe schnurgerader Chausseebäume gegen den Himmel; die grenzten das Jagdgebiet ab.

Onkel Hugo umlief die schneeglitzernde Fläche in Richtung zur Sonne. Das Gelände war hügelig, und so stand ihm der bläßliche Glutball ein paarmal wie eine Art Heiligenschein um den Kopf, und wäre das Gewehr nicht gewesen, man hätte schwören mögen, dort kehrte ein beleidigter Nikolaus in den Himmel zurück.

Bald war Onkel Hugo nur noch ein dicker schwarzer Punkt in dem kristallenen Geflimmer; und dann, dicht vor der Baumreihe, machte er halt und hob das Gewehr hoch: das Zeichen, mit meinem Handlangerdienst zu beginnen. Der bestand darin, konservenbüchsenklappernd und den Wind im Rücken, kreuz und quer auf Onkel Hugo zuzulaufen und alle möglicherweise vorhandenen Hasen so vor mir her zu treiben.

Die Hügel waren doch höher, als ich gedacht hatte; oft verlor ich Onkel Hugo aus den Augen und daher dachte ich erst, die frische Fußspur im Schnee stammte von ihm, und er wäre mir entgegengekommen. Doch vom nächsten Hügel aus sah ich ihn dann wieder hinten an den Chausseebäumen stehen. Ich ging zurück und betrachtete die Spur.

Sie sah merkwürdig aus; die Spitzen der Stiefelabdrücke zeigten bei jedem Schritt in eine andere Richtung, anscheinend waren die Schuhe ihrem Träger zu groß. Ich verfolgte die Spur eine Weile, sie führte ebenfalls in Richtung auf die Chausseebäume hin, nur schräg übers Feld und dann parallel der Straße zurück; und jetzt sah ich, dicht vor Onkel Hugo, und nur durch eine kleine Hügelkette von ihm getrennt, sich auch etwas bewegen.

Es wirkte sehr unheimlich; dort stapften zwei schlenkernde Schaftstiefel eine Bodensenke entlang, und hoch über ihnen wehte ein geblümter Kissenbezug im Wind.

Erst als ich ein gutes Stück näher dran war, entdeckte ich endlich, was diese beunruhigenden Gegenpole miteinander verband. Ich muß sagen, Ida war außerordentlich geschickt vorgegangen: eine vollkommenere Tarnung als ihr schneeweißes Nachthemd und der ebenfalls weiße Birkenstock, an dem sie den Kissenbezug gehißt hatte, war kaum denkbar. Und auch ihr Plan zeugte von einer wirklich bewundernswerten Umsicht; denn war überhaupt ein Hase auf dem Gelände gewesen, dann hätte er längst vor Idas knatternder Friedensfahne Reißaus genommen; und zwar, da Ida gegen den Wind lief, nicht auf Onkel Hugo zu sondern von Onkel Hugo weg. Mit anderen Worten: theoretisch hatten Ida und die Schwarze Madonna das in Frage gestellte Hasenleben längst schon gerettet.

Doch das Schicksal ist untheoretisch; schließlich konnte es schlecht nur ein Zufall gewesen sein, daß der Auerhahnhals gerade zu so einem fatalen Termin umgeknickt war.

Und wahrhaftig: jetzt sah man im Zickzack ein Auto die Chaussee entlanggerast kommen.

Onkel Hugo es sehen und die Flinte hochreißen, war eins. Aber er hatte wohl weniger das Auto als den im Zickzack vor ihm her flitzenden Hasen im Auge.

Doch auch der Chauffeur war vom Jagdfieber gepackt, er lag fast auf dem Steuerrad mit seiner füchsisch gekräuselten Nase, und ein paarmal war er dem Hasen bereits so dicht auf den Fersen, daß man schon dachte, er hätte ihn unter den Rädern; Onkel Hugo bemerkte er gar nicht.

Dem Hasen ging es ganz ähnlich. Er schlug plötzlich einen verzweifelten Haken und raste derart besessen auf Onkel Hugo zu, daß der unwillkürlich etwas zur Seite trat.

Dann allerdings krachte der Schuß, das Auto hielt an, ein schreckensbleiches Gesicht fuhr heraus, Schnee spritzte auf um den Hasen, er schoß Kobolz in der Luft und war hinter Idas Hügelkette verschwunden.

«He! Saus hin!» rief Onkel Hugo rüber; «den hat's geschnappt! So», sagte er dann und ging, das Gewehr unter dem Arm, auf das Auto los, «und jetzt, du Dreckskerl, zu dir. Wolln doch mal sehn», brüllte er, «ob dir die Lust, 'n Hasen kaputtzufahren, nicht vergeht! Hallo, Herr Regierungsrat», sagte er darauf mit merkwürdig veränderter Stimme zu jenem bleichen, fuchsgesichtigen Menschen, der sich jetzt mit erhobenen Händen aus dem Auto herauszwängte.

Einen Augenblick lang sahen beide sich an; dann ließ erst Onkel Hugo das Gewehr, darauf der andere die Arme sinken, und sie räusperten sich. Ich überlegte dauernd, warum mir so unbehaglich war, wenn ich den Menschen betrachtete; jetzt wußte ich es: er trug eine Auerhahnfeder am Hut.

«Rauchen wir eine Zigarre –?» fragte er Onkel Hugo.

«Aber gern», sagte Onkel Hugo und schlug die Hacken zusammen. «Übrigens –: Frohen Nikolaus, Herr Regierungsrat.»

«Danke, danke, mein Lieber», sagte der Mensch und hielt Onkel Hugo sein Etui hin.

Onkel Hugo verbeugte sich knapp. «Bin so frei, Herr. Was ist los!» schrie er dann rüber; «wie lange soll der Herr Regierungsrat auf seinen Hasen noch warten?!»

Da rannte ich los.

Genau unterhalb der Stelle, wo die Schrotkugeln den Schnee aufgequirlt hatten und so, daß sie von der Straße her nicht zu sehen war, hockte Ida.

Ich bekam einen großen Schreck, als ich sie sah. Doch es war nicht ihr Blut im Schnee, es gehörte dem Hasen. Er lag lang ausgestreckt vor ihr, und sie tupfte mit ihrem geblümten Kopfkissenbezug an einem glühend roten Loch herum, das er im Schulterblatt hatte.

«Na, was ist nu?!» schrie Onkel Hugo, mit der Zigarre fuchtelnd und den Fuß auf dem Trittbrett des Wagens. Der Regierungsmensch saß schon wieder am Steuer, er starrte paffend und mit füchsisch gekräuselter Nase herüber.

Aber auch Ida blickte mich an: blaß, schielend, sommersprossig und ernst.

Eigentlich gab es da gar nichts zu überlegen. Und ich schrie: «Nichts von dem Hasen zu sehen!»

«Blödkopp!» schrie Onkel Hugo, «such gefälligst vernünftig!»

Jetzt sagte der Regierungsmensch etwas zu ihm und sah dabei nach der Uhr; er schien Hunger zu haben.

Onkel Hugo salutierte. «Wir fahren schon vor!» schrie er; «beeil dich, daß ihn Tante Else noch zurechtmachen kann!» Er stieg ein, man hörte den Motor aufheulen, und das Auto fuhr los.

«Fahren in Hölle, Hasenschinder, verflixtes!» krächzte Ida ihm nach.

Ein frommer Wunsch; denn an dem Zustand des Hasen gemessen, war der Himmel jetzt näher. Man merkte es der ständig schnuppernden Spaltnase an: sie korrespondierte schon mit Ewigkeitsdüften.

Doch Ida hatte das Versagen der Schwarzen Madonna offenbar mit dem Himmel entzweit, sie gönnte ihm den Hasen noch nicht. «Muß sich Heu kriegen», erklärte sie plötzlich.

Es hätte wenig Sinn gehabt, ihr zu sagen, daß irdischer Hunger mit dem Unabhängigkeitsbedürfnis der Hasenseele schlecht zu vereinbaren war; und so wickelten wir den Hasen in Idas geblümten Kissenbezug ein, und Ida lud ihn sich vorsichtig auf die Schulter. Sie kannte eine Wildfütterung in der Nähe, dort wollte sie die schläfrigen Lebensgeister des Hasen mit getrockneten Kleeblättern wecken.

Es hatte zu schneien begonnen. Als wir am Waldrand waren, fielen die Flocken so dicht, daß man kaum mehr die Stämme erkannte. Natürlich verliefen wir uns und hockten uns schließlich erschöpft in den Schnee.

Der Hase blickte abwesend und mit bläulich umflorten Pupillen durch uns hindurch; es war unsere Rast, *seine* Reise ging weiter.

Ida wollte es noch immer nicht wahrhaben. Sie kroch so lange im Unterholz herum, bis sie tatsächlich ein Haselgebüsch entdeckte. Sie schälte etwas Rinde ab und hielt sie dem Hasen hin. Aber außer einem Höflichkeitsschnuppern war ihm keine Appetitsbekundung mehr zu entlocken.

«Is sich noch müde», entschied Ida; «muß sich erst schlafen.»

Das kam der Wahrheit schon näher.

Einmal sah es allerdings auch so aus, als wäre die Schwarze Madonna *doch* mit im Spiel. Ein Reh zog an uns vorbei; wir folgten ihm lautlos, und es trat auch wirklich vor der Wildfütterung heraus.

Sie war überdacht und mit einem Heuspeicher versehen. Wir richteten uns ein Lager her unter der Traufe, und Idas Bemühungen um den Hasen begannen von neuem.

Löwenzahn, Huflattich, Klee: es war alles in Dörrform vorhanden und wurde teils deutsch, teils polnisch gepriesen. Der Hase war auch eine Zeitlang ehrlich bemüht, Ida nicht zu verstimmen; immer wieder hob er mit zunehmender Anstrengung den Kopf und heuchelte einen letzten Anstandsrest von Interesse. Dann aber erlahmte seine Beherrschung allmählich, und Ida ging dazu über, ihm die glühende Nase mit Schnee einzureiben, was ihm auch zweimal ein Niesen, sonst jedoch nichts weiter entlockte.

Langsam begann es zu dämmern. Rehe kamen und gingen. Und dann waren auch die ersten Sterne zu sehen und fern, aus einem der Dörfer, klangen drei dünne Nikolausglockentöne herüber.

Ida war eingenickt; die roten Zöpfe standen ihr steif wie erfrorene Eichhörnchenschwänze vom Kopf ab.

Auch der Hase schlief. Ich deckte ihn noch etwas mit Heu zu; dann versuchte ich mir vorzustellen, daß bald Weihnachten wäre. Ich glaube, es ist mir einigermaßen gelungen; wenn auch mehr träumend als wach. Jedenfalls weckte mich plötzlich ein Schrei; ich fuhr hoch und sah gerade noch die rennenden Schaftstiefel der alten Melitta durch das schneefunkelnde Unterholz brechen. Der Hase war weg.

Ich fand Ida heulend vor einem schwärzlich gähnenden Loch knien. Sie trommelte mit den Fäusten auf die gefrorene Schneedecke und schrie in das Loch rein:

«Sollst dich ersticken dran, Deubelsmist! Sollst dich ersticken dran, Deubelsmist!!»

Daß sie den Fuchs meinte (der sich – in der verzeihlichen Annahme, an der Wildfütterung wäre auch für ihn was zu finden – den Hasen abgeholt hatte), das begriff ich allerdings erst auf dem Nachhauseweg richtig. Bis dahin waren von Ida nur polnische Flüche zu hören.

Ich gab mir große Mühe, ihr einzureden, daß durch dieses offensichtliche Mißverständnis des Fuchses dem himmlischen Auftrieb der Hasenseele ja keinerlei Abbruch geschähe; doch Ida blieb bei ihrer Meinung: Ob der Regierungsrat den Hasen verzehrte oder der Fuchs, das liefe aufs gleiche hinaus. Eine Behauptung, deren Wahrheitsgehalt (rief man sich das Gesicht dieses Menschen nur sorgfältig genug in Erinnerung) tatsächlich nur schwer zu widerlegen war.

Das Forsthaus hob sich sternüberflimmert und in zuckrig weißer Ansichtspostkartenunschuld vom Nachthimmel ab. Ein gedämpftes Adventslied ertönte, und im Eßzimmer sah man die Kerzen vom Tannenkranz brennen.

Wir traten ans Fenster und starrten hinein.

Es war ein sehr liebevoll gebundener Kranz. Er hing der alten Melitta, die neben Tante Else stand, strahlend zu Häupten. Melitta hatte sich einen gewaltigen Perlmuttkamm in die Haare gesteckt und sah auch sonst ziemlich prächtig aus. Onkel Hugo und der Regierungsrat standen mehr rechts. Ihre Augen glänzten beim Singen, und der Punsch in ihren Gläsern, die sie dabei vor die Brust hielten, drohte überzuschwappen.

Hoch über dem Kranz war auch der Auerhahn zu erkennen. Man hatte ihm den Hals mit einer Schnur an der Decke befestigt; es sah aus, als sänge er mit.

# DIE LEIHGABE

AM MEISTEN hat Vater sich jedesmal zu Weihnachten Mühe gegeben. Da fiel es uns allerdings auch besonders schwer, drüber wegzukommen, daß wir arbeitslos waren. Andere Feiertage, die beging man oder man beging sie nicht; aber auf Weihnachten lebte man zu, und war es erst da, dann hielt man es fest; und die Schaufenster, die brachten es ja oft noch nicht mal im Januar fertig, sich von ihren Schokoladenweihnachtsmännern zu trennen.

Mir hatten es vor allem immer die Zwerge und Kasperles angetan. War Vater dabei, sah ich weg; aber das fiel meist mehr auf, als wenn man hingesehen hätte; und so fing ich dann allmählich doch wieder an, in die Läden zu kucken.

Vater war auch nicht gerade unempfindlich gegen die Schaufensterauslagen, er konnte sich nur besser beherrschen. Weihnachten, sagte er, wäre das Fest der Freude; das Entscheidende wäre jetzt nämlich: nicht traurig zu sein; auch dann nicht, wenn man kein Geld hätte.

«Die meisten Leute», sagte Vater, «sind bloß am ersten und zweiten Feiertag fröhlich und vielleicht nachher zu Sylvester noch mal. Das genügt aber nicht; man muß mindestens schon einen Monat vorher mit Fröhlichsein anfangen. Zu Sylvester», sagte Vater, «da kannst du dann getrost wieder traurig sein; denn es ist nie schön, wenn ein Jahr einfach so weggeht. Nur jetzt, so vor Weihnachten, da ist es unangebracht, traurig zu sein.»

Vater selber gab sich auch immer große Mühe, nicht traurig zu sein um diese Zeit; doch er hatte es aus irgendeinem Grund da schwerer als ich; wahrscheinlich deshalb, weil er keinen Vater mehr hatte, der ihm dasselbe sagen konnte, was er mir immer sagte.

Es wäre bestimmt auch alles leichter gewesen, hätte Vater noch seine Stelle gehabt. Er hätte jetzt sogar wieder als Hilfspräparator gearbeitet; aber sie brauchten keine

Hilfspräparatoren im Augenblick. Der Direktor hatte gesagt, aufhalten im Museum könnte Vater sich gern, aber mit Arbeit müßte er warten, bis bessere Zeiten kämen.

«Und wann, meinen Sie, ist das?» hatte Vater gefragt.

«Ich möchte Ihnen nicht wehtun», hatte der Direktor gesagt.

Frieda hatte mehr Glück gehabt; sie war in einer Großdestille am Alexanderplatz als Küchenhilfe eingestellt worden und war dort auch gleich in Logis. Uns war es ganz angenehm, nicht dauernd mit ihr zusammenzusein; sie war jetzt, wo wir uns nur mittags und abends mal sahen, viel netter.

Aber im Grunde lebten auch *wir* nicht schlecht. Denn Frieda versorgte uns reichlich mit Essen, und war es zu Hause zu kalt, dann gingen wir ins Museum rüber; und wenn wir uns alles angesehen hatten, lehnten wir uns unter dem Dinosauriergerippe an die Heizung, sahen aus dem Fenster oder fingen mit dem Museumswärter ein Gespräch über Kaninchenzucht an.

An sich war das Jahr also durchaus dazu angetan, in Ruhe und Beschaulichkeit zu Ende gebracht zu werden. Wenn Vater sich nur nicht solche Sorge um einen Weihnachtsbaum gemacht hätte.

Es kam ganz plötzlich.

Wir hatten eben Frieda aus der Destille abgeholt und sie nach Hause gebracht und uns hingelegt, da klappte Vater den Band ‚Brehms Tierleben' zu, in dem er abends immer noch las und fragte zu mir rüber:

«Schläfst du schon?»

«Nein», sagte ich, denn es war zu kalt zum Schlafen.

«Mir fällt eben ein», sagte Vater, «wir brauchen ja einen Weihnachtsbaum.» Er machte eine Pause und wartete meine Antwort ab.

«Findest du?» sagte ich.

«Ja», sagte Vater, «und zwar so einen richtigen, schönen; nicht so einen murkligen, der schon umkippt, wenn man bloß mal eine Wallnuß dranhängt.»

Bei dem Wort Wallnuß richtete ich mich auf. Ob man nicht vielleicht auch ein paar Lebkuchen kriegen könnte zum Dranhängen?

Vater räusperte sich. «Gott –», sagte er, «warum nicht; mal mit Frieda reden.»

«Vielleicht», sagte ich, «kennt Frieda auch gleich jemand, der uns einen Baum schenkt.»

Vater bezweifelte das. Außerdem: so einen Baum, wie er ihn sich vorstellte, den verschenkte niemand, der wäre ein Reichtum, ein Schatz wäre der.

Ob er vielleicht eine Mark wert wäre, fragte ich.

«Eine Mark –?!» Vater blies verächtlich die Luft durch die Nase: «mindestens zwei.»

«Und wo gibt's ihn?»

«Siehst du», sagte Vater, «das überleg ich auch gerade.»

«Aber wir können ihn doch gar nicht kaufen», sagte ich; «zwei Mark: wo willst du die denn jetzt hernehmen?»

Vater hob die Petroleumlampe auf und sah sich im Zimmer um. Ich wußte, er überlegte, ob sich vielleicht noch was ins Leihhaus bringen ließe; es war aber schon alles drin, sogar das Grammophon, bei dem ich so geheult hatte, als der Kerl hinter dem Gitter mit ihm weggeschlurft war.

Vater stellte die Lampe wieder zurück und räusperte sich. «Schlaf mal erst; ich werde mir den Fall durch den Kopf gehen lassen.»

In der nächsten Zeit drückten wir uns bloß immer an den Weihnachtsbaumverkaufsständen herum. Baum auf Baum bekam Beine und lief weg; aber wir hatten noch immer keinen.

«Ob man nicht *doch –?*» fragte ich am fünften Tag, als wir gerade wieder im Museum unter dem Dinosauriergerippe an der Heizung lehnten.

«Ob man *was?*» fragte Vater scharf.

«Ich meine, ob man nicht doch versuchen sollte, einen gewöhnlichen Baum zu kriegen?»

«Bist du verrückt?!» Vater war empört. «Vielleicht so einen Kohlstrunk, bei dem man nachher nicht weiß, soll es ein Handfeger oder eine Zahnbürste sein? Kommt gar nicht in Frage.»

Doch was half es; Weihnachten kam näher und näher. Anfangs waren die Christbaumwälder in den Straßen noch aufgefüllt worden; aber allmählich lichteten sie sich, und eines Nachmittags waren wir Zeuge, wie der fetteste Christbaumverkäufer vom Alex, der Kraftriemen-Jimmy, sein letztes Bäumchen, ein wahres Streichholz von einem Baum, für drei Mark fünfzig verkaufte, aufs Geld spuckte, sich aufs Rad schwang und wegfuhr.

Nun fingen wir doch an traurig zu werden. Nicht schlimm; aber immerhin, es genügte, daß Frieda die Brauen noch mehr zusammenzog, als sie es sonst schon zu tun pflegte, und daß sie uns fragte, was wir denn hätten.

Wir hatten uns zwar daran gewöhnt, unseren Kummer für uns zu behalten, doch diesmal machten wir eine Ausnahme, und Vater erzählte es ihr.

Frieda hörte aufmerksam zu. «Das ist alles?»

Wir nickten.

«Ihr seid aber komisch», sagte Frieda; «wieso geht ihr denn nicht einfach in den Grunewald einen klauen?»

Ich habe Vater schon häufig empört gesehen, aber so empört wie an diesem Abend noch nie.

Er war kreidebleich geworden. «Ist das dein Ernst?» fragte er heiser.

Frieda war sehr erstaunt. «Logisch», sagte sie; «das machen doch alle.»

«Alle –!» echote Vater dumpf, «alle –!» Er erhob sich steif und nahm mich bei der Hand. «Du gestattest wohl», sagte er darauf zu Frieda, «daß ich erst den Jungen nach Hause bringe, ehe ich dir hierauf die gebührende Antwort erteile.»

Er hat sie ihr niemals erteilt. Frieda war vernünftig; sie tat so, als ginge sie auf Vaters Zimperlichkeit ein, und am nächsten Tag entschuldigte sie sich.

Doch was nützte das alles; einen Baum, gar einen Staatsbaum, wie Vater ihn sich vorstellte, hatten wir deshalb noch lange nicht.

Aber dann – es war der dreiundzwanzigste Dezember, und wir hatten eben wieder unseren Stammplatz unter dem Dinosauriergerippe bezogen – hatte Vater die große Erleuchtung.

«Haben Sie einen Spaten?» fragte er den Museumswärter, der neben uns auf seinem Klappstuhl eingenickt war.

«Was?!» rief der und fuhr auf, «was habe ich?!»

«Einen Spaten, Mann», sagte Vater ungeduldig; «ob Sie einen Spaten haben.»

Ja, den hätte er schon.

Ich sah unsicher an Vater empor. Er sah jedoch leidlich normal aus; nur sein Blick schien mir eine Spur unsteter zu sein als sonst.

«Gut», sagte er jetzt; «wir kommen heute mit zu Ihnen nach Hause, und Sie borgen ihn uns.»

Was er vorhatte, erfuhr ich erst in der Nacht.

«Los», sagte Vater und schüttelte mich, «steh auf.»

Ich kroch schlaftrunken über das Bettgitter. «Was ist denn bloß los!»

«Paß auf», sagte Vater und blieb vor mir stehen: «Einen Baum stehlen, das ist gemein; aber sich einen borgen, das geht.»

«Borgen –?» fragte ich blinzelnd.

«Ja», sagte Vater. «Wir gehen jetzt in den Friedrichshain und graben eine Blautanne aus. Zu Hause stellen wir sie in die Wanne mit Wasser, feiern morgen dann Weihnachten mit ihr, und nachher pflanzen wir sie wieder am selben Platz ein. Na –?» Er sah mich durchdringend an.

«Eine wunderbare Idee», sagte ich.

Summend und pfeifend gingen wir los; Vater den Spaten auf dem Rücken, ich einen Sack unter dem Arm. Hin und wieder hörte Vater auf zu pfeifen, und wir sangen zweistimmig ‚Morgen, Kinder, wird's was geben' und

‚Vom Himmel hoch, da komm ich her'. Wie immer bei solchen Liedern, hatte Vater Tränen in den Augen und auch mir war schon ganz feierlich zumut.

Dann tauchte vor uns der Friedrichshain auf, und wir schwiegen.

Die Blautanne, auf die Vater es abgesehen hatte, stand inmitten eines strohgedeckten Rosenrondells. Sie war gut anderthalb Meter hoch und ein Muster an ebenmäßigem Wuchs.

Da der Boden nur dicht unter der Oberfläche gefroren war, dauerte es auch gar nicht lange, und Vater hatte die Wurzeln freigelegt. Behutsam kippten wir den Baum darauf um, schoben ihn mit den Wurzeln in den Sack, Vater hing seine Joppe über das Ende, das raussah, wir schippten das Loch zu, Stroh wurde drüber gestreut, Vater lud sich den Baum auf die Schulter, und wir gingen nach Hause.

Hier füllten wir die große Zinkwanne mit Wasser und stellten den Baum rein.

Als ich am nächsten Morgen aufwachte, waren Vater und Frieda schon dabei, ihn zu schmücken. Er war jetzt mit Hilfe einer Schnur an der Decke befestigt, und Frieda hatte aus Stanniolpapier allerlei Sterne geschnitten, die sie an seinen Zweigen aufhängte; sie sahen sehr hübsch aus. Auch einige Lebkuchenmänner sah ich hängen.

Ich wollte den beiden den Spaß nicht verderben; daher tat ich so, als schliefe ich noch. Dabei überlegte ich mir, wie ich mich für ihre Nettigkeit revanchieren könnte.

Schließlich fiel es mir ein: Vater hatte sich einen Weihnachtsbaum geborgt, warum sollte ich es nicht fertigbringen, mir über die Feiertage unser verpfändetes Grammophon auszuleihen? Ich tat also, als wachte ich eben erst auf, bejubelte vorschriftsmäßig den Baum, und dann zog ich mich an und ging los.

Der Pfandleiher war ein furchtbarer Mensch; schon als wir zum ersten Mal bei ihm gewesen waren, und Vater ihm seinen Mantel gegeben hatte, hätte ich dem Kerl sonst was zufügen mögen; aber jetzt mußte man freundlich zu ihm sein.

Ich gab mir auch große Mühe. Ich erzählte ihm was von zwei Großmüttern und «gerade zu Weihnachten» und «letzte Freude auf alte Tage» und so, und plötzlich holte der Pfandleiher aus und haute mir eine herunter und sagte ganz ruhig:

«Wie oft du *sonst* schwindelst, ist mir egal; aber zu Weihnachten wird die Wahrheit gesagt, verstanden?»

Darauf schlurfte er in den Nebenraum und brachte das Grammophon an. «Aber wehe, ihr macht was an ihm kaputt! Und nur für drei Tage! Und auch bloß, weil du's bist!»

Ich machte einen Diener, daß ich mir fast die Stirn an der Kniescheibe stieß; dann nahm ich den Kasten unter den einen, den Trichter unter den anderen Arm und rannte nach Hause.

Ich versteckte beides erst mal in der Waschküche. Frieda allerdings mußte ich einweihen, denn die hatte die Platten; aber Frieda hielt dicht.

Mittags hatte uns Friedas Chef, der Destillenwirt, eingeladen. Es gab eine tadellose Nudelsuppe, anschließend Kartoffelbrei mit Gänseklein. Wir aßen, bis wir uns kaum noch erkannten; darauf gingen wir, um Kohlen zu sparen, noch ein bißchen ins Museum zum Dinosauriergerippe; und am Nachmittag kam Frieda und holte uns ab.

Zu Hause wurde geheizt. Dann packte Frieda eine Riesenschüssel voll übriggebliebenem Gänseklein, drei Flaschen Rotwein und einen Quadratmeter Bienenstich aus, Vater legte für mich seinen Band ‚Brehms Tierleben' auf den Tisch, und im nächsten unbewachten Augenblick lief ich in die Waschküche runter, holte das Grammophon rauf und sagte Vater, er sollte sich umdrehen.

Er gehorchte auch; Frieda legte die Platten raus und steckte die Lichter an, und ich machte den Trichter fest und zog das Grammophon auf.

«Kann ich mich umdrehen?» fragte Vater, der es nicht mehr aushielt, als Frieda das Licht ausgeknipst hatte.

«Moment», sagte ich; «dieser verdammte Trichter – denkst du, ich krieg das Ding fest?»

Frieda hüstelte.

«Was denn für ein Trichter?» fragte Vater.

Aber da ging es schon los. Es war ‚Ihr Kinderlein, kommet'; es knarrte zwar etwas, und die Platte hatte wohl auch einen Sprung, aber das machte nichts. Frieda und ich sangen mit, und da drehte Vater sich um. Er schluckte erst und zupfte sich an der Nase, aber dann räusperte er sich und sang auch mit.

Als die Platte zu Ende war, schüttelten wir uns die Hände, und ich erzählte Vater, wie ich das mit dem Grammophon gemacht hätte.

Er war begeistert. «Na –?» sagte er nur immer wieder zu Frieda und nickte dabei zu mir rüber: «na –?»

Es wurde ein sehr schöner Weihnachtsabend. Erst sangen und spielten wir die Platten durch; dann spielten wir sie noch mal ohne Gesang; dann sang Frieda noch mal alle Platten allein; dann sang sie mit Vater noch mal, und dann aßen wir und tranken den Wein aus, und darauf machten wir noch ein bißchen Musik; und dann brachten wir Frieda nach Hause und legten uns auch hin.

Am nächsten Morgen blieb der Baum noch aufgeputzt stehen. Ich durfte liegenbleiben, und Vater machte den ganzen Tag Grammophonmusik und pfiff Zweite Stimme dazu.

Dann, in der folgenden Nacht, nahmen wir den Baum aus der Wanne, steckten ihn, noch mit den Stanniolpapiersternen geschmückt, in den Sack und brachten ihn zurück in den Friedrichshain.

Hier pflanzten wir ihn wieder in sein Rosenrondell. Darauf traten wir die Erde fest und gingen nach Hause. Am Morgen brachte ich dann auch das Grammophon weg.

Den Baum haben wir noch häufig besucht; er ist wieder angewachsen. Die Stanniolpapiersterne hingen noch eine ganze Weile in seinen Zweigen, einige sogar bis in den Frühling.

Vor ein paar Monaten habe ich mir den Baum wieder mal angesehen. Er ist jetzt gute zwei Stock hoch und hat den Umfang eines mittleren Fabrikschornsteins. Es mutet merkwürdig an, sich vorzustellen, daß wir ihn mal zu Gast in unserer Wohnküche hatten.

# DIE FLUCHT NACH ÄGYPTEN

AM SCHÖNSTEN war es, wenn so Anfang Dezember auf dem Lustgarten die Weihnachtsmarktleute ihre Buden aufrichteten. Wir strichen dann auf den Gängen herum und sahen nach, ob wir nicht einen alten Bekannten träfen. Wir kannten eine Menge Schausteller und Budenbesitzer, die meisten noch von Vaters Rummelzeit her, er hatte damals in einem Raritätenkabinett als Präparator gearbeitet.

Diesmal jedoch – es war der achtundzwanziger Winter und so grauenhaft kalt, daß man dauernd ins Pergamonmuseum gehen und sich aufwärmen mußte –, diesmal jedoch war niemand unserer alten Bekannten zu sehen. Vielleicht kamen sie noch, vielleicht war es ihnen aber eben auch einfach zu kalt, denn viele hatten nur einen Einmannbetrieb, und da war natürlich an einen Ofen oder gar an eine Heizung nicht zu denken.

Wir machten uns aber auch noch aus einem anderen Grund zwischen den Buden zu schaffen. Wenn man mal irgendwo mit Hand anlegte, konnte man hoffen, Dauerfreikarten zu bekommen oder auch sogar mal ein paar Mark zu verdienen.

Vor allem an einer Monster-Raritätenschau war uns ganz außerordentlich gelegen. Schon als die mächtigen, zusammenhängenden Bretterwände abgeladen und die Grundrißbalken des Respekt einflößend großen Baues zusammengefügt wurden, griffen wir so verbissen und konzentriert mit zu, daß wir beim Befehlsempfang für den nächsten Tag schon ganz selbstverständlich mit einbezogen wurden.

Der Bau hatte über dem mit wundervollen Plakaten und bunten Transparenten geschmückten Eingang einen hohen, glöckchenverzierten Pagodenaufsatz. Sein Besitzer hatte diese Verzierung gewählt, weil die Fettpolster unter seinen Augen diesen einen leicht asiatischen Zuschnitt verliehen. Und auch in seiner Kleidung versuchte Pagoden-Ede sich so chinesisch oder japanisch wie möglich zu geben. Er stammte aber bloß aus Neukölln und war auch viel zu groß und zu schwer, als daß einem seine Verkleidung auch glaubhaft erschienen wäre; einzig sein kahler Kopf wirkte einigermaßen überzeugend.

Als sein Monster-Unternehmen stand, ging Vater zu ihm hin, wünschte ein gutes Weihnachtsgeschäft und deutete an, wobei wir geholfen hätten.

Pagoden-Ede bot Vater eine Zigarette an, tippte mit dem narbigen Zeigefinger an seinen Melonenrand und drehte sich um.

Da wußten wir, daß es diesen Dezember auf dem Weihnachtsmarkt einen Feind für uns geben würde.

Unsere Meinung verstärkte sich noch, als wir erfuhren, daß Kinder zu Pagoden-Edes Monster-Raritätenschau keinen Zutritt hatten; und zwar nicht etwa deshalb, weil sie zum Beispiel vor dem Löwenmenschen Halef ben Brösicke keinen Schreck kriegen sollten, sondern weil Pagoden-Ede Kinder nicht leiden konnte.

Frau Schmidt, die als Dickste Dame der Welt schon vierzehn Jahre bei ihm arbeitete, sagte uns, das hinge damit zusammen, daß Pagoden-Ede selbst zu viele hätte, fast in allen Städten gab es welche von ihm.

Aber Vater behauptete, Pagoden-Edes Abneigung gegen Kinder säße noch tiefer. «Er ist Zwerge und Liliputaner gewöhnt», sagte er; «und deren Winzigkeit zahlt sich für einen Mann wie ihn aus. In der Winzigkeit eines Kindes aber sieht er keinen Sinn; und Sinnloses haßt ein Geschäftsmann wie er; das ist nur natürlich.»

Wie dem auch war, es gab sogar auf dem Weihnachtsmarkt von Pagoden-Ede ein Kind; es war der traurigste und langnäsigste kleine Junge, den wir jemals gesehen hatten. Wir lernten seine Mutter am Eröffnungstag kennen; sie betrieb, dicht vor dem Pergamonmuseum, und auf dem dunkelsten Fleck des sonst so lichtüberfluteten Lustgartens, ein Würfelbudenunternehmen, dessen Inventar aus einem Tablett, einem Lederbecher, zwölf lila Teddybären und einem Handköfferchen voll Trostpreisen bestand. Frau Fethges Anreißer war ein alter Fotoapparat, den sie als möglichen Hauptgewinn aufgebaut hatte.

Vater entdeckte in einem Gespräch mit ihr, daß wir einen gemeinsamen Bekannten hatten, den Schönen Oskar nämlich, der Schnellzeichner war. Er hatte Frau Fethge auf dem Oktobermarkt in Stettin gesagt, er wollte im Dezember nach Berlin runterkommen. So war es nur natürlich, daß das Gespräch auch auf Echnaton kam.

Zur Zeit, da Echnaton Fethge in einem fahrenden Wohnwagen zur Welt gekommen war, hatte Pagoden-Ede, sein Vater, nämlich noch nicht auf asiatisch sondern auf ägyptisch gemacht. Frau Fethge hatte damals eine Zeit lang als Schleiertänzerin bei ihm gearbeitet. Und da Pagoden-Ede nicht ungebildet war, hatte er Frau Fethge den Künstlernamen Nofrotete de Castro gegeben und ihr gemeinsames Kind, wohl wegen dessen langer und wirklich ein wenig ägyptisch wirkender Nase, im Geburtsregister, trotz des Protests des Standesbeamten, als Echnaton Fethge eintragen lassen.

Das war nun fast acht Jahre her, und Echnatons Trauer über die Vergeßlichkeit seines Vaters war in diesen acht Jahren so groß geworden, daß er sich schon gar keine Mühe mehr gab, seine kleine, ständig beschlagene Nickelbrille noch blank zu putzen; er sah einfach unter ihr hervor, sie wäre ja doch sofort wieder beschlagen.

Wir gaben uns die allererdenklichste Mühe, Echnaton ein wenig heiter zu stimmen, denn schließlich rückte ja Weihnachten näher, und es wäre unerträglich für uns gewesen zu wissen, es sähe am Heiligen Abend ein kleiner Junge so traurig wie Echnaton aus. Doch wir konnten noch so oft mit ihm vor dem mit blauen und roten Glühbirnen verzierten Riesenrad oder den atemberaubend duftenden Mandelbrennereien stehen, er wurde nicht froh.

Da kam uns ein Zufall zu Hilfe.

Direkt gegenüber von Pagoden-Edes Monster-Raritätenschau war noch, grell von Edes Scheinwerfern angestrahlt, ein winziger Platz frei. Wir hatten uns schon gewundert, daß ihn niemand bezog, denn an sich lag er günstig; Hauptsache, daß sich dort kein Vergnügungsetablissement niederließ, dem hätte Ede mit seiner Schau natürlich das Wasser abgegraben.

Am dritten Weihnachtsmarkttag sagte Vater, der ja für so was schon immer ein Organ hatte, plötzlich: «Ich weiß nicht, mit dem Stand da ist irgendwas los.»

Was denn schon los sein sollte mit ihm, fragte Echnaton mürrisch.

«Wir wollen sehn», sagte Vater.

Er nahm uns bei der Hand, und wir gingen zum Standverteilbüro; es war am Kupfergraben, in der Kajüte eines ausgedienten Äpfelkahns untergebracht.

«Ich versteh's auch nicht», sagte der Platz-Chef; «Paul wollte doch schon vorgestern am Schlesischen Bahnhof ankommen.»

«Paul –?» sagte Vater gespannt; «etwa Paul Jenthe aus der Uckermark mit seinem rechnenden Esel Franz?»

«Genau der», nickte der Platz-Chef; «bloß, daß der Franz jetzt zu alt ist zum Rechnen; Paul läßt ihn ein Kinderkarussell ziehn.»

«Allmächtiger –!» sagte Vater, «da steht er vor Pagoden-Ede ja richtig.»

Dazu, sagte der Platz-Chef, könnte er keine Stellung beziehen.

«Auch nicht nötig», seufzte Vater; «Paul ist schon immer ein Unglücksvogel gewesen.»

Er war es auch jetzt. Auf keinem Gleis des Schlesischen Bahnhofs, wohin wir uns noch am selben Abend begaben, war ein Güterwagen mit einem Karussell und einem Esel darin abgestellt worden. Doch Vater ruhte nicht eher, bis er die Erlaubnis erhielt, draußen, vor den Laderampen, mal nachsehen zu dürfen.

Echnaton und ich blieben zurück, und wir sahen Vater auf dem schneeverwehten Schienengewirr wie eine große, dürre Spinne im frostglitzernden Dunkel verschwinden.

Nach einer Weile kam er atemlos wieder zurück. «Eine Zange!» schrie er schon von weitem, «besorgt eine Zange!»

Wir rannten auch gleich los, obwohl wir keine Ahnung hatten, wofür Vater abends um halb neun auf dem Gelände des Schlesischen Bahnhofs eine Zange benötigte. Zum Glück gab es auf dem Bahnsteig ein Häuschen mit Geräten für die Streckenarbeiter, seine Tür war nicht verschlossen, und nach einigem Kramen fanden wir auch eine Drahtschere und rannten mit ihr zurück.

«Wunderbar!» rief Vater, als er sie sah; «kommt mit!»

Wir stolperten über die Schwellen hinter ihm her.

Plötzlich war vor uns ein dumpfes Bumsen und Hämmern zu hören, und zugleich hob sich von der diesigen Nachtkulisse ein schneeverwehter Güterwagen ab.

«Ja doch, Paul!» schrie Vater rüber zu ihm, «wir kommen ja schon! Man hat aus Versehen seinen Wagen plombiert», keuchte Vater im Rennen, «und da Paul bei seiner Ankunft schlief, auf ein Abstellgleis geschoben.»

«Otto –!» war jetzt aus dem Waggon eine erschöpfte Stimme zu hören, «Otto, bist du es?»

«Ja!» schrie Vater und hatte auch schon den Plombendraht durchgeknipst, und wir zerrten zu dritt die Schiebetür auf, und im Schein einer zischenden Karbidlampe tauchte erst Franzens, des Esels, eisgraues Leidensgesicht und dann, aus dem Dunkel dahinter, die Goldborte an Paul Jenthes alter Kapitänsmütze auf.

Es gab eine Begrüßung, als wäre Paul am Nordpol verschollen gewesen; selbst Echnaton wurde von ihm stürmisch ein paarmal umarmt.

Echnaton allerdings interessierte sich an diesem Abend für jemand anderes; einzig nämlich für Franz. Die ganze Zeit, die dieser dampfend und bereitwillig nickend den Wagen mit den starr blickenden Schwänen, Hirschen und Tigern und dem sonstigen Karussellzubehör in Richtung Lustgarten zog, führte Echnaton ihn am Halfter und klopfte ihm ermunternd den Hals und redete freundlich auf ihn ein, wenn Franz sich mal zitternd verschnaufte.

Es war noch zu früh, um an Paul Jenthes Standplatz heranzukommen; so zogen wir außen vor dem Dom und hinten am Museum vorbei, und Frau Fethge stärkte uns erst mal aus ihrer Thermosflasche mit Kaffee, und wir rieben Franz sorgfältig von allen Seiten mit Stroh ab.

Nach Mitternacht fing es an, leerer zu werden; jetzt konnte Paul sein Wägelchen bequem durch die schneeschimmernden Gänge lavieren.

Pagoden-Ede hatte schon zu, und die Scheinwerfer waren aus; das war gut, da stürzte nicht gleich alles auf einmal über Paul Jenthe herein. Er war sehr zufrieden mit seinem Platz.

«Wenn ich *hier* kein Geschäft mache», sagte er, «Otto, wo dann?»

Vater räusperte sich und spuckte sich übertrieben forsch in die Hände. «Nu mal los!» rief er kläglich.

Wir arbeiteten bis in den Morgen hinein. Paul hatte zum Glück einen Koksofen mit, sonst wäre das kaum zu machen gewesen. Als hinter einem der trompetenden Engel auf dem Dom der abgenutzte Rand der Sonne erschien, war auch der letzte Holzschwan montiert, und Paul stellte die Drehorgel auf und ließ Franz unter den Klängen von ‚Ihr Kinderlein, kommet' eine Proberunde drehen.

Es klappte wunderbar, und was uns beinah ebenso freute: Echnaton machte das Karussellfahren Spaß, zum ersten Mal sahen wir so etwas wie die Andeutung eines Lächelns hinter seiner Nickelbrille aufglimmen. Ob es Franz aber auch wirklich nicht anstrengte?

«I wo», sagte Paul, «gar nicht. Hopp!» rief er, «gleich noch mal!»

In diesem Augenblick wurde drüben auf dem Podest eine Zeltklappe beiseite geschoben, und Pagoden-Ede beugte seinen krebsroten und mit einer doppelschwänzigen Seejungfrau tätowierten Oberkörper heraus und kippte Franz, der entsetzt die langen Ohren anlegte und mit einem Ruck stehenblieb, sein Waschwasser vor die Hufe.

Echnaton preßte die Lippen zusammen.

«Vorsicht, Nachbar», sagte Paul ruhig, «hier steht auch noch einer.»

Pagoden-Ede hob langsam den kahlen, massigen Kopf, die fettgepolsterten Äuglein glitten schläfrig über das Kinderkarussell hin. «Herrje!» sagte er gleichmütig; «seh ich ja jetzt erst!»

An diesem Morgen wurde uns klar: sollte der Weihnachtsmarkt für Paul ein Geschäft werden, mußte ein Wunder geschehen.

Am Nachmittag wartete eine Überraschung auf uns.

Frau Fethge erzählte, der Schöne Oskar wäre gekommen. Das lenkte uns erst von Paul etwas ab; wir suchten Oskar auf dem ganzen Markt. Endlich fanden wir ihn; er hatte keinen Platz mehr bekommen, er stand verbittert am Schloß, vor dem Eosanderportal. Er hatte sich jetzt einen Künstlerbart stehen lassen, der kleidete ihn als Schnellzeichner nicht schlecht; und es kam auch wirklich hin und wieder mal jemand vorbei, der ernsthaft von ihm portraitiert werden wollte.

Wir baten Oskar, daß er Echnaton zeichnen sollte, denn der war, seit dieser Begegnung mit seinem Vater, wieder trauriger geworden denn je; wir hofften, daß ihn sein Konterfei etwas aufheitern würde. Doch das Gegenteil war der Fall, er fing beinah an zu weinen, als er es sah; dabei hatte Oskar es wirklich ähnlich gemacht; aber wahrscheinlich war gerade das der Grund.

Vater tröstete Echnaton auch gleich; er sagte, wir wollten mal zu Paul rübergehen, eine Karussellfahrt, die machte ihn bestimmt wieder froh.

Es war inzwischen schon ganz weihnachtlich geworden überall; pulvriger Schnee lag auf den Dächern und Buden, die Luft roch nach Tannengrün und Türkischem Honig, und die Menschen waren so freundlich zueinander, als hätte man ihnen gedroht: *ein* böses Wort, und die Welt ginge unter. Wenn es nur nicht so elend kalt gewesen wäre.

Vor Pagoden-Edes Monsterbau stauten sich die Leute so dicht, daß wir Mühe hatten durchzukommen. Ede pries durchs Sprachrohr gerade wieder die Winzigkeit seiner Liliputaner, die vergrämt und frierend um ihn herumstanden, und zwischendurch huschte immer mal wieder eine seiner zwölf Geishas hinter ihm vorbei und warf eine Kußhand in die begeistert klatschende Menge.

Wir wunderten uns gleich, daß wir Pauls Drehorgel gar nicht hörten.

«Die Scheinwerfer», sagte Vater; «paßt auf.»

Und richtig. Pauls Karussell wurde so grauenhaft grell von Pagoden-Edes Scheinwerfern angestrahlt, als sollte von dem kopfhängerischen Franz und den starr blickenden Schwänen und Tigern eine Filmaufnahme gemacht werden.

Paul war verzweifelt. «Die Mütter sagen, daß sich die Kinder in den fünf Karussellminuten bei mir die Augen verderben!»

«Und tags –?» fragte Vater.

«Tags –!» rief Paul Jenthe, und die Goldkordel an seiner alten Kapitänsmütze flammte unmutig auf; «was ist ein Weihnachtsmarktunternehmer am Tag?! Eine arbeitslose Eule, die die Mäuse verhöhnen!»

«Einschmeißen müßte man ihm seine Scheinwerfer», knirschte Echnaton, der sich schützend, so daß sein Schatten auf ihn fiel, vor Franz gestellt hatte, der dankbar wieder den Kopf hob.

«Gewalt», sagte Vater, «ist hier fehl am Platz. Und es geht ja auch nicht darum, Ede zu bestrafen sondern darum, Paul einen Verdienst zu verschaffen.»

«Meine Mutter verdient auch nichts», sagte Echnaton zornig; «und das ist auch seine Schuld. Er hat längst eine Strafe verdient.»

«Deine Mutter ist eine gute und tapfere Frau», sagte Paul etwas zusammenhanglos; «wenn mein Geschäft florierte, ich böte ihr glatt an, bei mir einzusteigen.»

Echnatons Brillengläser irrlichterten erregt zwischen Paul und Franz hin und her; als er dann sprach, merkte man allerdings, er war mehr von Franz angetan.

«Reden», sagte er heiser, «kostet ja nichts.»

Vater lachte gekünstelt. «Na also!» rief er mit einer so falschen Fröhlichkeit aus, daß ich eine Gänsehaut kriegte, «dann nichts wie zu Frau Fethge jetzt, Paul, und ihr einen Antrag gemacht!»

Paul sagte, so wäre es nun auch wieder nicht gemeint, aber mit einer klugen und rechtschaffenen Geschäftsfrau zu reden wäre stets ein Gewinn. «Ich versäum ja nichts hier», fügte er mit einem Seufzer hinzu.

Darauf schloß er das Karussell ab, nahm Franz am Halfter, und wir schoben uns durch das Gedränge.

Es sollte ein Schicksalsgang werden.

Wir waren noch keine fünf Minuten unterwegs, da hielt uns eine pelzverbrämte Dame an und fragte Paul, was es kostete, ihr Töchterchen auf Franz mal reiten zu lassen.

Paul war so erledigt, daß er die Schultern zuckte.

«Fünfzig Pfennig», sagte da Echnaton schnell.

«Das ist geschenkt», sagte die Dame. Ob Vater so nett sein könnte, ihr Töchterchen raufzusetzen?

Vater murmelte, er wäre so frei und hob das Töchterchen rauf, und wir zogen verdrossen mit ihm durch die lebkuchenduftenden Gänge.

Wirklich eine reizende Idee, sagte die Dame dabei gesprächig zu Paul; mit einem so biblischen Tier wie dem Esel den Weihnachtsmarkt zu beleben!

Paul ließ sie reden.

«Na», sagte die Dame zu dem Töchterchen, das mit seinen Absätzen wütend gegen Franzens Bauch trommelte, «wie fühlt sich mein Christkindchen auf seinem Ritt nach Ägypten?»

Bei dem Wort Ägypten hob Echnaton ruckartig den Kopf.

Aber auch Vater schien plötzlich irgendwie hellhörig geworden zu sein. «Ein hübscher Vergleich», sagte er abwesend.

«Nicht wahr?» sagte die Dame. «Zu dumm nur, daß ich keinen Fotoapparat mithabe; mein Mäuschen auf einem

Esel, von Josef geführt – das wäre eine Aufnahme fürs Leben geworden.»

«Ich heiße *Paul*», sagte der ärgerlich.

«Himmel!» rief da Vater dazwischen und schlug sich mit der Hand gegen die Stirn.

«Verzeihung –» sagte die Dame befremdet.

Aber da hatte Vater schon kehrtgemacht und rannte in Richtung Pergamonmuseum davon.

«Ein interessanter Mensch», sagte die Dame unüberzeugt; «dabei sah er anfangs wie einer der Drei Heiligen Könige aus.» Sie hob ihr Töchterchen von Franz herunter, der erleichtert aufatmete, bezahlte die fünfzig Pfennige an Paul und bedankte sich kühl.

Echnaton wußte, wo Vater hingerannt war: zu Frau Fethge. Wir trafen sie in heller Aufregung an.

«*Ich*?!» rief sie, als wir hinkamen, dauernd, «*ich* die Maria?!»

«Ja», sagte Vater zwingend, «wer sonst?»

«Moment mal», ächzte Paul; «erst soll *ich* Josef heißen, und nu Frau Fethge Maria –?»

«Paul!» rief Vater und schüttelte ihn, «weißt du, wem wir eben in dieser Dame begegnet sind?!»

«Sag bloß noch, 'ner Aufsichtstante vom Gewerbeamt», ächzte Paul.

Vater sah strafend auf ihn herab. «Einem Engel!» rief er beschwörend.

Paul und Frau Fethge blickten scheu rüber zum Dom, in dessen Grünspankuppel sich stumpf das Lichtermeer des Weihnachtsmarkts widerspiegelte. Aber die Steinengel dort standen alle noch trompetend auf ihren Gesimsen.

«Ich verstehe Sie», sagte Echnaton da und kämmte Franz versonnen das Pony unterm Stirnband hervor: «die Dame hat an die Bibel erinnert.»

«So ist es», nickte Vater; «und an was da nun wohl?»

«An die Weihnachtsgeschichte», sagte ich schnell, weil ich Echnaton, der klüger war als ich, gern zuvorkommen wollte.

«Jawohl», sagte Vater triumphierend; «und jetzt paßt auf.» Er zeigte auf Franz. «Der Esel», sagte er überflüssigerweise. Er zeigte auf Frau Fethge. «Maria.» Er zeigte auf Paul. «Josef.»

«Und Sie», sagte Echnaton erregt, «hätten wie einer der Drei Heiligen Könige ausgesehen, hat die Dame gesagt.»

Vater nickte selbstsicher. «Ein Engel, ich wußte es ja. Und ihr», sagte er und zeigte auf Echnaton und auf mich, «ihr seid die anderen zwei.»

Paul stöhnte, er verstände bloß dauernd Bahnhof.

«Paul», sagte Vater geduldig und nahm Frau Fethges Fotoapparat von dem Sockel, auf dem sie ihn als möglichen Hauptgewinn aufgebaut hatte: «was ist das?»

«Ein Fotoapparat», sagte Paul sehr richtig.

«Aber verstehen Sie doch endlich!» rief Echnaton; «die Dame hat doch extra–»

«Pssst–» machte da Paul und kniff angestrengt die Augen zusammen; «jetzt fang ich an zu verstehen: man soll uns fotografieren.»

«Als Kulisse nur, sozusagen», warf Vater ein.

«Aber die Hauptperson fehlt doch noch!» rief ich; «was nützen denn Josef und Maria, wenn –»

«Bruno, Bengel», unterbrach Vater mich scharf, «das *ist* es doch gerade: Das Christkind stellen die Mütter!»

Wir schwiegen andächtig einen Moment; uns allen stand die Größe dieses Gedankens ziemlich deutlich vor Augen.

Frau Fethge rührte dann allerdings noch kurz das Geschäftliche an. Ob da auch wirklich mehr als bei ihrer Würfelbude herausspränge?

Vater beruhigte sie; außerdem könnte sie ja jederzeit wieder in ihre Würfelbude zurück.

Echnaton sagte, ein solcher Rückfall käme gar nicht in Frage.

Na und *er*, sagte Paul eifrig und sah Frau Fethge geschäftstüchtig an, er ließe so was ja auch gar nicht erst zu.

Jetzt war nur noch zu klären, *wo* fotografiert werden sollte.

Und da hatte Vater eigentlich die beste von allen Ideen. «Na, wo wohl?!» rief er frohlockend; «im strahlenden Filmlicht von Pagoden-Edes Scheinwerfern natürlich!»

Gleich am nächsten Tag fingen wir an, uns an die Arbeit zu machen. Paul baute sein Karussell bis aufs Podest ab und begann die Hintergrundkulisse zu malen: eine Palme vor einer flimmernden Wüstenlandschaft. Er malte sie sehr natürlich, es wäre eine fabelhafte Bierreklame gewesen, man bekam Durst, wenn man sie ansah. Frau Fethge bemühte sich indessen um Perücken, künstliche Bärte und majestätische Kleidung; wobei ihr zugut kam, daß sie in ihrer besseren Zeit eine Weile Garderobiere im ‚Wintergarten' gewesen war und dort noch den und jenen kannte.

Vater fiel das wichtigste Amt zu: jemand zu finden, der auch zu fotografieren verstand. Wie von selbst kam er dabei auf Oskar, der ja sowieso dauernd darüber klagte, daß er bei dieser Kälte noch nicht mal langsam, geschweige schnell zeichnen könnte.

Oskar versprach, es sich durch den Kopf gehen zu lassen; und tatsächlich kam er auch am nächsten Tag fluchend und sich die blaugefrorenen Hände reibend an und sagte, er hätte sich durchgerungen, auf Lichtbildner umzusatteln.

Paul, der ein bißchen mißtrauisch war, spendierte einen Probefilm; doch die Aufnahmen, die Oskar dann von uns machte, waren alle leidlich in Ordnung. Jetzt bekam er noch aus Frau Fethges Fundus einen zu seinem Künstlerbart passenden schwarzen Hut aufgesetzt, Geld für Filme, einen Block für die Kundschaftsadressen, und wir waren komplett.

Es war ein schöner, samtgrauer Dezembernachmittag, und es fiel dicker, flauschiger Schnee, der allen Lärm dämpfte, als wir in unserer neuen Verkleidung aus Frau Fethges Würfelbude traten und gemessenen Schrittes unseren ersten Werbegang über den Weihnachtsmarkt antraten.

Paul hatte Frau Fethge Franz auf den Rücken gesetzt,

und obwohl Paul noch immer seine alte Kapitänsmütze aufhatte, wirkten die drei wirklich wie echt. Dann folgte Echnaton. Er trug einen Stab mit einem Blechstern daran und ein lang wallendes Lodencape. Er mußte sehr dicht hinter Franz gehen, denn Vater hatte ihm aus Pappe eine Kappe gemacht in der Form, wie sie die ägyptischen Könige trugen, und da die Nickelbrille Echnatons Ägypterprofil beeinträchtigt hätte, hatte er sie abnehmen müssen und sah jetzt nicht gut. Ich war schwarz und hatte einen krausen, gräßlich kitzelnden Bart um und einen Turban aus einem roten Frottierhandtuch um den Kopf.

Vater war praktisch er selber geblieben, nur daß er jetzt eine Messingkrone im Haar trug und sich zu seinem echten Schnurrbart noch einen Spitzbart angemalt hatte. Aber auf Vater lag auch wieder die Hauptlast; denn er hatte freundlich und ohne daß es wie eine Entführung aussah, ständig ein anderes kleines Kind vor Frau Fethge auf Franzens Rücken zu heben und dazu laut und garantiert so, daß die Mutter es hörte: «komm, du kleines Christkind», zu sagen. Oskar schließlich rief dann laut: «Süß!» oder «reizend!» und «ganz allerliebst!» und riß jedesmal, jedoch noch ohne zu knipsen, den Apparat vor das Auge.

Der Erfolg, den wir mit dieser, von Vater erarbeiteten Methode hatten, war ungeheuer.

Als wir nach etwa einer Stunde Pauls alten Karussellstand erreichten, war der uns nachdrängende Zug von Müttern, Eltern und Kindern so lang, daß er es, nachdem er sich um unser mit Tannenzweigen geschmücktes Podest gestaut hatte, gut und gern mit der Menge vor Pagoden-Edes Monsterbau aufnehmen konnte. Gleich drehten sich dort auch alle Leute nach uns um, und mit großer Genugtuung nahmen wir wahr, wie Ede es in der Folgezeit immer schwerer hatte, die Leute dort durch sein Sprachrohr zusammenzuhalten.

Ich weiß nicht, woran es lag, daß wir uns schon nach den ersten Aufnahmen richtig in unsere Rollen hineinzuleben begannen. Es hatte wohl mit all den gerührten Gesichtern der Eltern und den andächtig der Reihe nach aufs Podium trippelnden Kindern zu tun. Jedenfalls fingen Vaters Bewegungen, mit denen er ein Kind nach dem anderen auf Franz hob, allmählich an, immer königlicher zu werden, und Echnaton gar gab die fehlende Brille eine Unbefangenheit, die eines Kaisers würdig gewesen wäre. Nur Frau Fethge hatte es schwer; ständig schielte sie unter ihrem Kopftuch ängstlich zu Pagoden-Ede hinüber, der allerdings, über die vielen Kinder ringsum, langsam auch immer wütender wurde. Andererseits stand aber auch gerade dieser gehetzte Gesichtsausdruck Frau Fethge als Maria nicht schlecht, sie erhielt mehrmals Sonderapplaus für ihn.

Oskar knipste beinah sechzig Bilder an diesem Abend; wir hätten mit Leichtigkeit mehr stellen können, aber die Filme waren aufgebraucht. Vater riet, nach Möglichkeit sollte jeder auch zu Hause in seiner Rolle verharren, dann könnte man morgen mit einer noch größeren Echtheit aufwarten.

Und wirklich waren wir am nächsten Tag dann auch derart aufeinander eingespielt und an unsere Aufgabe gewöhnt, daß wir selbst untereinander schon ganz feierlich sprachen und Oskar, trotz seines Künstlerhutes, regelrechte Minderwertigkeitskomplexe bekam, weil er doch bloß Fotograf war.

Wir hatten uns an Frau Fethges Würfelbude getroffen; es dämmerte schon und fing auch wieder sanft an zu schneien, da kam auf einmal außen, um den Weihnachtsmarkttrubel herum, Paul Jenthe auf Franz angetrabt. Beide keuchten erregt, und Pauls goldene Kapitänskordel glühte unheilverheißend auf.

«Schnell!» schrie er und riß Franz, der erschrocken vorn hochging, wieder herum, «Ede montiert die Scheinwerfer ab!»

Das war eine schlimme Botschaft für uns.

Wir rafften unsere Gewandsäume auf, nahmen die Königsinsignien in die Hand und rannten ihm nach.

Und tatsächlich, Edes Monsterbau war in Dunkel getaucht. Nur ein paar dürftige Glühbirnen flackerten an den Ecken jetzt auf.

«Euch zeig ich's!» schrie Ede durch sein Sprachrohr herüber; «auf meine Kosten euch hier gesundstoßen wolln!»

Wir standen schweigend und, um uns zu wärmen, eng an Franz angeschmiegt, da.

Drüben traten jetzt mürrisch die Liliputaner heraus und stellten sich fröstelnd in ihrer Werbeanordnung auf; in der Dunkelheit sahen sie wie große graue, schlecht dressierte Mäuse aus; sie taten uns, wie immer, sehr leid.

Einer, der kleine Herr Pietsch, fragte mit seiner hohen Fistelstimme, wo die Scheinwerfer wären.

Ginge ihn einen Dreck an! schrie Ede erregt; ab jetzt würde ohne gespielt.

«Dann auch ohne uns», sagte Herr Pietsch ruhig. «Los, Leute, kehrt.»

Ede konnte noch so sehr toben, sie kamen nicht wieder heraus.

«Ich glaube», sagte Vater gedämpft, «wir machen es ihm leichter, wenn wir jetzt ein Weilchen verschwinden.»

Das befolgten wir dann auch.

Vater war seiner Sache so sicher, daß er uns aufforderte, uns nun wieder für unseren Propagandazug fertigzumachen.

«Und wenn wir nachher zurückkommen», sagte Oskar, «und stehn genauso im Dunkeln wie eben?»

Vater hob sich mit geschlossenen Augen seine Krone aufs Haupt: «Es gibt keine Dunkelheit mehr. Fertig, Maria?»

«Jawohl, Durchlaucht», sagte Frau Fethge, die bereits wieder auf Franz saß und sich die Röcke zurechtstrich.

Man kann sagen, daß wir leichtsinnig waren; aber dann waren es der Himmel oder jene engelhafte, pelzverbrämte Dame, oder wer Vater sonst seine Zuversicht eingab, schon lange.

Allerdings, als wir dann – einen womöglich noch längeren Zug von Müttern, Eltern und Kindern hinter uns als am Vortag – wieder in unseren schneeglitzernden Budengang einbogen, da wurden Pagoden-Edes Monsterbau und Paul Jenthes dursterregende Wüstenkulisse auch tatsächlich wieder ebenso angestrahlt wie zuvor.

«Es ist eine Existenzfrage für Ede», murmelte Vater, ohne die Lippen zu bewegen, während wir für das erste Bild Aufstellung nahmen; «König wie Künstler –: beide brauchen das Licht.»

An diesem Abend standen vor unserem Podest mehr Leute als drüben bei Ede. Selbst kinderlose Erwachsene sahen uns jetzt schon zu; und sie waren oft noch gerührter als die Eltern und Mütter.

Doch wir machten uns nichts vor; wir wußten es alle, selbst Franz ahnte es: hinter Edes bunten, schneegekrönten Plakaten braute sich ein Ungewitter zusammen. Abend für Abend konnten wir es auf seiner Stirn sich drohender auftürmen sehen. Aber auch seine Leute warnten uns. Der Löwenmensch Halef ben Brösicke, der kleine Herr Pietsch und Frau Schmidt, die Dickste Dame der Welt, sie kamen alle Augenblicke heimlich herüber. Ede sänne auf Rache, flüsterten sie; und zwar nähme er uns nicht nur übel, daß wir seine Scheinwerfer benutzten sondern vor allem auch, daß jetzt dauernd so viele Kinder hier rumkrebsten.

«Na, aber wessen Fest *ist* denn Weihnachten schließlich?!» schrie Vater, der einen Augenblick seine Krone vergaß, Frau Schmidt aufgeregt an.

Frau Schmidt versuchte die Schultern zu zucken. «Ich hab euch gewarnt. Der Boß kocht. Wenn er überläuft, versengt ihr euch die Finger an ihm.»

Vater, dem sehr an dem demokratischen Geist unseres Unternehmens lag, führte darauf eine Abstimmung durch; wer aufhören wollte, sollte es sagen.

Oskar räusperte sich. Aber Echnaton blitzte ihn mit seiner Nickelbrille so nachhaltig an, daß er sich schnell die Hutkrempe über die Augen zog und tat, als hätte er nur mal eine belegte Stimme gehabt.

Immerhin, wir verlegten wenigstens die Bilderausgabe

in Frau Fethges Würfelbude; unseren Verdienst, der jedesmal gleich aufgeteilt wurde, trugen wir ja in der Tasche; so war man leidlich gewappnet.

Wir hatten nun schon so viele gute Vergrößerungen zusammen, daß Oskar darangehen konnte, Postkartenabzüge von ihnen zu machen. Sie fanden reißenden Absatz, denn wir boten sie natürlich in unseren Verkleidungen feil.

Paul sagte, einem derart gesicherten Weihnachtsfest wären Franz und er schon seit Jahrzehnten nicht mehr entgegengegangen. Es war mittags im ‚Alten Nußbaum', wo wir immer alle einen Grog zu uns nahmen, um am Nachmittag dann besser auf den Beinen zu sein. Paul hatte merkwürdig gedehnt gesprochen, und Oskar sah ihn auch gleich ganz hoffnungsvoll an.

Nicht so Vater. Er hatte seine Krone zwar an den Kleiderhaken gehängt, aber er wirkte auch ohne sie majestätisch genug. Wie Paul das eben gemeint hätte.

Paul hob die Kapitänsmütze an und kratzte sich konzentriert auf dem Kopf.

«Sei bitte mehr Josef!» fuhr Frau Fethge ihn an.

«Ihr Josef, Maria», sagte Vater, «will anscheinend nur die Annehmlichkeiten des Weihnachtsfests kosten; um seinen gefahrvollen Auftrag möchte er rumkommen.»

«Auftrag –!» murrte Paul, «ich hör immer Auftrag!»

«Da hörst du richtig», sagte Vater gemessen. «Täglich kommen fast hundert Kinder zu dir und fühlen die Wärme eines Esels aufsteigen in sich und ahnen, wie damals diesem Baby in Bethlehem zumut gewesen sein muß –: Ist das *kein* Auftrag?»

Paul rutschte unruhig auf seinem Sitz hin und her. «Wenn du schon auf damals anspielst, dann kalkulier auch gefälligst diesen verdammten Herodes mit ein.»

«Tu ich ja», sagte Vater; «deshalb habe ich unseren Auftrag ja gefahrvoll genannt.»

«Aber wir spielen das falsch!» sagte Paul hartnäckig; «die damals sind doch geflohen!»

«Na und –?» rief da Echnaton wild und sah erregt unter seiner beschlagenen Nickelbrille hervor; «warum *diesmal* nicht durchhalten?!»

«Bravo, Echnaton», sagte Vater erfreut; und zu Paul: «Schließlich haben die Heiligen Drei Könige damals einen ganz entscheidenden Fehler gemacht.»

Frau Fethge blickte beunruhigt an Vater empor. Ginge er da nicht ein bißchen zu weit?

«Wieso?» sagte Vater und sah streng in sein Grogglas; «sie haben das Christkind beschenkt und sich darauf aus der Affaire gezogen. Sie hätten ihm Asyl gewähren müssen.»

«Bei ihm zu bleiben», sagte Echnaton fest, «hätte auch schon genügt.»

Vater nickte abwesend. «Ja», sagte er, «bleiben genügt.»

«Schön», ächzte Paul, «bleiben wir also.»

Fast sah es so aus, als wäre dieser Entschluß auch aufrechtzuerhalten gewesen. Fast. Drei Tage ging es noch gut, und es war, als hätte der früh in fiedrigen Wattebäuschen sinkende Schnee nicht nur die Weihnachtsmarktbuden sondern auch Edes Rachsucht mit einer dicken, kühlenden Pudelmütze versehen. Das heißt, daß wir bis dahin – von den inzwischen üblich gewordenen Beschimpfungen, die er uns allabendlich durch sein Sprachrohr herüberrief, einmal abgesehen jetzt – leidlich Ruhe hatten vor Ede, lag wohl auch mit daran, daß wir eher Schluß machen konnten; *unsere* Kunden gingen ja früher schlafen als seine.

Nachmittags, wenn wir mit unserem Werbegang anfingen, war es schon schwieriger, ihm aus dem Wege zu gehen; zumal Ede sich neuerdings einen Sport daraus machte, uns aufzulauern und anzupöbeln. Bisher waren wir dann nur immer schweigend an ihm vorbeigeschritten und hatten es den uns nachfolgenden Müttern überlassen, Ede mit Abscheu und Verachtung zu strafen. Aber dann, am vierten Tag, wie gesagt, und nicht mal mehr dreißig Stunden trennten uns noch vom Fest, – da geschah es.

Drei Uhr mochte es sein, doch es lag schon eine ganz merkwürdige und drohende Dämmrung über dem Lustgarten, und die Karussellorgeln und Weihnachtsschallplatten taten sich ziemlich schwer unter ihr. Auf alle Geräusche schien ein bösartiger Riesendaumen zu drücken, und Franz bockte auch gleich, als ob er ihn abschütteln müßte, und Paul und Echnaton hatten große Mühe, ihn zu beruhigen.

Wir bogen eben, jetzt wieder in leidlicher Würde vereint und ein Weihnachtslied singend, um ein im Frostwind knatterndes Bierzelt herum, da trat auf einmal, einen Zigarrenstummel im Mundwinkel und die Melone im Nacken, Pagoden-Ede hinter einem Bratapfelstand hervor.

Er hatte uns so nah herangelassen, daß es unmöglich war, ihm auszuweichen; und Franz tat auch nichts weiter, als genauso ergeben wie immer, die Beine zu heben. Aber plötzlich brüllte Ede laut auf, und ehe wir es begriffen, sank einer von Franzens scharfkantigen Hufen sekundenlang, und das ganze Körpergewicht nebst dem von Frau Fethge auf sich verlagernd, nachhaltig auf Edes Fußspitze nieder.

Dann allerdings schlug Ede zu. Er traf Franz am Hals, und Franz bäumte sich auf und galoppierte wiehernd, die kreischende Frau Fethge auf dem Rücken und den nur noch aus einem flatternden Lodencape und circa zwei Dutzend wirbelnder dünner Beine bestehenden Echnaton am Halfter, in Richtung Pergamonmuseum davon.

Sofort stürzte sich Ede auf Vater. Der sprang zur Seite, und knallrot vor Wut im Gesicht, schoß Ede an ihm vorbei und gegen das Zelt, dessen elastisch federnde Wand ihn wie einen Fußball zurückschleuderte, geradewegs auf Oskar zu, der, von einer silbern flatternden Atemfahne gefolgt, blitzschnell hinter einem hölzern lächelnden, riesigen Erzgebirgsweihnachtsmann verschwand.

«Zum Stand!» schrie Vater ihm nach; «gib auf den Stand acht!» Dann mußte er selber achtgeben, denn Ede hatte von Paul, der Franz nachgesetzt war, nun abgelassen und kam jetzt wieder, rotblau und schnaufend, zurück.

Ich sah im Losrennen noch, wie Vater sich, um besser laufen zu können, die Krone vom Kopf riß, dann gab es bloß noch die vorbeisausenden Buden und eine aufspritzende Schneefontäne um mich herum.

Es war wohl so ziemlich die wildeste Jagd, die je auf einem Weihnachtsmarkt stattgefunden hat. Zum Glück war Ede kein sehr guter Sprinter; ich weiß nicht mehr genau, wie es kam, aber plötzlich sah ich die Stufen des Pergamonmuseums vor mir, und rechts galoppierte Franz, und oben standen die anderen, und dann war auch Vater heran und riß mich mit rauf, und jetzt waren wir drin und rannten alle die schummrige Treppe hinauf.

Oben sammelten wir uns; bis auf Oskar waren wir vollzählig. Aber dann hörten wir unten Ede angeschnauft kommen, und da fiel sein Schatten, vom Weihnachtsmarktlicht draußen haushoch vergrößert, auch schon auf die Treppe, und so lautlos es ging, huschten wir tiefer in die endlosen und dunklen Säle hinein.

Plötzlich schrie Frau Fethge, die vorgerannt war, gellend auf. «Da –!» stammelte sie vor einem schneeumrandeten Fenster und stach mit zitterndem Zeigefinger in die vage Dämmrung des Saals.

Echnaton blieb keuchend neben mir stehen; seine Königsmütze war ihm auf die Stirne gerutscht, aber er sah gar nicht furchtsam aus. «Was ist, Mama?» fragte er laut.

«Da –!!» wiederholte Frau Fethge tonlos.

Jetzt war auch Vater heran. Er gab sich Mühe, ruhig zu erscheinen. «Nicht doch, Frau Fethge», sagte er heiser; «sind doch bloß Mumien da vorn; wir sind in die Ägyptische Abteilung geraten.»

«Wie es geschrieben steht», sagte Echnaton und rückte sich seine Mütze zurecht; «also doch.»

«Ruhig mal –!» Paul hörte einen Augenblick auf, mit den Zähnen zu klappern.

Aber wir vernahmen es schon: da kamen heimtückisch tappende Schritte aus dem Nebensaal näher.

«Schnell!» flüsterte Vater; «verteilt euch im Raum! Tut, als gehörtet ihr zum Inventar!»

Ich konnte in der Mumienreihe vor mir gerade noch schwach Pauls Kapitänsmütze aufleuchten sehen, dann hatte ich mich hinter ein Standbild geduckt.

Es war jetzt einen Augenblick lang ganz ruhig, und man konnte auf dem Weihnachtsmarkt draußen deutlich die Karussellorgeln hören. Dann waren die Schritte wieder da, und jetzt war auch Edes Atem zu hören. Es schien Ede selber nicht ganz geheuer zu sein; er hielt dauernd die Luft an, um besser lauschen zu können.

«Herodes –!» ertönte da plötzlich eine unirdisch hallende Stimme, an der wirklich nur ein Kenner Vater wiedererkannte.

«Herodes –!!» echote Echnaton vom anderen Saalende her fast ebenso dumpf; und: «Herodes –!» riefen wir anderen jetzt gespensterhaft durcheinander.

Ede sauste im sanft schimmernden Schneelicht des Fensters ein paarmal um seine eigene Achse, als schwirrte ein unsichtbarer Bienenschwarm um ihn herum; er ächzte.

Doch wir schwiegen jetzt wieder.

Nichts bewegte sich; nur Pauls Kapitänskordel glomm wie ein stark abgenutzter Heiligenschein einmal kurz auf. Lang genug jedoch, um Ede vor dieser Erscheinung krachend auf die Knie fallen zu lassen.

«Ich hab nichts Böses gemacht», krächzte er, «ich hab nichts Böses gemacht!»

«Doch», sagte Vater mit seiner hallenden Geisterstimme (er schien in ein großes Gefäß hineinzusprechen), «du kannst Kinder nicht leiden.»

«Und hast uns», ließ sich Paul jetzt mit tadellos verstellter Stimme aus seiner Mumienreihe vernehmen, «nicht nur bis an den Jordan sondern bis nach Ägypten verfolgt!»

«*Wo* bin ich?!» stöhnte Ede und preßte sich die Fäuste gegen die Schläfen.

«In Ägypten!» rief Echnaton aus seiner Saalecke triumphierend herüber.

«Schluß», sagte da Vater mit seiner gewöhnlichen Stimme: «Er kniet; das ist Reue genug.» Er knipste sein Feuerzeug an und half Ede hoch.

So komisch es klingt, der konnte Vaters Hilfe gebrauchen. Er zitterte am ganzen Körper, und selbst bei dem flackernden Feuerzeuglicht wirkte sein Gesicht blaß wie das eines Schneemanns. «Ich möcht raus hier», sagte er schwach.

Vater gab Echnaton das Feuerzeug zum Halten und geleitete Ede langsam zur Treppe. Ede stolperte unbeholfen neben ihm her. «Wir haben ein wenig übertrieben», sagte Vater freundlich zu ihm; «da draußen fließt nicht der Jordan sondern die Spree.»

«Josef!» rief da irgendwo angstvoll Frau Fethge im Dunkeln; «Josef, wo bist du?!»

Paul rannte zurück. «Hier!» rief er und schwenkte die Mütze; «Maria, kannst du mich sehn?»

Es dauerte eine Weile, ehe Frau Fethge sich durch all die Statuen, Krüge und Steine hindurchgetastet hatte. «Ist er weg?» fragte sie ängstlich.

«Ja», sagte Paul; «Otto hat ihn runtergebracht.»

«Ich hätt heulen können», sagte Frau Fethge, «wie ich ihn da so in die Knie gehen sah.»

Paul schneuzte sich umständlich. «Geht mir genauso», sagte er heuchlerisch.

Sie hakte sich bei ihm ein, und wir gingen die Treppe hinunter.

Unten stand Vater; er stritt sich höflich mit dem Pförtner herum.

«Schön», sagte der gerade erschöpft, «ihr habt also gedacht, die Ägyptische Abteilung hätte noch auf.»

«Genauso sieht's aus», sagte Vater.

«Und wie», sagte der Pförtner verbittert, «erklärt ihr euch *das* hier?»

Er riß die Tür des Anmeldezimmers auf, und auf seinen

vier klumpigen Schneehufen, unter denen sich bereits beachtliche Tauwetterseen gebildet hatten, stand da Franz und hob uns erfreut seine eisgraue Duldermiene entgegen.

«Ein Esel», sagte Vater ungerührt; «wie lieb von der Leitung, Ihnen das zu erlauben.»

«Verstellt euch bloß nicht!» sagte der Pförtner erregt; «er lief euch doch nach! Hätt ich ihn nicht hier reinbugsiert, der irrte da oben jetzt in der Ägyptischen Abteilung herum.»

«Was Wunder», sagte Vater; «so ein biblisches Tier, das hat da eben seinen Instinkt.»

Ob Vater sich vielleicht auch noch lustig machen wollte über ihn, sagte der Pförtner.

Vater sagte, er dächte gar nicht daran; im Gegenteil, wenn der Pförtner erlaubte, er wäre gerne bereit, ihm die Weihnachtsgeschichte mal in Ruhe auseinanderzusetzen; dann könnte er sich ja selber ein Urteil über die Verläßlichkeit und die Klugheit der Esel bilden.

Der Pförtner drehte die Augen zur Decke. «Los», stöhnte er, «holt euern biblischen Esel da raus und verschwindet.»

«Danke, Herr», sagte Paul. Er tippte an seine Kapitänsmütze, band Franz von der Heizung los und führte ihn draußen, von Frau Fethge begleitet, vorsichtig die Treppe hinunter und wieder hinein in Franzens natürlichen Rahmen: ins dampfend flirrende Weihnachtsmarktlicht.

«Halt», sagte da Vater zu mir; «wo ist Echnaton, Bruno?»

«Großer Gott», sagte ich, «ja –: der ist obengeblieben.»

Der Pförtner lächelte irr. «Fein», sagte er; «ihr habt auch noch was mitnehmen wollen?»

«Paul!» rief Vater zum Eingang hinaus.

Paul hatte gerade Frau Fethge wieder auf Franzens Rükken gehoben. «Ja, Otto!» rief er; «was ist?»

Vater legte die Hand um den Mund. «Helft Pagoden-Ede schon ein bißchen bei den Weihnachtsvorbereitungen, ja?»

«Aber wieso denn?!» rief Paul.

Vater verstärkte seine Stimme noch etwas. «Weil wir das Fest mit ihm und seinen Leuten gemeinsam begehen!»

«Amen!» rief Frau Fethge herauf und gab Franz zart ihre Fersen zu spüren.

«Wir holen bloß noch den Echnaton runter!» rief ich ihr nach.

«Seid ihr verrückt?!» schrie der Pförtner; «die Statue von dem wiegt dreieinhalb Zentner!»

Wir versuchten vergeblich, ihm klarzumachen, um wen es sich in Wirklichkeit handelte; er glaubte uns nicht. Schließlich drängten wir uns entschlossen an ihm vorbei und rannten wieder nach oben.

Zum Glück hatte der Pförtner die Gicht und keine rechte Freude am Rennen; es dauerte jedenfalls eine ganze Weile, ehe wir ihn die Treppe hinaufschnaufen hörten. Da hatten wir aber das winzige Licht schon entdeckt.

Es stammte von Vaters Feuerzeug; Echnaton hielt es hoch in der Hand und beleuchtete die Büste eines ägyptischen Königs damit.

«Echnaton blickt Echnaton an», flüsterte Vater verzückt.

Und wirklich: die beiden ähnelten einander unglaublich; denn Echnaton Fethge hatte ja immer noch seine Pappkappe auf, und sein Namensvetter trug die gleiche Kappe aus Stein. Eigentlich unterschied lediglich die Nikkelbrille die zwei voneinander; allerdings fiel der Unterschied eindeutig zu Echnaton Fethges Gunsten aus, er wirkte mit seiner Brille sehr viel intelligenter als jener.

Aber das war es nicht allein, was uns so faszinierte. Das Faszinierendste an Echnaton Fethge war jetzt sein Lächeln. Echnaton lächelte, ja; was wir seit Wochen vergeblich zu erreichen versucht hatten, diesem steinernen Standbild war es in Minuten gelungen: Echnaton selbstsicher und fröhlich zu stimmen.

Doch jetzt hatte der Pförtner die oberste Treppenstufe erreicht. «Auch noch offenes Feuer!» ächzte er.

Vater legte Echnaton Fethge die Hand auf die Schulter. «Komm jetzt, mein Junge; wir müssen verduften.»

Echnaton ließ seufzend das Feuerzeug zuschnappen. «Was denn –: auch aus Ägypten –?»

«Auch aus Ägypten», sagte Vater; «jawohl.»

Er lauschte einen Augenblick auf den fluchend im Dunkeln nach dem Schalter tastenden Pförtner; dann gab er uns flüsternd das Zeichen, und wir rannten mit ihm die Treppe hinab.

# ALLER GLANZ FÜR WILLI

IN JENEM WINTER stand es für uns endgültig fest, wenn wir es bis zu seinem Geburtstag nicht schafften, Willi was anderes zu suchen, mußte die Menschheit auf Willi verzichten. Er war schon immer kein sehr geselliger Typ. Er hatte seine Frau früh verloren; sie hatte einen Kohlkopf gegessen, der mit Krähengift gedüngt gewesen war, und seither lebte Willi nur noch mit seiner Ziege zusammen, die er auf den Grasnarben weiden ließ, die die verschiedenen Rieselfeld-Äcker voneinander trennten. Das heißt, manchmal nahm er auch noch einen Igel zu sich oder zog eine Krähe auf, weil die letzten Worte Ellis, seiner Frau, gelautet hatten: «Willi, trag es den Krähen nicht nach, daß sie sich an den Falschen gerächt haben.»

Vielleicht hätte der Gutsbesitzer in Malchow Willi längst schon entlassen, denn seinen Posten als Rieselfeldwärter füllte Willi nur sehr unzureichend aus. Aber da der Gutsbesitzer sich irgendwie für Ellis Tod mitverantwortlich fühlte (sie war nämlich Kuhmagd gewesen bei ihm), ließ er Willi seine Rieselfeldwärterdienstmütze auch weiterhin tragen.

Diese Mütze bedeutete Willi sehr viel. Sie war nicht sonderlich prunkvoll, aber recht umfangreich und mit einem machtvollen, allerdings langsam schon bröckelnden Lackschirm versehen, der es Willi ersparte, in den Himmel blicken zu müssen; denn Himmel gab es über den Rieselfeldern sehr viel, und gegen Himmel war Willi seit Ellis Tod empfindlich. Daran lag es wohl auch, daß er außerhalb des Dorfs in einer tiefgelegenen, hügelartigen Erdhütte hauste, deren Fenster so winzig war, daß eine Spinne es mit Leichtigkeit hätte zuweben können.

Wir lernten Willi eigentlich durch Frieda kennen. Frieda war damals noch in der Kommunistischen Partei, der sehr daran gelegen war, neue Wähler zu bekommen. In der Stadt war aber nicht mehr viel zu machen, die Leute wollten Brot und keine Parolen, und daher hatte die Leitung bestimmt, es sollte jetzt erst mal in den Außenbezirken und Dorfgemeinden geworben werden. Frieda bekam Lindenberg, Malchow und den Nordostrand von Weißensee zugeteilt, und da Vater sie diese beschwerlichen Gänge nicht allein machen lassen wollte, kam er mit; und was Vater mitmachte, machte ich auch mit.

Vater hatte nicht viel übrig für Politik, aber da er sowieso arbeitslos war, versäumte er ja nichts, wenn er Frieda begleitete. Wir sorgten dafür, daß in den Scheunen und Schuppen, in denen Frieda sprach, auch Sitzgelegenheiten waren, und manchmal schaltete Vater sich auch in die Diskussion ein, was Frieda allerdings nicht so gern hatte, denn Vater ging ihr zu sehr auf die persönlichen Angelegenheiten der Anwesenden ein.

Um niemand jedoch hat sich Vater in jenem Winter so sehr wie um Willi gekümmert. Gleich als Willi das erste Mal aufgetaucht war, in seinen erdigen Schlauchhosen, den krummen, lehmverkrusteten Schuhen, der uralten moosfarbenen Joppe, und die Rieselfeldwärterdienstmütze so tief über die Augen gezogen, daß nur das silbern gestachelte Kinn unter dem bröckligen Lackschirm hervorsah, gleich von da an ließ Vater ihn nicht mehr aus den Augen.

Willi kam zu allen Versammlungen, die Frieda in Malchow abhielt. Es waren insgesamt zwölf. Meist waren so etwa drei bis vier Landarbeiter zugegen, manchmal kamen auch einige der Häuslersfrauen, die sich, wenn es nicht gar zu kalt war, ihre Stricknadeln mitbrachten. Die Diskussionen waren immer sehr rege, denn Frieda griff den Gutsbesitzer an, den sie einen Ausbeuter nannte, und die Arbeiter versuchten ihr klarzumachen, daß ja gerade der Gutsbesitzer es wäre, der sie davor bewahrte, arbeitslos und unzufrieden zu werden.

Willi pflegte zu schweigen. Er saß stets in der hintersten Ecke auf irgendeiner Kiste oder einem verrosteten Pflug, hatte, um unter dem Mützenschirm hervorsehen zu können, etwas das Kinn angehoben und blickte Frieda unverwandt an. Er nickte nicht und schüttelte auch nicht den Kopf; er saß nur, die Hände in seiner Joppe vergraben, krumm und bewegungslos da und blickte auf Frieda.

Frieda war ganz sicher, Willi gewonnen zu haben. Bis sich herausstellte, Willi war nicht wegen Friedas Lobpreisungen der Kommunistischen Partei sondern wegen Friedas Ähnlichkeit mit Elli gekommen. Das war für Frieda ein ziemlicher Schlag.

Aber Vater beruhigte sie. «Dem Willi», sagte er, «kann sowieso keine Partei helfen; deine nicht und auch keine andere. Was Willi fehlt», sagte Vater, «ist Anteilnahme.»

«Willst du damit», fragte Frieda finster, «etwa behaupten, daß die Partei keine Anteilnahme am Geschick der Werktätigen nimmt?»

«Willi ist ein Mensch», sagte Vater; «und für Menschen kann sich nur ein Mensch interessieren.»

Das hat ihm Frieda sehr übelgenommen; aber zu Unrecht, und wohl auch etwas gegen ihre innerste Überzeugung, denn Frieda war immer dafür, daß es der Menschheit besser gehen müßte.

Mit Willi hatte sie da allerdings Schwierigkeiten; er fing an, sie unsicher zu machen, sie versprach sich, wenn er sie so ansah. Und einmal, als die Gutsarbeiter sie wieder ganz schön in die Enge getrieben hatten, und Vater alle seine Überredungskunst aufbieten mußte, um die Malchower Niederlage der Kommunistischen Partei nicht zu einer persönlichen Niederlage Friedas ausarten zu lassen, einmal schrie Frieda Willi, der gar nichts gesagt hatte, in so einer erhitzten Debatte wütend an, ob er nicht endlich sein blödes Angestarre sein lassen könnte, er brächte sie damit ja ganz aus dem Konzept.

Willi zog etwas den Kopf zwischen die Schultern und senkte auch gleich sein hochgerecktes Kinn auf die Brust, so daß er jetzt mit seinem riesigen Mützenschirm wie eine alte halslose Krähe wirkte. Doch schon nach wenigen Minuten stieg sein Kinn wieder hoch, und er blickte Frieda unter den schweren Augenlidern hervor genau so unverwandt an wie bisher.

Vater entschuldigte sich nachher bei ihm für Frieda; sie wäre überreizt.

«Genau wie Elli», sagte Willi abwesend. «Und Krähen», sagte er, «die sind auch so, die kriegen immer ganz giftige Augen, wenn man sie längere Zeit ansieht.»

«Sie ist sonst gar nicht so», sagte Vater; «es ist wegen der Partei.»

«Ich weiß», sagte Willi; «bei Elli war es wegen dem Verwalter. Es ist im Grunde immer dasselbe.»

An diesem Abend lud uns Willi zum ersten Mal in seine Erdhütte ein. Sie lag gut anderthalb Meter unter der Erde, und es war sehr gemütlich dort unten. In einer Teertonne brannte ein Feuer, die Ziege atmete sanft in der Bucht, und die Wände waren mit Kohl- und Apfelregalen bedeckt. Trotzdem war uns, wie gesagt, sofort klar, daß wir Willi da rauskriegen mußten. Denn dachte man sich den Ofen, die Regale und die Ziege mal weg, dann war das eher eine Gruft; und auch wie geduckt sich Willi bewegte, und wie lichtempfindlich er blinzelte, wenn er die Ofentür aufmachte, zeigte uns deutlich, er war schon ein halber Maulwurf geworden.

Selbst Frieda knobelte in den folgenden Tagen pausenlos mit uns herum, wie man es ihm besser machen könnte. «An allem», sagte sie, «hat nur dieser Ausbeuter von einem Gutsbesitzer Schuld. Wie kann er ihn so hausen lassen?»

«Er hat eine Kammer im Gut gehabt», sagte Vater.

«Und –?» fragte Frieda.

Vater zuckte die Schultern. «*Elli* liegt unter der Erde, also möchte auch Willi ein wenig unter der Erde sein.»

«Unsinn», sagte Frieda, «man muß das sozial sehen.»

«Und warum sieht Willi *dich* dauernd an?» fragte ich.

Frieda schwieg und nagte an ihrer Unterlippe.

«Man muß ihn wieder mit dem Leben versöhnen», sagte Vater.

«Phrasen –», sagte Frieda gereizt; «er soll Parteimitglied werden und sich seine Menschenwürde wieder erkämpfen.»

Vater winkte ab. «Willi hat Würde genug; was er jetzt braucht, ist Licht.»

«Meine Meinung», nickte Frieda hitzig; «aber in so ein Erdloch, wie er es bewohnt, scheint nun mal die Sonne der Freiheit nicht rein. Er muß raus auf die Straße, er muß demonstriern!»

«Wir müssen bescheidener sein», sagte Vater.

Frieda sah ihn mit hochgezogenen Brauen argwöhnisch an. «Ach –. Und wie denkst du dir das?»

Vater hob etwas die Schultern. «Laden wir ihn doch mal zu Aschinger ein.»

«Und wovon?!» rief Frieda und wies mit einer weit ausholenden Geste auf die leeren Wände ringsum, von deren Tapete sich noch die dunklen Umrisse der Möbel abhoben, die wir ins Leihhaus gebracht hatten.

Vater fing an, nachdenklich auf seinen Schnurrbartenden zu kauen. Ich dachte erst, er würde jetzt vielleicht auf die Parteikasse anspielen; aber Vater achtete Friedas ehrenamtliche Parteiarbeit wohl zu sehr.

«Laß mich nur machen», sagte er nach einer Weile.

Vater hat sich schon oft für andere was einfallen lassen; jedoch so weit wie für Willi ist er selten gegangen. Er hatte von unseren Büchern noch drei Bände ‚Brehms Tierleben' übrigbehalten; die verkaufte er jetzt. Er bekam eine ganze Menge für sie, ich glaube, beinah sechs Mark. Er kaufte Frieda eine Mütze und mir ein paar Strümpfe dafür; der Rest war für Willi bestimmt.

Es war schwer, ihn zu überreden, unsere Einladung anzunehmen. Er hatte alles Mögliche einzuwenden; seine Ziege wäre nicht gewöhnt, abends so lange alleine zu sein, er hätte nichts anzuziehen, und die Stadt mit ihrem Lärm verwirrte ihn bloß.

Aber als wir dann am folgenden Abend zum abgesprochenen Zeitpunkt vor seiner reifbedeckten Erdhütte standen, da kroch aus der niedrigen Tür plötzlich ein Willi heraus, daß wir uns unwillkürlich die Augen rieben. Zwar gebügelt und ganz fleckenrein war seine dunkle Röhrenhose nicht, doch in seinen nach oben gebogenen Schuhspitzen spiegelte sich der frostklare Sternhimmel wider, und statt der Joppe hatte Willi einen Bratenrock an. Die Mütze ließ er zu Hause; doch der Wind konnte seinem Haar wenig anhaben, denn Willi hatte es, was sehr angenehm roch, mit Pomade gebändigt.

Im Omnibus erzählte er uns, daß dies alles seine Heiratskluft wäre. Frieda, die er dabei unverwandt unter seinen schweren Lidern hervor angesehen hatte, schluckte ein paarmal.

Sicher, fragte Vater tastend, hätte er das alles jetzt länger nicht mehr getragen?

Willi hob ein wenig das Kinn, wodurch seine Lider noch tiefer sanken; es sah jetzt wirklich so aus, als ob er einschlafen wollte. «Nein», sagte er; «bloß bei Ellis Begräbnis noch mal.»

Wir hatten ziemliche Mühe, das Gespräch hierauf wieder in Gang zu bringen; eigentlich wurden wir erst drin bei Aschinger wieder richtig warm.

Willi gefiel es sehr gut; nur seine Augen machten ihm ständig zu schaffen, er war die viele Helligkeit ringsum nicht gewöhnt. Er ließ sich von Vater blinzelnd die Bilder an den Wänden erklären, die Szenen aus dem alten Berlin darstellten. Dann trank er behaglich sein Bier und fing an zu essen; und wir aßen auch, das heißt, immer nur einige Happen, dann schob jeder den Teller unauffällig zum anderen hin, denn wir hatten, damit es für Willi auch reichte, zusammen nur einmal bestellt.

Geredet wurde kaum was beim Essen, Willi war zu sehr vertieft. Es machte Freude, ihm zuzukucken, Vater sah ganz selig aus; und auch Frieda schien jetzt mit dieser Lösung leidlich zufrieden zu sein.

«Nun sieh ihn dir bloß einmal an!» sagte sie, als Willi sich nach dem Essen einen Augenblick entschuldigte und in seinem Bratenrock gemessen dahinschritt.

«Habe ich es dir nicht gesagt», nickte Vater: «er hat Würde für zehn.»

«Merkwürdig», sagte Frieda, «es stört noch nicht mal, daß er keinen Kragen umhat.»

«Ein Herr», sagte Vater; «so komisch es klingt.»

«Das klingt *gar* nicht komisch», sagte Frieda scharf.

Vater nagte nachdenklich an seinen Schnurrbartenden herum. «Nein», sagte er und räusperte sich; «du hast recht.»

Als wir eine halbe Stunde auf Willi gewartet hatten, fingen wir an, unruhig zu werden. Schließlich ging Vater mal nachsehen.

Er blieb ziemlich lange weg, so daß Frieda schon drauf und dran war, mich auch noch nachsehen zu schicken.

Aber da kam Vater zurück; er machte ein Gesicht, so verklärt, als hätte er eine Erscheinung gehabt.

«Was ist los mit dir», fragte Frieda schroff; «wo hast du Willi gelassen?»

«Er entdeckt die Schönheit der Welt», sagte Vater.

Frieda zog die Brauen zusammen. «Komm, mach halblang! Vielleicht da, wo er hingegangen ist, ja?»

«Ob ihr es glaubt oder nicht», sagte Vater –: «genau da.»

Friedas Brauen stiegen langsam zum Haaransatz rauf. «Hör mal», sagte sie drohend, «wenn du dich hier lustig machen willst über Willi –»

Vaters Gesicht wurde ernst. «Ich denke gar nicht daran. Leider kannst du dich nicht selbst überzeugen; aber wenn du sehen würdest, wie strahlend er sich in den weißgekachelten Wänden spiegelt, du würdest dasselbe empfinden wie ich: er hat sich wiedergefunden; das Leben hat ihm die Hand gereicht, und Willi hat sie ergriffen.»

«Und Elli –?» Friedas Stimme hatte plötzlich einen Sprung.

Ich sah erstaunt zu ihr auf.

Vater war gar nicht so sehr erstaunt über sie. «Elli billigt es», sagte er ruhig.

«Nein», sagte Frieda wild, «nie!»

Es wäre sicher noch weitergegangen, aber jetzt kam Willi zurück. Sein Blinzeln war weg, er strahlte über das ganze Gesicht, und jede seiner silbernen Bartstoppeln strahlte und glitzerte mit.

«Nein, so was –!» sagte er und nahm seine Rockschöße auf, um sich besser setzen zu können; «so was von Helligkeit! So was von Reinlichkeit und von Licht!» Er fuhr sich über die Stirn und sah abwesend lächelnd an Friedas zornrotem linken Ohrläppchen vorbei. «Und wissen Sie *was?*» sagte er und blickte Vater mit ungläubig hochgerecktem Kinn an: «Dieser Mann dort unten, der klagt! Der bringt es fertig zu jammern!»

«Na, aber welcher Mann denn bloß!» rief Frieda verzweifelt.

«Der Toilettenmann, Frieda», sagte Vater gedämpft.

Von diesem Tag an gingen Vater und ich nur noch alleine zu Willi; Frieda wollte auf einmal nicht mehr; allerdings war sie mit ihrem Werbefeldzug in Malchow jetzt ja auch fertig. Sie versuchte dann noch am Nordostrand von Weißensee ein paarmal ihr Heil; aber es war wie verhext, sie brachte keine Überredungskraft mehr auf, die Leute gähnten und liefen ihr weg.

«Was fehlt ihr bloß?» fragte ich Vater auf dem Nachhauseweg mal.

«Willi», sagte Vater nur kurz.

Und mit Willi war auch irgendwas los. Jedesmal wenn wir ihn in seiner Erdhütte antrafen, saß er, die Rieselfeldwärterdienstmütze tiefer in die Stirn gedrückt denn je, zwischen all den Äpfeln und Kohlköpfen, an seinem wackligen Tisch und sinnierte; Vater wurde allmählich schon selber ganz bekümmert davon.

Ich kuckte mir das eine Weile mit an.

Aber als ich dann nachts mal aufwachte und merkte, daß Vater aufrecht im Bett saß und zum Mond sah und seufzte, da hielt ich es nicht länger aus.

«Was ist?» fragte ich.

«Sie ist bei Willi gewesen», sagte Vater.

«Und –?» fragte ich.

«Und Willi hat ihr gesagt, er denkt jetzt nur noch an eins.»

Ich spürte ein Würgen im Hals. «An – Frieda –?!» fragte ich heiser.

Vater lächelte schwach. «Das hat sie gehofft.»

«Gehofft –?!» rief ich und schlug mit der Faust auf das Kissen.

«Du mußt sie verstehen», sagte Vater; «sie war froh darüber, Elli zu ähneln. Sie hat eine Aufgabe darin erblickt, eine sinnvollere, als diesen Parteikram zu machen.»

«Und was», fragte ich mühsam, «hat ihr Willi nun *wirklich* gesagt?»

«Er hat ihr gesagt, er muß Tag und Nacht daran denken, wie wundervoll es sein müßte, nach so vielen lehmigen und grauen Rieselfeldjahrzehnten einmal in einem derart sauberen und weißgekachelten Raum leben zu dürfen, wie er ihn da neulich bei Aschinger entdeckt hätte.»

Ich schluckte; ich konnte mir ganz gut vorstellen, wie Frieda jetzt zumut sein mußte. Aber ich sah auch Willi: wie er da krumm, von seinem bröckligen Mützenschirm überdacht und die rissigen Maulwurfshände gefaltet, blinzelnd in seiner Erdhütte hockte. Ich fing an zu heulen.

«Du hast recht», sagte Vater, «es ist alles ziemlich verfahren.»

Aber dann – es dämmerte schon, und ich war eben ein bißchen eingedröselt – hatte Vater (wie eigentlich immer frühmorgens) die große Eingebung.

«Bruno!» rief er und rüttelte an meinem Bett; «Bruno, stimmt das, oder habe ich es geträumt: Der Toilettenmann bei Aschinger *jammert* –?!»

Ich brummelte, ja, das hätte Willi neulich gesagt.

«Es stimmt also!» rief Vater und sprang aus dem Bett; «es ist wahr!» Er lief aufgeregt hin und her.

Von unten klopfte jemand gegen die Decke. Vater

schrie laut: «Entschuldigen Sie!» und setzte sich wieder aufs Bett. «Ja, Junge, begreifst du denn nicht?» flüsterte er.

«Nein», sagte ich.

«Ach so –!» sagte Vater und tippte sich gegen die Stirn, «du hast diesen Methusalem da unten bei Aschinger ja noch gar nicht gesehen!»

Mir begann ein Licht aufzugehen. «Er ist alt –?»

«Alt», sagte Vater, «ist gar kein Ausdruck; sein Greisentum ist verehrungswürdig.»

«Und du denkst –?» fragte ich atemlos.

Vater hob langsam die Schultern und drehte die Handflächen nach außen. «Er ist alt, und er klagt –: mehr kann man nicht verlangen fürs erste.»

Bei Aschinger standen noch die Stühle auf den Tischen, da hasteten wir schon, so unauffällig es ging, die Treppe hinunter. Es war noch niemand da. Der fragliche Raum war wirklich ganz mit weißen Kacheln versehen. Vater durchmaß ihn, als hätte er vor, in Zukunft in ihm zu wohnen.

«Vieles», sagte er, «liegt hier im argen; man merkt, der Pächter gewinnt seiner verantwortungsvollen Aufgabe kein rechtes Interesse mehr ab.»

«Na, aber Herr», sagte da eine blecherne Stimme, «wovon denn auch schließlich?»

Wir fuhren herum, und es stand da der Mann, der hier unten bediente. Es war ein verarbeitetes, bleiches Männchen mit eingefallenem Brustkorb und rasselndem Atem.

Vater zog seinen Hut, und ich machte auch einen Diener. Er sollte ihm seine Bemerkung doch bitte nicht verübeln, sagte Vater aufgeräumt, sie hätte sozusagen nur die humanitäre Seite der Sache gemeint. Er lud den Kleinen ein, mit nach oben, ins Lokal zu kommen; wir setzten uns, und dann fing Vater an, von den Freuden des Alters zu reden und davon, wie wichtig es wäre, sich einen beschaulichen Lebensabend zu gönnen.

«Na, wem sagen Sie das!» krächzte das Männchen. «Ich habe ein Wohnlaubengrundstück in Hohenschönhausen;

meinen Sie, ich hätte einen größeren Wunsch, als ganz da draußen zu bleiben?»

«Nicht wahr», rief Vater begeistert; «und dann eine Ziege oder irgendein anderes Tier, und das Paradieschen ist fertig!»

Eine Ziege, sagte das Männchen, brauchte es nun nicht gerade zu sein; aber ansonsten hätte Vater schon recht.

«Und warum», rief Vater anklägerisch aus, «werfen Sie dieses Sklavenjoch hier nicht kurzerhand ab?»

Daran schien das Männchen noch gar nicht gedacht zu haben. Es sah verblüfft zu Vater empor. «Ja –», sagte es zögernd, «warum eigentlich nicht? Nein!» rief es gleich darauf ängstlich, «der Pachtvertrag –»

«Überschreiben Sie ihn doch», unterbrach Vater frohlockend.

«Und auf *wen*?» fragte das Männchen. «Wer will denn heute so einen Posten hier haben?»

Vater strich sich das Kinn; seine Hand zitterte. «Tja –», sagte er mühsam, «da berühren Sie natürlich ein heikles Problem.»

Es war das spannendste Gespräch, das ich Vater jemals habe führen hören. Ich hatte nie gewußt, über was für diplomatische Fähigkeiten er verfügte; obwohl er, wenn es um andere ging, ja schon immer Erstaunliches fertiggebracht hat. Denn ging es um ihn, dann war meist schon sein Schulterzucken eine Leistung zu nennen. Ich bedauerte jetzt nur, daß Frieda ihn so nicht erlebte. Mochte sein, daß Vater sie in manchem enttäuscht hatte; hier hätte sie lernen können, ihn zu bewundern.

Das Gespräch zog sich sehr in die Länge.

Mittags hatte Vater das Männchen so weit, daß es zum Aufsichtsrat laufen und dem seinen Vertrag vor die Füße werfen wollte.

«Es ist entwürdigend», schrie es, «was ich hier tue! Und dafür bezahlt man auch noch!»

Vater hatte alle Mühe, es zu beruhigen.

Und dann legte Vater sein Aß auf den Tisch. «Himmel –!» rief er und schlug sich gegen die Stirn, «mir fällt ein, es *gibt* ja einen Stellvertreter für Sie!»

Dem Männchen fing vor Erregung der Kopf an zu wakkeln. «Ist – das – wahr –?!»

«Aber wie ich das auch vergessen konnte!» rief Vater. «Bruno, Bengel, warum hast du mich denn nicht an den Rieselfeldinspizienten Willi Knusorske erinnert?!»

«Lieber Gott, ja –!» rief ich aus, «du hast recht!»

Jetzt ging alles sehr schnell. Innerhalb einer knappen Stunde war unser Vorvertrag mit dem Männchen perfekt. Paragraph eins bestimmte, daß an seinem Geburtstag: dem fünfzehnten Februar, *Willi* jenen Posten übernähme; Paragraph zwei verpflichtete das Männchen, Willis Ziege zu sich zu nehmen und ihr einen winterfesten Schuppen zu bauen; und in Paragraph drei war niedergelegt, daß das Männchen, das übrigens Erwin Jellinek hieß, Willi – das Einverständnis der Wirtin vorausgesetzt – sein ganz in der Nähe liegendes möbliertes Zimmer vermachte.

Den Rest des Tages traktierte Herr Jellinek uns mit Spirituosen. Darauf bot er Vater das Du an, und wir brachten ihn, so gut es gelingen wollte, zur Bahn; denn er mochte diesen Freudentag nicht in einem lieblos möblierten Zimmer, sondern einzig in seiner Wohnlaube in Hohenschönhausen beschließen.

«Wirklich, Otto», lallte er dem Schaffner, der ihn am Rausfallen hinderte, über die Schulter, «ich war schon lange nicht mehr so glücklich wie heute!»

«Oder ich, Erwin!» rief Vater schwankend der im Schneegestöber verschwindenden Straßenbahn nach.

Jetzt kam es vor allem darauf an, Frieda in unseren Plan einzuweihen. Denn Vater wollte auf gar keinen Fall den Eindruck erwecken, als hätte er Willi diese Stellung nur deshalb verschafft, um ihn Frieda *ganz* zu entfremden. Doch wo wir auch suchten, Frieda war nirgends zu finden.

«Großer Gott», sagte ich, als wir uns wieder mal in der Lebensmittelabteilung vom Kaufhaus Tietz aufwärmten, wo man manchmal eine Gratisprobe Bouillon angeboten bekam, «wenn sie sich Willis Äußerung jetzt bloß nicht zu Herzen genommen hat und –»

«Ich bitte dich!» sagte Vater; «sie war doch nicht in ihn verliebt!»

«Nein –?» fragte ich.

«Unterlaß diese gedehnte Betonung!» rief Vater gereizt.

«Auf jeden Fall hat es sie sehr gekränkt», sagte ich.

Vater nagte erregt an seinen Schnurrbartenden herum. «Das klingt schon anders. Vergiß nie», sagte er, «daß Frieda nicht von ihren Gefühlen beeinflußt wird, sondern daß sie ein Verstandesmensch ist.»

«Schön», sagte ich; «dann sehn wir doch mal im Parteibüro nach.»

Und wirklich: da saß sie. Ein riesiger Aschbecher mit schätzungsweise zwanzig Zigarettenstummeln stand auf dem Tisch, und der Berg Flugblätter und Zeitungen vor ihr war so hoch, daß man von vorn nur die Stelle an ihrer Trainingsjacke erkannte, wo sie sich am linken Ellenbogen den Flicken draufgenäht hatte.

«Nanu –» sagte Vater, «du rauchst –?»

Frieda murmelte, es wären Parteizigaretten.

«Aha», machte Vater.

Er fing erst an, über das herrliche Februarwetter zu reden, darauf ging er auf die Schwierigkeiten ein, die es bereitete, in einem Raum, in dem nur eine Teertonne zum Heizen aufgestellt wäre, immer eine gemütliche Durchschnittstemperatur zu erzeugen.

«Wenn du die Teertonne in einer gewissen Erdhöhle meinst», fuhr ihm Frieda dazwischen, «muß ich dir leider sagen, daß du da ein Thema gewählt hast, das mir ziemlich gleichgültig ist.»

«Und wie», fragte Vater und richtete sich ungewohnt straff auf, «bringst du diese Gleichgültigkeit mit deiner sozialistischen Gesinnung in Einklang?»

Frieda sah irritiert an ihm empor.

Auch ich war erstaunt über ihn; so hatte Vater noch niemals gesprochen.

Sie würde nicht ganz aus ihm klug, sagte Frieda verdrossen.

Ach –? machte Vater; da schmachtete eine ans Dunkel gekettete Proletarierseele nach Licht, und Frieda wagte zu behaupten, sie verstände ihn nicht?!

Frieda nagte finster an ihrer Unterlippe. «Schrei nicht so», sagte sie gepreßt.

«Um Willi einen Platz an der Sonne zu sichern», rief Vater, «tue ich alles! Notfalls auch schrein!»

«Und ich –?!» sagte Frieda; «ich darf ruhig sein und schlucken, ja?»

Sofort dämpfte Vater wieder die Stimme, und seine Schultern sanken auch wieder nach vorn. «Frieda», sagte er leise, «was zählt die eigene Person, wenn es um das Wohl eines anderen geht?»

«Um das Wohl –!» äffte Frieda ihn nach; «um was für ein Wohl denn? Um einen gekachelten Waschraum vielleicht?!» Ihre Stimme zitterte, sie war sehr erregt.

«Es geht um den Glanz dieser Welt», sagte Vater feierlich; «und ob der in einem Paar Augen liegt oder auf einer Kachelglasur – das ist allenfalls ein Rangunterschied.»

«Für Willi vielleicht», sagte Frieda erschöpft.

Vater räusperte sich. «Mit Ellis Augen», sagte er und sah an Frieda vorbei auf die Schneeflockenschatten vor dem Fenster, «ist seit langem aller Glanz für Willi erloschen. Warum soll dieser Glanz nun für ihn nicht von neuem aufgehen in jenem Raum?»

Frieda scheuchte erregt die Rauchwolke vor ihrem Gesicht weg. «In was für einem Raum?» fragte sie heiser; «redest du etwa schon von einem bestimmten?»

Da setzten wir uns und erzählten es ihr.

Schweigend und pausenlos rauchend hörte Frieda uns zu. Auch als wir fertig waren, schwieg sie noch lange. Dann drückte sie ihre Zigarette aus und trat ans Fenster.

«Weiß er es schon?»

«Nein», sagte Vater.

Frieda legte die Stirn an die Scheibe. «Dann wollen wir es ihm sagen.»

Wir hatten eigentlich vor, erst am nächsten Abend rauszugehen, denn das Betreten der Rieselfelder war untersagt, und am Tag fiel man bei dem Schnee jetzt sehr auf, und wir wollten Willi nicht zuletzt noch Unannehmlichkeiten bereiten. Aber in fünf Tagen war sein Geburtstag, und er sollte sich doch rechtzeitig innerlich auf sein Geschenk vorbereiten können. Also gingen wir mittags schon los.

Willi war nicht in seiner Hütte. Wir suchten ihn beinah zwei Stunden; dann endlich sahen wir ihn fern inmitten eines riesigen Krähenschwarms stehen. Die Krähen pickten eifrig um ihn herum, anscheinend hatte er ihnen Futter gestreut. Auf die Entfernung hin sah er mit seinem riesigen Mützenschirm und den dünnen Schlauchhosenbeinen jetzt wieder fast selber wie eine Krähe aus.

Wir warteten, bis die Vögel sich träg in die schneidende Frostluft erhoben; dann riefen wir ihn, und Willi kam zögernd heran.

Wir hatten ihn gute anderthalb Wochen nicht mehr gesehen, und wir bekamen alle drei einen Schreck, als wir merkten, wie sehr er sich in dieser Zeit verändert hatte. Die Rieselfeldwärterdienstmütze saß ihm so tief in der Stirn, daß nun noch nicht mal das Kinnrecken mehr etwas nützte: die Augen blieben unter dem bröckelnden Lackschirm verborgen. Auch ging er so krumm jetzt, daß es richtig aussah, als wäre er kleiner geworden, und die froststarre Hand, die er uns reichte, wirkte maulwurfskrallenhafter denn je.

Wir begleiteten ihn schweigend zu seiner Hütte.

Vor dem Eingang blieb er stehen und fuhr mit der aufwärts gebogenen Schuhspitze verträumt über die glitzernde Schneedecke hin. «Fast wie gekachelt», sagte er seufzend.

Frieda preßte die Lippen zusammen.

«Willi», sagte Vater da schnell, «wir haben Ihnen was Wichtiges zu erzählen.»

«Gut, gut», sagte Willi gedankenlos; «kommt rein.»

Wir ließen ihn noch Feuer in der Teertonne machen; dann hielt Vater es nicht mehr aus.

«Willi», sagte er und atmete tief ein, «wir – wir haben eine Stelle als Toilettenpächter für Sie.»

«Moment», sagte Willi und schob sich mit einem Kienspan den Mützenschirm aus der Stirn; «Moment. Ich träume, nicht wahr?»

«Nein», sagte Frieda; «Willi, du wachst.»

Willi schüttelte den Kopf, als hätte er Wasser ins Ohr bekommen. «Hallo», sagte er; «hallo, Willi, wach auf.»

«Sie *sind* wach», sagte Vater; «Ehrenwort.»

«Nein», sagte Willi; «ausgeschlossen: Da steht doch Elli.»

Frieda schluckte. «Ich bin Frieda.»

Willi fingen die Knie an zu zittern.

«Noch mal», sagte er und sah Frieda mit hochgerecktem Kinn starr an.

«Ich bin Frieda», sagte die unfroh; «ich kann es beschwör'n.»

«Dann ist es wahr», sagte Willi. Langsam kam jetzt wieder Leben in ihn, er sah uns alle der Reihe nach mit hochgerecktem Kinn an. «Aber warum habt ihr denn das bloß für mich getan –?!»

«Ich bitte Sie», sagte Vater; «darauf eine Antwort zu finden, hieße, mir Rechenschaft geben zu müssen, warum ich atme.»

«Geht's dir wie mir», sagte ich.

Frieda schwieg.

Am nächsten Morgen gingen wir zu Herrn Jellineks Wirtin. Sie war erst ein bißchen befremdet; aber als Vater ihr dann erklärte, wie wichtig es für Herrn Jellinek wäre, künftig in Hohenschönhausen ganz seiner bitter verdienten Muße zu leben, und was es aber andererseits für Willi bedeutete, Herrn Jellineks Nachfolge anzutreten, da begann sie doch einsichtig zu werden. Sie wollte sich Willi mal ansehen, sagte sie; wäre er ein rechtschaffener Mensch, dann hätte sie gegen ihn als neuen Mieter nichts einzuwenden.

«Damit», sagte Vater, «ist er praktisch schon eingezogen bei Ihnen.»

Und am Mittag fand dann bei Aschinger die erste geschäftliche Begegnung zwischen Willi und Herrn Jellinek statt. Herr Jellinek war von Willi begeistert, und ich muß sagen, mit einigem Recht; denn Willi hatte sich von seinem Ersparten nun auch einen Kragen und eine Krawatte gekauft, und das und der Gehrock ließen ihn jetzt so feierlich und vornehm erscheinen, daß es Vater ein paarmal regelrecht aus dem Konzept brachte; von Frieda, die Willi die ganze Zeit nur grüblerisch ansah, gar nicht zu reden.

An sich hatte Willi erst mal einen halben Tag Probedienst machen wollen. Doch Vater redete es ihm aus; es waren noch zu viele Vorbereitungen zu treffen, und es sollte für Willi ja auch kein Zwang, sondern ein Geburtstagsgeschenk sein.

Der Aufsichtsratsvorsitzende war zum Wintersport ins Riesengebirge gefahren; doch er hatte einen Vertreter bestimmt, der auf Herrn Jellineks Anruf hin sagte, ja gut, wenn er den Pachtvertrag aus Gesundheitsgründen auf jemand anderes überschreiben lassen wollte, dann bitte; Hauptsache, dieser andere wäre verläßlich.

Davon, sagte Herr Jellinek, der vor Freude, so plötzlich pensioniert worden zu sein, schon wieder getrunken hatte, könnte der Herr Aufsichtsrat sich ja selbst überzeugen; was ihn anginge, er legte für diesen Willi Knusorske jedenfalls die Hand ins Feuer.

Der stellvertretende Aufsichtsratsvorsitzende ging wohl nicht ganz so weit. Immerhin, als sich die ledergepolsterte Tür seines Büros dann am nächsten Tag wieder lautlos hinter Willi schloß, und wir ihm beinah andächtig entgegenblickten (denn er hatte sich für diese wichtige Begegnung sogar rasiert, und Frieda hatte ihm eine rote Papiernelke ins Knopfloch gesteckt), da trug er die Bestätigung seiner neuen Position tatsächlich schwarz auf weiß unter dem Arm. Der stellvertretende Aufsichtsratsvorsitzende hatte lediglich etwas befremdet auf Willis nach oben gebogene Schuhspitzen geblickt. Aber das, sagte Willi, könnte man ja gelegentlich auch mal irgendwie ändern.

Es war ein großer Tag für uns alle.

Nun war nur noch der Umzug der Ziege von Malchow nach Hohenschönhausen zu regeln. Wir wußten, daß Willi der Abschied von ihr nicht leicht fallen würde, und so ließen wir ihn sie allein transportieren.

Vater hatte gerade seine Unterstützung bekommen, daher lud er Frieda und mich zu Aschinger ein, und wir besprachen die Verbesserungen, die wir Willi nahlegen wollten; denn schließlich hatte er von seinen Einnahmen ja die Pacht und das möblierte Zimmer zu zahlen.

Es kamen auch allerhand recht brauchbare Ideen zustande; Frieda, die erst sehr einsilbig war, hatte nachher sogar die besten. So schlug sie zum Beispiel kleine blumengeschmückte Täfelchen vor, die in Versform heiterbeschauliche Lebensweisheiten vermittelten; und von Vater stammte der Gedanke, im Vorraum ein Stiefelputzbord mit einer kleinen Bibliothek zu errichten.

Wir hatten schließlich so viel zusammen, daß Vater eine Liste anlegen mußte. Und da wir gerade einmal dabeiwaren, entwarfen wir auch gleich das Programm für die Geburtstagsfeierlichkeit. Sie sollte bei Aschinger stattfinden. Wegen des Kuchens wollte Vater mal mit Willis neuer Wirtin Rücksprache nehmen. Kerzen konnte Frieda besorgen; allerdings wären es rote, da sie aus dem Parteibüro stammten.

Vater sagte, das schadete nichts, so lange kein Sowjetstern draufgedruckt wäre, hielte sich das ja noch immer in Grenzen.

«Vielleicht», sagte ich, «könnte man auch gleich ein paar Kunden anwerben.»

Aber Vater meinte, so prosaisch dürfte man jetzt nicht denken; letzten Endes ginge es hier um eine Festtagsgestaltung. «Der Alltag», sagte Vater, «der stellt sich dann schon von selbst wieder ein.»

«Eventuell», sagte Frieda, «komme ich auch an unser Propagandagrammophon ran.»

«Ein schöner Gedanke.» Vater notierte erfreut.

Ich weiß nicht, wie lange es noch ging, ich bin dann eingeschlafen am Tisch.

Der nächste Tag – es war der vierzehnte Februar, und es hatte, wie um es Willi besonders hell und freundlich zu machen, die ganze Nacht über geschneit – ging mit Festvorbereitungen hin. Willi hatte von Vater Stubenarrest und unseren letzten Konversationslexikonband mit den Buchstaben V bis X geliehen bekommen; es sollte ja alles eine Überraschung für ihn sein. Außerdem benötigte Willi auch wegen der Ziege noch Schonzeit, die Trennung war ihm doch schwerer gefallen, als er geglaubt hatte.

Aber dann war es so weit, und der Geburtstagsmorgen brach an.

Frieda hatte uns alle zum Kaffee eingeladen; und dann folgte Punkt eins von Vaters Festtagsprogramm: Die Rücksendung von Willis Rieselfeldwärterdienstmütze an den Gutsbesitzer in Malchow. Willi schrieb ein paar dankbar bewegte Zeilen dazu, und nachdem ihm Vater unauffällig die schlimmsten orthographischen Fehler verbessert, und Frieda ein Flugblatt beigefügt hatte, packten wir die Mütze erst in Seiden- und dann in Packpapier ein und brachten sie alle zur Post.

Darauf wurde bis zum Mittag bei Aschinger Willis Eintritt ins bürgerliche Leben gefeiert, und dann stieß kichernd und schon wieder beschwipst, Herr Jellinek zu uns, überbrachte die herzlichsten Grüße der Ziege und lud uns zum Essen ein. Die Kellner, die uns ja nun allmählich schon kannten, spendierten im Vorbeigehen auch alle paar nasenlang was, und dann zupfte sich Willi mit seinen rotgeschrubbten Händen an den Rockaufschlägen herum und begann, unter Einbeziehung von Elli und seiner Rieselfeldwärtervergangenheit, eine derart zu Herzen gehende

Rede zu halten, daß, als er fertig war, sogar von ganz fremden Tischen ein paar Leute herüberkamen und ihm schweigend die Hand drückten.

Und dann redete auch Vater noch kurz und forderte Willi unterm Beifall der Anwesenden auf, seinen neuen, so menschenfreundlichen Wirkungssektor auch wirklich verantwortungsvoll und mit Ernst zu verwalten.

Es gab noch allerhand andere Trinksprüche darauf, und ehe wir uns versahen, war der Nachmittag da, und die Dämmrung kam, und Willis neue, beziehungsweise Herrn Jellineks alte Wirtin mit dem Geburtstagskuchen erschien.

Nachdem der Beifallssturm sich etwas gelegt hatte, kam der Geschäftsführer und fragte, ob er uns zum Kaffee einladen dürfte.

Vater sagte, nur wenn er uns auch erlaubte, ihn nachher zu unserer Hauptfeier zu bitten.

Aber gern, sagte der Geschäftsführer erfreut, er wäre Junggeselle und hätte sowieso nicht gewußt, was er heute abend anfangen sollte.

Da auch Herr Jellinek Junggeselle war, entstand sogleich ein neues und sehr interessantes Gespräch über den Wert des Alleinseins, an dem alle Anwesenden sich lebhaft beteiligten. Nur Frieda nicht; sie saß zurückgelehnt da, rauchte und blickte abwesend und mit hochgezogenen Brauen auf Willi, in dessen pfleglich pomadisiertem Scheitel sich strahlend das Lampenlicht brach.

Spät abends – die meisten Gäste waren schon gegangen, und die Kellner fingen an, zu hüsteln und nach den Uhren zu sehen – war dann der große Augenblick da.

Vater entschuldigte sich und ging runter, um die Kerzen zu richten; und plötzlich drangen von unten, durch den Widerhall der gekachelten Wände verdutzendfacht, dröhnend und so, daß alle zusammenzuckten, die Anfangstakte der Internationale herauf. Sie brachen sofort wieder ab, und jetzt erklang traurig ‚Alle Tage ist kein Sonntag' statt dessen.

«Er hat die Platten verwechselt», erläuterte Frieda, und

alles erhob sich erleichtert, und Willi voran, bewegte der Zug sich gemessenen Schritts die Treppe hinab.

Es sah märchenhaft aus; man konnte sich beinah keinen günstigeren Raum für einen kerzengeschmückten Geburtstagstisch denken. Das warme Licht der roten Kerzen spiegelte sich in den Kacheln, und auch der blitzende Fußboden und die strahlenden Türen warfen diesen überirdischen Zauberglanz noch einmal zurück.

Auf dem Geburtstagstisch lagen die Geschenke für Willi: Von Vater unser letzter Konversationslexikonband, damit Willi sich in der kundenarmen Zeit etwas weiterbilden konnte; von mir eine Schuhputzbürste mit dem aufgedruckten Panorama des Brandenburger Tors auf dem Rücken; von Herrn Jellinek eine Steinhägerflasche; und Frieda hatte ihren Vorschlag wahrgemacht und Willi ein Laubsägetäfelchen geschnitten und diesen Vers reingebrannt:

> «Ich wünsche jedem, der sich tapfer stellt
> im Kampf mit aller Unbill dieser Welt,
> ein trautes Plätzchen, wo er dann und wann
> die ganze Welt vergessen kann.»

Willi wußte vor Rührung nicht, wo er zuerst hinsehen sollte; er fuhr sich ein paarmal mit dem kleinen Finger in die Augenwinkel und zwinkerte heftig; doch es nützte nicht viel, die Tränen waren schon, die eingefallenen Bakken herunter, unterwegs und vereinigten sich unter Willis hochgerecktem Kinn zu einem glitzernden Perlengeschmeide. Er war nun, nahm man den Bratenrock, die Krawatte und den neuen Kragen hinzu, fast ebenso schön geschmückt wie der Tisch.

Auch wir anderen hatten große Mühe, uns unsere Rührung nicht anmerken zu lassen; selbst der Geschäftsführer schluckte. Wir ließen Willi erst mal alles in Ruhe bewundern. Dann zog ich das Grammophon auf. Ich wählte diesmal ‚Ich hab kein Auto, ich hab kein Rittergut' aus, ein Lied, das Vater und mir schon immer sehr nahstand. Diesmal jedoch schien es auf Vater keinen rechten Eindruck zu machen, er fuhr sich dauernd mit dem Zeigefinger im Kragen herum und war wohl auch etwas blasser geworden.

«Was ist los?» fragte ich gedämpft.

«Frieda», hauchte er tonlos; «wo ist Frieda geblieben?»

Verdutzt sah ich mich um. Nein; wir waren nur Männer.

«Das Einz'ge, was ich hab: Ich hab dich lieb!» sang gerade der Herr auf der Platte.

«Frieda!» rief Vater verzweifelt, «um Gottes willen, Frieda, wo bist du?!»

«Hier», sagte da draußen eine mürrische Stimme.

Wir stürzten zur Tür.

Frieda hatte sich im Vorraum auf die Personenwaage gesetzt, der Zeiger vibrierte nervös hin und her. Sie rauchte, und aus der Tasche ihrer geflickten Trainingsjacke sahen noch drei unangerissene Parteizigarettenpäckchen hervor.

«Du liebe Güte!» rief Vater erleichtert; «aber ich bitte dich: warum kommst du nicht rein?»

«Hör mal», sagte Frieda und sah durch eine Rauchwolke hindurch finster zu Vater empor; «du kannst wohl nicht lesen, was da an eurer Tür steht.»

«Himmel!» rief Vater; «entschuldige bitte.» Aber ob Frieda nicht, bevor wir wieder raufgingen, um mit dem Geschäftsführer zusammen weiterzufeiern, Willi wenigstens noch schnell mal Glück wünschen wollte?

«Wozu», sagte Frieda und nickte schlechtgelaunt rein; «da, kuck doch –: der ist ja längst schon im Dienst.»

Wir blickten durch den Türspalt hinein.

Da stand Willi und polierte mit seinem Bratenrockärmel konzentriert eine Kachel.

ICH WEISS NICHT, wie Vater darauf kam; vielleicht hat er sie sich wirklich nur ausgedacht; vielleicht glaubte er aber auch selber an sie. Jedenfalls war er der Meinung, es wäre gut, wenn man wüßte, daß es außer Engeln und solchen ätherischen Wesen auch noch was Handfesteres gäbe, Zwerge zum Beispiel.

«Engel», sagte Vater, «schnappen viel zu schnell ein.»

Das taten Vaters Zwerge nun gar nicht. Im Gegenteil, sie kümmerten sich gerade dann besonders um einen, wenn einem die Engel empört den Rücken zukehrten; und dafür gab es Anlaß genug.

Aber auch im Aussehen stellten Vaters Zwerge etwas Besonderes dar. Unscharf betrachtet, ähnelten sie gewöhnlichen Zwergen. Doch sah man genauer hin, ergaben sich allerhand Abweichungen vom gewohnten Zwergenbild. Zum Beispiel hatten sie Maikäferflügel und Froschfüße. Die Froschfüße hörte man manchmal nachts auf dem Flur tappen. Im Winter trugen sie mit Hummelpelz gefütterte Wallnußschalenpantoffeln.

Nur wie sie oben herum aussahen, konnte mir Vater nie so recht klarmachen. Häufig nahm er Fotos zu Hilfe, Brustbilder Shaws, Tolstojs, Karl Marx' und des Admirals Tirpitz.

«So ungefähr mußt du sie dir vorstellen», sagte Vater; «was ihre Bärte angeht jedenfalls; im Gesicht sehen sie natürlich wesentlich netter aus.»

Unglückseligerweise erfuhr Großmutter mal, daß wir Zwerge so liebten. Sie kümmerte sich nicht oft um uns, sie hielt Vater für asozial und mißraten; aber alle paar Jahre wurde sie aus irgendeinem Grund sentimental, und dann kam sie Hals über Kopf angereist und schenkte uns etwas Nutzloses und nörgelte rechthaberisch an uns herum. Das dauerte so eine Woche vielleicht; dann war sie plötzlich wieder für Jahre verschwunden.

Damals nun, wie gesagt, war ihr unser Zwergentick zu Ohren gekommen. Da sie gerade wieder das Gefühl hatte, Vater falsch erzogen zu haben, ruhte sie nicht eher, bis sie einen künstlichen Zwerg erstanden hatte, der, wie sie gereizt behauptete, haargenau unseren Phantasiezwergen entspräche, ja, ihnen, genau genommen, sogar noch in vielem turmhoch überlegen wäre.

Es war ein furchtbarer Zwerg. Er war gut einen Meter groß, sah aus wie ein mit Speck eingeriebenes, bärtiges Baby, nannte glänzende Schnallenschuhe, eine faltenlose blaue Schürze, eine Tabakspfeife, die einen Blumentopf darstellte, einen Holzrechen und eine rosa Glatze sein eigen und erinnerte Vater zu allem Überfluß noch an seinen Bürovorsteher.

Um der Pietät willen stellten wir den Kunstzwerg eine Weile im Schlafzimmer auf. Aber schon nach wenigen Tagen fingen wir an, schweigend um ihn herumzugehen und kurz darauf überraschten wir uns beide dabei, daß wir jeder, wie zufällig, mit einem zusammengefalteten Sack ins Zimmer traten.

Wir gaben erst gar keine langen Erklärungen voreinander ab. Wir verpackten den Zwerg, Vater hob ihn sich ächzend auf die Schulter, und dann fuhren wir zum Bahnhof, lösten zwei Bahnsteigkarten und setzten den Kunstzwerg im Eilzug nach Brüssel in ein leeres Erster-Klasse-Abteil. Er sah merkwürdig aus auf dem grünen Samtpolster.

«Sicher das erste Mal, daß er wo hinpaßt», sagte Vater mitleidlos.

Wir kuckten noch, um den Eindruck eines überfüllten Coupés zu erwecken, so lange aus dem Fenster, bis der Stationsvorsteher die Kelle hochhob; dann sprangen wir ab, und der Zwerg fuhr davon.

Großmutter erzählten wir, er wäre uns beim Saubermachen zerbrochen. Sie sah uns ziemlich durchdringend an, denn es war überall in unserer Wohnung zu sehen, daß wir kaum einen Stuhl beim Reinemachen verrückten; aber es blieb ihr ja nichts weiter übrig, als sich mit unserer Erklärung zufriedenzugeben. Und so begnügte sie sich damit, mir einen Tag später ein Kindergrammophon zu verehren und, trotz Vaters Protest, auch eine Platte dazu. Auf der einen Seite der Platte war ‚Was macht der Mayer auf dem Himalaja?' und auf der anderen, wie bei Großmutters unvermindertem Zartgefühl nicht anders zu erwarten, ‚Heinzelmännchens Wachtparade'.

Ich war damals sehr für Musik und spielte die Platte stündlich mehrere Male. Schließlich machte mir Vater das Angebot, ihm die Platte zur Zerstörung zu überlassen; ich dürfte mir dafür, vorausgesetzt, daß es nichts Lärmendes wäre, in der Spielzeugabteilung von Wertheim aussuchen, was mir gefiele.

Ich spielte die Platte noch so lange, bis ich sie auch selber überbekam, dann ging ich auf Vaters Angebot ein.

Wir suchten wirklich mit äußerster Konzentration; aber wir fanden nichts; unsere Ansprüche waren zu hoch. Nachdem wir auch in den Spielzeugabteilungen von Tietz und Israel und obendrein noch in gut einem halben Dutzend Spezialgeschäften vergeblich herumgestöbert hatten, rang Vater sich schweren Herzens zu dem Entschluß durch, mir die so voreilig zerstörte Schallplatte wiederzukaufen. Und gerade an diesem Tag fanden wir ihn.

Er stand im Schaufenster eines Konfitürenladens; ein Zwerg, ja; der herrlichste Zwerg, den man sich nur vorstellen kann. Er entsprach – bis auf die Froschfüße und die Maikäferflügel, versteht sich – derart genau unserem Phantasiezwergenbild, daß wir flüsterten, als wir uns im Laden erkundigten, ob man ihn käuflich erwerben könnte.

«Den –?» sagte die Verkäuferin; «na, aber klar; von dem Typ haben wir noch 'n paar Schock auf Lager.»

Wir waren sehr empört über ihre Ausdrucksweise, und Vater konnte nur mit Mühe eine Zurechtweisung unterdrücken. Schließlich kauften wir ihn aber dann doch, obwohl er, wie sich jetzt herausstellte, nicht nur hohl, sondern unter seinem Stanniolpapierkleid auch noch aus Schokoladenguß war.

Doch Vater tröstete mich. Wenn man ihn an einen sicheren Platz stellte, könnte so ein Schokoladenzwerg gut und gern seine achtzig bis hundert Jahre alt werden.

Na, und auf zwei hat er es ja auch wirklich gebracht. Dann kam mal ein Regentag, an dem ich mit mir nichts anfangen konnte. Ich kramte in allerlei altem Gerümpel und entdeckte dabei auch Großmutters Kindergrammophon wieder. Ich zog es auf und betrachtete nachdenklich die kreisende Filzplatte.

Da kam mir eine Idee. Wie wäre es, dem Konfitürenzwerg mal eine Freude zu machen und ihn ein paar Karussellrunden drehen zu lassen?

Es ließ sich auch alles gleich wunderbar an. Man merkte deutlich, es machte dem Konfitürenzwerg Freude, sich auf der Filzplatte drehen zu dürfen. Ich hatte jedoch auch ein wenig den Eindruck, er hätte sich ganz gern noch etwas rascher gedreht. Aber kaum hatte ich das Tempo der Platte verschnellert, als er sich mit einem beseligten Lächeln umfallen ließ; und da krachte er auch schon gegen die Wand und fiel als unscheinbares Stanniolpapierbündel zu Boden.

Wir litten sehr unter seinem Tod. Vater ließ sich sofort dienstfrei geben, und wir fuhren nach Brieselang raus, wo wir den Zwerg oder besser: was noch übriggeblieben war von ihm, in einer moosgepolsterten Zigarrenkiste unter einer abgestorbenen Eiche beisetzten. Ich grub flennend das Grab, Vater pfiff traurige Hermann-Löns-Lieder dazu, und dann steckten wir ein aus Hasenknochen gefertigtes Kreuz in den Hügel und fuhren schweigend nach Hause.

Aber auch lange danach noch wurde Vater nie müde, mit mir das Grab zu besuchen.

Dann, als so die schlimmste Trauer vorbei war, sagte Vater eines Tages, die Zeiten würden jetzt schlecht, da wäre es angebracht, einen Talismanzwerg zur Verfügung zu haben.

Er griff auch gleich in die Tasche und reichte mir einen

winzigen Klumpen Ton, der tatsächlich entfernt etwas an einen sitzenden Zwerg erinnerte.

«Selber gebrannt», sagte Vater.

Das verscheuchte meine Enttäuschung.

Ich trug diesen Talismanzwerg dann auch ständig mit mir herum, bis er schließlich ganz abgenutzt aussah. Aber jetzt hatte ich mich an ihn gewöhnt und hing bald noch mehr als Vater an ihm. Was bestimmt etwas heißen wollte; denn jedesmal, wenn wir wünschten, es sollte was klappen, spuckten wir zuerst auf den Talismanzwerg, woraufhin ich den ganzen Tag in der Hosentasche die Faust um ihn schloß. Natürlich ist er dadurch nicht gerade schöner geworden, aber ausdrucksvoller auf jeden Fall.

Doch auch sonst war unser Talismanzwerg eine besondere Erscheinung. Er mußte nämlich, um auch auf längere Sicht hin wirksam zu bleiben, jedes Jahr im Freien einen Winterschlaf halten.

Der Platz, den Vater hierfür ins Auge gefaßt hatte, war das Biesetal, eine erlenumstandene Schlenke im Wald, an deren Rand sich die Wildschweine sühlten. Das Luftwurzelgeflecht der Erlen war wie geschaffen für eine Zwergenburg. Da gab es Zimmer an Zimmer, Küchen und Kammern, Vorratsräume und Flure, Kellergelasse und Böden. Als wichtigstes dichteten wir dem Talismanzwerg erst mal ein Schlafzimmer ab. Auch Vorräte bekam er: Preiselbeeren, Streuselkuchenkrümel, Apfelkerne und Pilze. Außerdem schnitzte ihm Vater auch sicherheitshalber jedesmal noch ein Boot, für den Fall, daß das Biesetal überschwemmt werden könnte.

Darauf nahmen wir Abschied von ihm. Der war meist ausführlicher geplant, als er dann ausfiel, denn Vater hielt an sich eine Menge vom Abschiednehmen und diesen traurigen Dingen; aber ich schluchzte immer zu sehr, und da begnügte sich Vater mit einer abgekürzten Zeremonie.

Ende März wurde der Talismanzwerg dann wiedergeholt. Das war ein Fest, wichtiger noch als Vaters Geburtstag, und es wurde mit Streuselkuchen und Kaffee und mit

Lampions und Liedern begangen; und gekräftigt und ausgeruht versah der Talismanzwerg nun wieder seinen aufreibenden Dienst.

Dann kam abermals ein Herbst, wo wir ihn schluckend in seine Erlenburg setzten, und abermals ein März, wo wir ihn hochgestimmt heimholen wollten, und da war er weg.

Das ganze Biesetal stand unter Wasser; an unserer Erle war es über einen Meter hochgeklettert.

Wir faßten es erst gar nicht; dann nahm sich Vater zusammen.

«Siehst du sein Boot?» Er räusperte sich unsicher.

«Nein», sagte ich schluckend.

Jetzt hatte sich Vater gefangen. «Ein Glück», sagte er fest.

Ich sah verwirrt an ihm hoch.

«Na, verstehst du denn nicht?» sagte Vater; «er ist abgefahren, als das Hochwasser kam! Wozu haben wir ihm das Boot denn geschnitzt?»

«Bist du ganz sicher?» fragte ich.

«Hör mal», sagte Vater, «du streitest mir doch wohl nicht ab, daß ich mit Zwergen Bescheid weiß!»

«Nein», sagte ich. «Bloß, wieso hat er uns nicht im Boot hier erwartet.»

«Kann ich dir genau sagen», antwortete Vater. «Die Zeiten sind jetzt nicht mehr danach, daß Zwerge sich wohlfühlen könnten in ihnen.»

«Nein –?» fragte ich.

«Ehrenwort», sagte Vater; «so traurig es klingt.»

Das war der letzte Zwerg, den wir hatten. Er schrieb uns noch ein paarmal; aber Vater hatte recht: seine Postkartengrüße klangen so ängstlich, daß man wirklich nicht wagte, ihn zur Rückkehr zu überreden.

AN SICH HATTEN WIR für politische Versammlungen nicht viel übrig; wenn es die falschen waren, ärgerte man sich nur, und wenn es die richtigen waren, war man ja sowieso der Meinung der Leute. Aber einmal besuchten wir doch eine; Frieda meinte, wir müßten unbedingt die Redner da hören, es wären die besten, die die Kommune im Nordosten Berlins im Augenblick hätte.

Die Versammlung fand in einer alten Seifenfabrik in Pankow-Heinersdorf statt, ganz oben, an der äußersten Spitze. Hinter der Fabrik kamen bloß noch Felder und Wiesen; und um ein Haar hätten wir einen Bogen um die Fabrik gemacht und wären spazierengegangen, denn es war Sommer, und überall war Lerchengedudel zu hören, und in den Scherben des Schutthaufens hinter der Seifenfabrik spiegelte sich die Sonne so aufregend wider, daß er wie ein riesiger, vom Himmel gefallener Kronleuchter aussah. Aber Frieda hatte gesagt, daß sie uns abhören würde, also mußten wir rein.

Drin roch es überall gräßlich nach Veilchenparfüm, man wurde ganz benommen davon. Die Redner waren auch wirklich sehr gut; sie sprachen zornig und überzeugend; sie wollten, daß wir satt werden sollten; und wenn wir es mal nicht wären, schrien sie, dann sollten wir uns nur vertrauensvoll das Morgenrot ansehen im Osten.

«Da haben sie recht», sagte Vater, «das sieht manchmal wirklich wie ein Spiegelei aus.»

Aber das meinten die Redner nicht, sie meinten, die Sonne der Freiheit ginge bald auf.

Am Schluß sangen wir dann auch begeistert ein paar Lieder zusammen, und als die Stelle ‚Brüder, in eins nun die Hände' drankam, da faßten auch alle in dem großen Packraum sich an und blickten strahlend an die Decke dabei.

Vater hatte mich auf seine Schultern gehoben; es sah

wunderbar aus von da oben, sich so viele Frauen und Männer bei den Händen halten zu sehen.

Kaum jedoch war das Lied dann zu Ende, da ließen wieder alle sich los und räusperten sich und kuckten verlegen aneinander vorbei; und dann trat noch ein hemdsärmliger Herr auf das Podium und rief, rauchen wäre erst draußen gestattet, und darauf schoben wir uns mit den anderen hinaus.

Vater griff in die Uhrtasche, um nachzusehen, wieviel Zeit wir noch hätten, bis wir Frieda abholen mußten.

«Na –?» fragte ich von oben, denn ich freute mich schon sehr auf all die Felder ringsum; in Weißensee, wo wir wohnten, war alles bloß Stein.

Vater antwortete nicht; er war stehengeblieben in dem Gedränge und tastete aufgeregt an sich herum.

«Aber du hast sie doch immer an dem schwarzen Schnürsenkel gehabt», sagte ich.

«Der Schnürsenkel», sagte Vater tonlos, «ist auch noch dran.»

«Und die Uhr –?» fragte ich.

«Psssst», sagte Vater und zerrte an meinem Fußgelenk.

«Wieso pssst», sagte ich; «man geht doch nicht auf eine Versammlung, um sich die Uhr stehlen zu lassen.»

«Sicher ein Irrtum», sagte ein stämmiger Saalordner neben uns und sah unter seiner zerbeulten Thälmannmütze streng zu mir rauf.

«Ganz bestimmt», sagte Vater schnell.

«Du wirst sie zu Hause gelassen haben, Genosse», sagte der Saalordner; «wollen wir wetten?»

«Ich bin überzeugt, daß Sie recht haben», sagte Vater gepreßt.

Die Umstehenden nickten.

«Los, weitergehn, Leute!» rief der Saalordner; «und zerstreut euch draußen 'n bißchen, daß die Polente nischt merkt.»

«Ich versteh dich nicht», sagte ich, als Vater mit mir auf die Straße trat.

Vater hob mich von seinen Schultern herunter und nahm mich bei der Hand. «Bitte», sagte er beschwörend; «warte wenigstens, bis die Leute weg sind, ja?» Er lächelte verklemmt einer Frau zu, die eine rote Papiernelke als Abzeichen trug und ein Fahrrad neben sich herschob, sie hatte auf der Treppe eben neben uns gestanden.

Wir liefen schweigend um die Fabrik herum.

Ich hatte mir fest vorgenommen, mit Vater böse zu sein und mindestens eine halbe Stunde nicht mit ihm zu reden; doch ich merkte schon: ich schaffte es nicht, der Tag war zu schön.

Hinter dem Schutthaufen stand ein alter Holunder; seine Beeren glänzten und fingen bereits an, dunkel zu werden; unter ihn setzten wir uns.

Ich fing einen Heuhüpfer und sah mir seinen gelben Brustpanzer und seine großen, wie mit Samt bezogenen Telleraugen und die merkwürdigen Kauzangen an, mit denen er aufgeregt mümmelte.

Vater räusperte sich. «Bruno», sagte er und schob sich einen Grashalm unter den Schnurrbart.

«Ja», sagte ich.

«Es war Vorsicht eben; daß du nicht etwa denkst –» Er schwieg und kaute verbissen an seinem Halm.

Ich ließ ihn erst einen Augenblick weiterschweigen. «Nein», sagte ich dann, «das denke ich nicht. Trotzdem: wir hätten die Uhr vielleicht wiedergekriegt.»

«Du verstehst mich noch immer nicht», sagte Vater. «Es ist einfach unmöglich, daß einem auf einer Arbeiterversammlung die Uhr wegkommt.»

«Aber es ist doch passiert», sagte ich.

«Es ist *mir* passiert», sagte Vater.

Er sagte es so traurig, daß ich Herzklopfen bekam. «Ich kann vor EPA auf Fahrräder aufpassen», sagte ich schnell; «wenn ich Glück habe, komme ich am Tag auf fünfzig Pfennig dabei; die könnten wir sparen.»

«Es handelt sich nicht um die Uhr», sagte Vater; «wir kommen auch ohne Uhr aus.»

«Aber worum handelt sich's denn?» sagte ich.

Vaters Oberkörper sank ein wenig vornüber, der Grashalm hing ihm lose am Mund. «Um das Efeublatt», sagte er.

Ich sah einen Moment blinzelnd in den Himmel. Er war sehr blau und mit einem ganz zarten, milchig geäderten Weiß überzogen, vor dem schwindlig hoch die Mauersegler kreisten.

«Um was für ein Efeublatt?» sagte ich dann.

«Um das unter dem Uhrdeckel», sagte Vater erschöpft. Er ließ den Kopf hängen und blickte ausdruckslos auf ein Marienkäferchen nieder, das zwischen seinen Knien an einer Sauerampferstaude emporkroch; es mußte ein sehr wertvolles Efeublatt gewesen sein.

Ich wartete eine Weile, ob Vater es mir sagte; aber er schwieg. «Woher stammte es?» fragte ich da.

Vater seufzte. «Von Großvaters Grab.»

Fern, auf Weißensee zu, waren hinter einem flimmrigen Hitzeschleier die mächtigen Kessel des Gaswerks zu sehen; sie sahen aus wie gekrönt mit ihren hohen Schnörkelgittern, in denen sie aufsteigen und absinken konnten. Ich hatte mal da gespielt, und mir fiel wieder das einzige Foto ein, das es von Großvater gab; er war merkwürdigerweise ein kleiner Junge darauf, ein ebenso kleiner Junge wie ich, nur daß er das Haar kürzer trug und eine unpraktische Matrosenbluse anhatte; aber bestimmt hätte er auch mal ganz gern hinter einem Gaswerk gespielt.

«Vielleicht», sagte ich, «sollte man einfach ein *neues* Efeublatt von seinem Grab holen.»

Vater schluckte. «Wahrscheinlich ist das das Nächstliegende, ja.»

«Du mußt nicht traurig sein», sagte ich; «es gibt doch sicher hunderte von Efeublättern auf seinem Grab.»

«Ganz bestimmt», sagte Vater.

«Warum waren wir eigentlich nie da?» sagte ich; «er liegt doch in Weißensee.»

«Sein *Grab* liegt da», sagte Vater heftig.

Ich blickte erstaunt an ihm hoch, es war nicht die Regel, daß er so mit mir sprach.

Vater entschuldigte sich auch gleich und kaute dann wieder erregt auf seinem Grashalm herum. «Ich kann mich nicht dran gewöhnen», sagte er dann. «Als er starb, war er ebenso alt wie ich heute bin; so sehe ich ihn auch noch vor mir; nur daß er einen dichten Vollbart hatte und das Haar kürzer trug.»

Eine Lerche stieg still vor uns auf; mitten in der zitternden Luft blieb sie stehen und fing an zu singen.

«Du brauchst nicht mitzukommen», sagte ich und hielt etwas den Atem an, um die Lerche besser hören zu können; «wenn du mir sagst, wo es ist, geh ich allein.»

Vater nagte so heftig an seinem Halm, daß er sich an der Rispe verschluckte. «Ist das wahr», keuchte er; «du würdest mir ein neues Efeublatt holen?»

«Ja», sagte ich; «beschreib, wo es ist, und ich such dir das schönste aus, das es gibt.»

Vater schneuzte sich umständlich. «Das vergeß ich dir nie.»

«Komm, komm», sagte ich, «wirst dich schon noch mal revanchieren können dafür.»

Wir standen auf, und Vater brachte mich noch ein Stück über die Felder.

Jetzt war nicht nur *eine* Lerche zu hören, jetzt hörte man mindestens zehn. Ein paarmal pfiff auch von links, wo die Rieselfelder anfingen, heiser und gellend die Industriebahn herüber, und man sah dort ganz fern einen silbernen Dampfstrahl hochsteigen und gleich darauf durchsichtig werden und wieder vergehen. Pankow-Heinersdorf blieb nun allmählich zurück und vorn, hinter dem Gaswerk, tauchten in dem flimmrigen Dunst die bunten Laubenparzellen von Weißensee auf.

Mir war großartig und herrlich zumut, am liebsten hätte ich gesungen. Ich kuckte verstohlen zu Vater rauf; er sah zufrieden, doch auch sehr ernst aus; man wußte nicht recht, wie er es aufnehmen würde. Und dann lief ja auch noch, ob nun als Junge oder als Mann, Großvater mit, und da verkniff ich mir das Singen und begnügte mich damit, nur mal eine Konservenbüchse oder einen Stein vor mir her zu kicken und hin und wieder ein bißchen zu hopsen im Laufen.

Dann tuteten hinter uns in Pankow die Sirenen. Jetzt war es drei Uhr; und Vater gab mir die Hand und kehrte um, weil er doch Frieda abholen mußte, die bei Trumpf eine Stellung als Pralinenverpackerin hatte.

Einmal blieb Vater aber noch stehen. Ob ich denn auch ganz sicher hinfände, rief er mir nach.

«Na, hör mal!» schrie ich; «hast es mir doch haarklein beschrieben!»

«Du kommst am Pferdemarkt raus!» rief Vater; «von da aus hältst du dich rechts!»

«Find ich im Schlaf!» schrie ich.

«Gut!» rief Vater, dem es anscheinend ein bißchen schwerfiel, sich von mir zu trennen; «und wie wirst du das Blatt transportieren?!»

Ich schrie, ich würde mir eine Zigarettenschachtel suchen dafür.

«Wunderbar!» rief Vater; «die ideale Verpackung!»

Wir winkten uns zu; dann machten wir kehrt, und jeder lief weiter.

Als ich mich kurz darauf noch mal umdrehte, begann Vater schon, sich im Sonnenglast aufzulösen, und einen Augenblick lang sah ich ihn doppelt; es hätte jetzt sehr gut sein können, daß er dort mit Großvater ging; mit Großvater, wie *er* ihn sah. Denn der andere, der von dem Foto: der altmodische kleine Junge mit der Bürstenfrisur und der unpraktischen Matrosenbluse, der ging nun mit *mir* mit; jedenfalls bildete ich es mir ein.

Ich fing auch gleich probehalber mal an, ein bißchen zu singen; der altmodische kleine Junge hatte bestimmt nichts dagegen, und der andere Großvater war ja jetzt weg. Es klang gar nicht so schlecht in der gläsernen Luft; außerdem sangen die Lerchen ja auch, und bis ich am Friedhof war, hatte ich die wichtigsten Lieder sicher längst durch. Ich sang zuerst mal, dem kleinen Jungen zu Ehren, ‚Schöner Gigolo, armer Gigolo'; dann kam ‚O Donna Clara, ich hab dich tanzen gesehn' und schließlich ‚Waldeslust' dran.

Ich war jetzt so richtig wunderbar traurig, es kribbelte schon in den Augen, und ich mußte schlucken beim Singen; und nun war auch das Gaswerk ganz nah, und auf einmal stieg hinter den riesigen Kesseln mit klatschenden Flügelschlägen ein blitzender Taubenschwarm auf. Er war so weiß, wie ich noch nie einen gesehen hatte, und die Vögel sausten erst dicht über die schwarzen Kokshalden hin, dann riß was sie steil hoch ins Blau, und sie waren verschwunden.

Ich mußte stehen bleiben, mein Herz tat mir weh. Und gerade da sah ich den Mann. Er saß mit baumelnden Beinen ganz oben im Gestänge von einem der Kessel und sang mein Lied weiter und klopfte den Rost ab im Takt und lachte zu mir herunter. Ich dachte, das müßte ein Engel sein, es war eigentlich nur Himmel um ihn, und das Klopfen klang wirklich wie Glockengeläut.

Ich wollte *auch* lachen, aber ich konnte nicht, mir war zu feierlich zumut; und ich hob nur etwas den Arm und bewegte behutsam die Hand hin und her; ich hatte zu große Angst, daß der Mann wegfliegen könnte und dann genau so verschwunden wäre wie eben die Tauben. Er blieb aber sitzen zum Glück.

Als ich Nackenschmerzen vom Raufstarren kriegte, ging ich weiter und stocherte noch ein bißchen in den frischen Müllhaufen rum, die an dem Bretterzaun abgeladen worden waren, der das Gaswerk umschloß. Ich hatte hier mal einen Spirituskocher gefunden, den Frieda uns ganzgemacht hatte.

Doch heute taugten die Fuhren nicht viel, alles bloß Müll und Schamott; lediglich eine Sprungfeder war zur Not zu gebrauchen. Ich versteckte sie mir, ich wollte gelegentlich eine Stichlingsreuse draus machen.

Wo der Zaun scharf nach rechts abbog, kam erst der Graben; dahinter fing dann die Laubenkolonie an. Ich zog ein paar Algenbärte aus dem öligen Wasser und sah nach, ob vielleicht ein Gelbrandkäfer oder ein Bitterling drin rumspringen würde; es klebte aber bloß Entenflott dran.

Von den Parzellen herüber wehte schon Malzkaffeeduft; und auch den betrunken machenden Geruch von gegorenem Fallobst hatte ich jetzt in der Nase. Ich schrie, weil alles so schön war und warf einen alten Kochtopf ins Wasser und rannte die Böschung rauf und rein in die Lauben.

Überall waren im Schatten schon die Tische gedeckt; die Leute, die dransaßen, hatten sich Papierhelme gemacht und den ‚Vorwärts' oder die ‚BZ' gegen die Kaffeekanne gelehnt, und sie schlürften den Muckefuck und aßen Schmallekuchen und frische Schrippen dazu.

Es war herrlich hier, ich wäre am liebsten vor jedem Zaun stehengeblieben; einfach nur reinkucken und riechen und spüren, wie gemütlich es war. Aber dann fiel mir wieder mein Auftrag ein, und ich lief schneller.

Es war schwül geworden; die Teerpappendächer schwitzten, und der Star, der auf der Stange vor seinem Kasten saß, der an dem frisch gestrichenen Fahnenmast hing, ließ die Flügel baumeln und hatte japsend den Schnabel geöffnet. Kein Lufthauch ging; die verblichene rote Fahne am Mast hätte auch aus rostigem Blech sein können.

Ich merkte erst jetzt, als ich da so durch die Laubenkolonie ging, daß ich dauernd dabei mit dem altmodischen kleinen Jungen redete, der merkwürdigerweise mein Großvater war. Natürlich redete ich nicht laut, nur so für mich; doch er fragte auch ebenso lautlos zurück, und ich antwortete ihm und erklärte ihm alles, denn er hatte vieles noch nie in seinem Leben gesehen.

Und dann war Schluß mit den Gärten. Auf der letzten Parzelle, die schon zur Straße rausging, stand im Unterrock eine Frau und sprengte mit einem Schlauch den Rhabarber. Es hörte sich wohltuend an, wie das Wasser auf die knackrigen Blattschirme prasselte, und ich blieb einen Augenblick stehen und lauschte.

Plötzlich gab es an meinem Herz einen Riß, und ich kriegte erst gar keine Luft und beugte mich nur vornüber und wunderte mich, was los war mit mir.

Aber dann kam so ein ganz zarter Wind angestrichen, er kippte den Linden am Straßenrand die Blätterunterseiten nach außen, daß die beiden Baumreihen auf einmal wie gepudert aussahen; und jetzt kam mir auch der prikkelnde Salmiakgeruch zu Bewußtsein, und ich merkte, daß ich ihn schon eine ganze Weile eingeatmet hatte; und nun hörte ich auch das Wiehern von drüben und schmeckte die Wagenschmiere und das salzige Leder im Wind, und da wußte ich, daß Pferdemarkt war.

Ich hopste vor Freude, und dann schrie ich und rannte über den Damm; und jetzt sah ich auch schon die Backsteinmauer und die einzementierten Scherben auf ihr und das Schild, daß es verboten wäre, den Markt zu betreten, wenn man kein Pferd kaufen wollte; und ich bog um die Ecke, wo gegenüber der alte Fußballplatz war, und da sah ich auch alle die Wagen vor dem Eingang und die glänzenden Pferde davor; und es war alles so schön, daß ich Stiche bekam und ganz langsam gehen mußte.

Die Wagen waren gelb und braun gestrichen und wunderbar leicht, und die Pferde hatten ihre Futtersäcke vor dem Maul und kauten und schnaubten und verscheuchten mit seidig zischenden Schwanzhieben die Fliegen.

Ich lief überall herum und las die Namen an den Wagen. Es waren viele Zigeunernamen dabei, aber auch andere merkwürdige; und einen gab es, der gefiel mir besonders, Aron Schatzhauser hieß er. Mir tat leid, daß das Schild, wo er draufstand, so staubig war; ich wischte es blank mit dem Ärmel, und dann tat ich so, als spielte ich hier ein bißchen und näherte mich unauffällig dem Eingang dabei.

Der Wind hatte schon wieder aufgehört. Es war noch schwüler geworden inzwischen, und der strenge Pferdegeruch stand nun so dicht in der Luft, daß einem der Salmiak wie schäumendes Brausepulver ins Hirn stieg. Ich mußte ein paarmal niesen davon, und als ich die Augen wieder aufmachte dann, da sah ich, ich hatte einen jungen Mann aufgeweckt, der im Eingang vor dem Holzhäuschen eingenickt war; er blickte mir blinzelnd entgegen.

Ich dachte, daß es jetzt das Beste wäre, einfach zu ihm zu gehen, denn er hatte mißtrauisch die Augen zusammengekniffen, und ich wollte doch unbedingt auf den Pferdemarkt rauf; man sah schon die blankgeputzten Kruppen der Tiere in der Sonne aufleuchten und überall die heftig gestikulierenden Männer und die bunten Halstücher der Zigeuner dazwischen.

«Nun, was ist», fragte der junge Mann, als ich vor ihm stand, unfreundlich. «Es ist verboten, hier herumzulungern, weißt du das nicht?»

Ich konnte nichts antworten, er sah so merkwürdig aus. Er hatte einen flachen, schwarzen Hut auf, zwei schwarze Lockenbüschel fielen ihm über die Ohren, und er trug ein langes, schwarzes Kleid, das fast bis auf die Erde reichte, und unten sahen seine geflickten Reitstiefel hervor.

«Du», sagte er böse, «ich habe dich etwas gefragt.»

Ich stotterte, ich hätte jemand auf dem Markt was zu bestellen.

«Wem?» fragte der junge Mann.

Ich hielt den Atem an und überlegte. Da fiel mir der schöne Name wieder ein. «Herrn Schatzhauser», sagte ich schnell.

Er legte den Kopf schief und sah durch mich hindurch. «Ich werde dich zu ihm bringen», sagte er dann.

Er stand auf und nahm mich beim Kragen, und ich lief mit ihm an den Buchten entlang und über die Reitbahn und an mindestens hundert herrlichen Pferden und lauter erregt aufeinander einredenden Männern vorbei, die alle ganz wunderbar nach Tabak, Leder und Pferdestall rochen.

Am Ende der Reitbahn standen hintereinander drei schwarze, feurige Rappen, sie tänzelten, und jeder wurde sehr kurz am Zügel gehalten; und jetzt gab ein Mann, der eine speckige Jockeimütze auf dem Hinterkopf trug, ein Zeichen, und der Zigeuner, der das erste Pferd hielt, lief mit ihm los. Es sah herrlich aus, wie die beiden über den staubenden Sand trabten; das Pferd hatte gelbes Stroh in die dunkle Mähne geflochten und rote Gelenkschoner um, und dauernd blitzte in den Ohrringen des Zigeuners das Sonnenlicht auf.

«Aron», sagte der junge Mann da, «hier bring ich dir wen.»

Ich hatte es gar nicht bemerkt, wir waren vor einem großen, dicken Pferd stehengeblieben; es war graugrün, es sah aus wie verschimmelt und hatte eine struppige Mähne, die an einen abgenadelten Tannenbaum erinnerte und Hufe, so breit und zernarbt, als ob es auf Schildkröten stände. Es war wohl so ungefähr das häßlichste Pferd, das ich jemals gesehen hatte.

Ein kleiner krummbeiniger Mann, der eine verschossene Windjacke anhatte und eine Mütze aus brüchigem Wachstuch trug, hielt es am Zügel. Er hörte jetzt einen Augenblick auf, auf den anderen, rotgesichtigen Mann einzureden, der fortwährend, einen Zigarrenstummel im Mund und sich am Kinn schabend, um das häßliche Pferd herumlief, und er sah mich flüchtig an.

«Hier, halt mal», sagte er dann und gab mir die Zügel des Pferdes; «ich muß die Hände freihaben beim Reden.»

«Jawohl, Herr Schatzhauser», sagte ich schnell.

Der junge Mann, der mich hergebracht hatte, blickte mit hochgezogenen Stirnfalten auf mich herab, und ich sah, so unbefangen ich konnte, an ihm vorbei.

«Das hat seine Richtigkeit», fragte er, «ja?»

Herr Schatzhauser hatte gerade wieder angefangen, auf den rotgesichtigen Mann einzureden. «Was störst du mich, Eitel?» sagte er, ohne seine beschwörend erhobenen Hände sinken zu lassen.

Da zuckte der junge Mann die Schultern und ging.

Ich hatte schon oft erlebt, daß jemand etwas Unzulängliches anpries; aber ich hätte es niemals für möglich gehalten, daß man ein derart häßliches Pferd so hartnäckig herrlich und wundervoll nennen könnte, wie das Herr Schatzhauser tat. Das heißt, er *nannte* es nicht nur herrlich, er *verwandelte* es in ein herrliches Pferd. Er war ein Zauberer. Je beschwörender er mit seinen kleinen beweglichen Händen über das dicke Pferd hinstrich, desto schöner wurde es. Es blühte richtig auf unter seinen Loben, und allmählich kamen einem alle anderen Pferde ganz unscheinbar und armselig gegen unseres hier vor. Ich konnte gar nicht verstehen, daß ich vorhin nicht gleich gemerkt hatte, wie schön, wie stark und wie rassig es war.

Der rotgesichtige Mann hatte aufgehört, sich am Kinn zu schaben; er sah ein bißchen betäubt, aber irgendwie auch schuldbewußt aus. Ich glaube, auch ihm war klar geworden, daß er das Pferd falsch eingeschätzt hatte.

Doch Herrn Schatzhauser genügte das nicht. «Was rede ich nur immer von der Kraft dieses herrlichen Tieres», rief er; «wo es doch auch Seele hat und so ein tiefes Gemüt!»

Der rotgesichtige Mann kaute beunruhigt auf seinem Zigarrenstummel herum. «Schon gut; das Geschäft ist perfekt.»

Herrn Schatzhausers Gesicht wurde mit einem Schlag traurig. «Also, schwer fällt mir's ja, mich von ihm zu trennen», sagte er mit plötzlich ganz schleppender Stimme; «all die langen Jahre durch dick und dünn zusammengehalten, und jetzt geht so ein Schmuckstück Umstände halber für einen Pappenstiel weg.»

«Na, na», sagte der rotgesichtige Mann und klappte die Brieftasche auf; «Pappenstiel? Erlauben Sie mal.»

«Was wollen Sie», sagte Herr Schatzhauser streng. «Sie bezahlen das Pferd. Und was ist mit der Treue dieses Tieres? Die Treue von dem, die kriegen Sie zu.»

Darauf hatte der rotgesichtige Mann nichts zu erwidern. Er fing an, murmelnd in seinen Geldscheinen zu blättern; und gleich war auch der Wind wieder da und blätterte angeregt mit; und auf einmal erlosch der Sonnenglanz auf all den blank gestriegelten Pferdekruppen ringsum, und als ich rasch zum Himmel raufsah, da war das Blau ganz bleiern geworden inzwischen und hinten, von Pankow-Heinersdorf her, zog eine dunkle Wetterwand auf.

Ich weiß nicht, warum, ich mußte plötzlich an Frieda denken; sicher weil sie immer gesagt hatte, ich taugte zu nichts, und jetzt hielt ich hier ganz allein dieses riesige Pferd fest.

Herr Schatzhauser zählte nickend das Geld durch; dann steckte er es in ein großes Schnapp-Portemonnaie und streckte dem rotgesichtigen Mann zwinkernd die Hand hin, und der holte aus und schlug ein.

«Wiedersehn, Lieschen», sagte Herr Schatzhauser dann und rieb seine Nase an der Nase des Pferdes und blies ihm zärtlich in die Nüstern dabei.

Das Pferd hob ein wenig die Lippe und lächelte schwach.

«Es nimmt mir übel, daß ich es verkauft habe», sagte Herr Schatzhauser trübe. «Da sehen Sie, wie gefühlvoll es ist.»

«Gib die Zügel her», sagte der rotgesichtige Mann.

Ich warf sie ihm zu; ich mochte ihn plötzlich nicht mehr. Dieses herrliche, seelenvolle Pferd war viel zu schade für ihn; es hätte nur zu Einem gepaßt, aber der hatte es ja eben verkauft.

«Was machst du für ein Gesicht», sagte Herr Schatzhauser, als der rotgesichtige Mann das Pferd weggeführt hatte; «glaubst du denn, was ich ihm erzählt habe, stimmt?»

Mir gab es einen Stich. «Sie haben ihn belogen –?!»

«Ich habe ihm ein Pferd verkauft», sagte Herr Schatzhauser.

«Aber Sie haben es doch fast eine halbe Stunde gelobt!» rief ich.

«Warum sollte ich es nicht loben?» fragte Herr Schatzhauser. «Es war heimtückisch und schwerfällig, ein aufsässiges, faules und grundhäßliches Tier; sein Besitzer, der es mir vor zwei Tagen gebracht hat, war verzweifelt über diesen Koloß. Hätte ich den beiden einen Dienst mit der Wahrheit erwiesen?»

Ich wußte nicht, was ich antworten sollte; ich hatte immer gedacht, daß von einem bestimmten Punkt an die Wahrheit zu sagen auf jeden Fall das Richtige wäre. Aber vielleicht lag dieser Punkt bei Herrn Schatzhauser tiefer.

«Komm», sagte er jetzt; «du hast mir ausgezeichnet geholfen; wir wollen ein Bier trinken gehen darauf.»

Ich war sehr stolz. «Jawohl», sagte ich, «gern.»

Wir liefen quer über die staubende Reitbahn zum Ausgang. Fern donnerte es; die Pferde in den Buchten fingen an, unruhig zu werden, sie schnaubten und wieherten und hatten die Ohren gespitzt, und die Männer ringsum blickten besorgt und verärgert zum Himmel.

In seinem Holzhäuschen am Eingang saß hinter einem Buch und einer Kassette der junge Mann, der mich reingebracht hatte; er sah auf einmal viel älter aus, aber das lag wohl an dem Zwicker, den er jetzt trug.

Herr Schatzhauser bezahlte sein Standgeld bei ihm, und der junge Mann schrieb die Summe sorgfältig in sein Buch ein.

«Was ich dich noch fragen wollte, Aron», sagte er dann und blickte mich argwöhnisch über seinen Zwicker weg an; «der hier, was hat es für eine Bewandtnis mit ihm? Ist er nicht ungebeten gekommen?»

«Er ist aus Neugier gekommen», sagte Herr Schatzhauser und legte mir die Hand auf die Schulter.

«Es darf niemand Neugieriger rein», sagte der junge Mann; «du weißt, daß es verboten ist, Aron.»

«Es ist verboten, auf den Pferdemarkt neugierig zu sein», sagte Herr Schatzhauser; «ja, Eitel, das stimmt. Aber ist es verboten, neugierig aufs Leben zu sein?»

«Es ist draußen wie drin», sagte der junge Mann starr.

Herr Schatzhauser hob beschwörend die Hände empor. «Wer von draußen Mauern sieht, der will rein; wer von drinnen Himmel sieht, der will raus. So ist es doch immer gewesen.»

«Was immer war, braucht nicht richtig zu sein», sagte der junge Mann.

«Genau danach», sagte Herr Schatzhauser, «hat dieser Junge hier sich gerichtet.»

Der junge Mann schwieg.

«Er tut nur seine Pflicht», sagte Herr Schatzhauser, während wir zum Wagen gingen.

Ich sagte, ich bedauerte, den jungen Mann geärgert zu haben.

Herr Schatzhauser zuckte die Schultern. «Nicht zu ändern. Du tatest gut daran, dich um das Verbot nicht zu kümmern. Bloß, wie bist du auf meinen Namen gekommen?»

«Er gefiel mir», sagte ich; «er steht doch da auf dem Schild.»

«Nanu», sagte Herr Schatzhauser und trat an den Wagen, «wieso ist das denn auf einmal so blank?»

«Ich hab's abgewischt», sagte ich.

Er schob sich die Mütze in die Stirn und schwieg eine Weile. «Hopp», sagte er plötzlich unfreundlich, «rauf auf den Bock mit dir.» Er nahm dem Pferd den Futtersack ab und schirrte ihm den losen Strang wieder an.

Dann fuhren wir los.

Es war die schönste Wagenfahrt, die ich jemals gemacht hatte. Wir fuhren nicht weit, nur ein Stück nach Weißensee rein, immer im Trab vor dem Gewitter her und den Wind im Rücken, der einem prickelnde Sandkörner in den Hals und gegen die Ohren blies, und vorbei an den schwefelfarbenen Häusern, den bleigrauen Fenstern und drunterweg unter den funkelnden Oberleitungsdrähten und den kreischenden Mauerseglern, die jetzt sehr tief flogen, um schnell noch ein paar Fliegen zu schnappen vorm Regen.

Dann kam das Gartenlokal, und wir hielten; und Herr Schatzhauser band das Pferd so an, daß es uns sehen konnte, wenn wir am Tisch säßen; und dann gingen wir über den knirschenden Kies und setzten uns hin.

Herr Schatzhauser bestellte jedem eine Weiße mit Schuß, und darauf warteten wir, bis der Ober sie brächte und sahen raus auf die Straße so lange.

Das Gewitter hatte es schwer; es war etwas in der Luft, das den Donner nicht mochte; immer wenn ein Schlag mal so richtig lospoltern wollte, wickelte sich was Wattig-Wolkiges um ihn, das das Krachen erstickte. Auch mit den Blitzen klappte es nicht, sie machten höchstens mal einen Wolkenspalt hell, sie drangen wohl nicht durch den Regendunst durch. Der zog schnell und in flappig runterhängenden Fetzen über uns hin; und jetzt begannen auch auf das Weinlaub, das rings an den eng gezogenen Schnüren entlangkroch, klatschend die ersten Tropfen zu fallen.

Die Leute draußen fingen an zu rennen.

«Macht dir der Regen was aus?» fragte Herr Schatzhauser.

«Ich richt mich nach Ihnen», sagte ich.

«Ich mag ihn gern», sagte er.

Da blieben wir draußen.

Nun knallten überall wie schwarze Tintenkleckse die Tropfen auf den Asphalt. Es war richtig schummrig geworden und sehr gemütlich zwischen den Blumenkästen mit den Weinranken drin.

«Als ich klein war», sagte Herr Schatzhauser und nahm seine Wachstuchmütze ab und ließ sich den Regen auf den kahlen Kopf fallen, «da hab ich es ganz genauso gemacht. Rauf auf den Pferdemarkt und gekuckt; egal, ob es verboten war oder nicht.»

Ich überlegte mir gerade, wie Herr Schatzhauser damals wohl ausgesehen haben mochte – sicher sehr nett, da knirschte der Kies, und der Ober kam und stellte kopfschüttelnd die Weißegläser vor uns hin; und dann hielt er sich das Tablett, auf das auch gleich der Regen zu trommeln begann, über den Scheitel und lief wieder rein.

«Prost», sagte Herr Schatzhauser.

Es war wunderbar, nach soviel Staub und Hitze die kühle Weiße zu trinken. Ich nahm einen ganz tiefen Zug, darauf wischte ich mir den Schaum ab vom Mund und sah in mein Glas.

Ich dachte, ich müßte sterben vor Schreck: Der altmodische kleine Junge, der mein Großvater war, blickte mich wütend an aus dem Bier; jedesmal, wenn ein Regentropfen reinfiel, verzerrte sich sein Gesicht mehr. Und ich wußte auch sofort, warum er so wütend war; weil ich ihn vergessen hatte; weil ich vergessen hatte, auf den Friedhof zu gehen und das Efeublatt für Vater zu holen.

«Was ist mit dir», fragte Herr Schatzhauser da; «hast du vor deinem eigenen Spiegelbild Angst?»

Ich richtete mich schnell wieder auf, ich kriegte vor Herzklopfen erst gar keine Luft. «Das war ich nicht selber», sagte ich mühsam; «das ist mein Großvater gewesen.»

Zum ersten Mal krachte jetzt unbehindert ein langhinhallender Donnerschlag über die Dächer. Das Pferd draußen schnaubte beunruhigt.

«Ruhig, Blessy!» rief Herr Schatzhauser raus. Dann zog er seine dichten schwarzen Brauen hoch, an denen ein paar in allen Regenbogenfarben schimmernde Tropfen hingen, und sah mich nachdenklich an. «Dein Großvater –?»

«Als kleiner Junge», sagte ich, «ja; ich kenne ihn so von einer Fotografie.»

«Ach so», sagte Herr Schatzhauser. «Aber ist er denn schlecht auf dich zu sprechen gewesen, daß du dich so vor ihm entsetzt hast?»

«Ja», sagte ich; «sehr.»

«Nanu», sagte Herr Schatzhauser.

«Ich hab ihn vergessen», sagte ich; «auf den Wiesen, am Gaswerk, in der Laubenkolonie – überall hab ich an ihn gedacht. Bloß auf dem Pferdemarkt nicht.»

«Vielleicht war er trotzdem mit drin», sagte Herr Schatzhauser.

«Nein», sagte ich; «ich hab doch nicht mehr an ihn gedacht.»

«Wieso muß er draußenbleiben, wenn du nicht an ihn denkst», fragte Herr Schatzhauser.

«Es *ist* so», sagte ich; «ich weiß nicht, wieso.»

Herr Schatzhauser schwieg und starrte ein Berliner-Kindl-Schild an, auf dem ein kleiner blonder Junge aus einem Bierglas rauskuckte.

«Und deshalb, meinst du, ist er so ungehalten gewesen?»

«Nicht nur deshalb», sagte ich. «Vor allem auch, weil ich das Efeublatt von seinem Grab nicht geholt habe.»

«Wozu denn das», fragte Herr Schatzhauser.

«Vater ist die Uhr weggekommen», sagte ich; «da war das alte doch drin.»

«Aha», machte Herr Schatzhauser.

Er schwieg wieder, und wir tranken ein bißchen und hörten dem Regen zu.

Es regnete gar nicht so schlimm; das Gewitter fing auch schon an weiterzuziehen und fern über Pankow-Heinersdorf war bereits wieder ein heller Streifen zu sehen, aus dem, wie überkochende Milch, immer mehr Helligkeit quoll.

«Eins versteh ich nicht», sagte Herr Schatzhauser; «wieso denn Grab, wenn dieser kleine Junge, von dem du da redest, so lebendig ist?»

Es war merkwürdig, das hatte ich mir noch gar nicht so richtig klargemacht.

«Es ist das Grab deines Großvaters», sagte Herr Schatzhauser; «gut.»

«Aber dieser kleine Junge *ist* doch mein Großvater», sagte ich.

«Er ist ein kleiner Junge, der später dein Großvater *wurde*», sagte Herr Schatzhauser beharrlich.

«Na, aber dann ist's doch auch *sein* Grab.»

«Du denkst falsch», sagte Herr Schatzhauser. «Wen hat man dort begraben: einen erwachsenen Mann oder einen kleinen Jungen?»

«Einen erwachsenen Mann», sagte ich.

«Aha», sagte Herr Schatzhauser.

«Und was ist mit dem Jungen?» fragte ich aufgeregt.

Herr Schatzhauser zuckte die Schultern. «Was soll mit ihm sein? Er ist nicht gestorben; also muß er noch leben.»

Ich dachte so angestrengt nach, daß ich Kopfweh bekam; ich fand, Herr Schatzhauser hatte recht. «Aber der andere Großvater», sagte ich, «der, der wirklich da liegt, der ist doch tot?»

«Er ist so tot, wie man ihn macht», sagte Herr Schatzhauser.

«Macht Vater ihn tot?!» rief ich entsetzt.

Herr Schatzhauser schob die Unterlippe vor und hob vage die Hände. «Ich möchte niemand beschuldigen: Aber wieso will er ein Efeublatt vom Grab seines Vaters?»

«Es soll ihm helfen, an ihn zu denken», sagte ich.

Herr Schatzhauser zuckte ungeduldig die Schultern. «Es hilft ihm aber doch höchstens, an den *Tod* seines Vaters zu denken.»

Ich war jetzt ganz durcheinander. «Aber dann würde ich ja mithelfen, Großvater totzumachen, wenn ich Vater das Efeublatt holte!»

«Stimmt», sagte Herr Schatzhauser streng; «so ähnlich würde ich's sehen.»

Ich sah betäubt durch die nassen Weinranken auf die Straße raus. Auch über Weißensee fing es jetzt an, heller zu werden; im frischgewaschenen Asphalt spiegelten sich die Risse am Himmel; sie waren so blau, daß es den Augen wehtat, kuckte man drauf. Ich wußte nicht, was ich jetzt machen sollte; ich hatte auf einmal Angst vor dem Grab; ich mußte dauernd dran denken, wie Vater auf den Wiesen von mir weggegangen war, und ich hatte ihn doppelt gesehen und mir gedacht, er könnte dort mit Großvater gehen. Ich wollte nicht mehr auf den Friedhof; ich wollte nach Hause.

Herr Schatzhauser schien Gedanken lesen zu können. Wo denn das Grab wäre; was draufstände, und wo ich denn wohnte.

Ich sagte es ihm.

«Laß es», sagte er da; «mach dir nicht diesen Weg. Auf dem Pferdemarkt hast du das Leben gesehen; das genügt. Den Friedhof kannst du dir sparen.»

«Und Vater –?!» rief ich; «er rechnet doch ganz fest damit, daß ich ihm das Efeublatt bringe!»

Herr Schatzhauser kniff die Augen zusammen und blickte sich um. «Ich schlage dir einen Kompromiß vor», sagte er dann. «Siehst du die Hauswand da hinten?»

«Die grüne –?»

Herr Schatzhauser nickte. «Sie ist mit Efeu bewachsen –»

Das Pferd draußen schüttelte sich, sein Geschirr rutschte klatschend auf ihm hin und her.

Ich mußte mich mit der Brust gegen die Tischkante stemmen, mein Herz klopfte zu sehr. «Aber dann belüge ich Vater doch!»

«Sei mit dem Wort Lüge bedachtsam», sagte Herr Schatzhauser ernst. «Denk an das häßliche Pferd. Was ist ihm Unrechtes geschehen, als ich es schön gemacht habe? Nichts. Im Gegenteil, man hat es gekauft.»

«Was hat das mit dem Blatt zu tun», fragte ich.

«Eine Menge», sagte Herr Schatzhauser. «Oder willst du deinem Vater lieber *gar* kein Blatt bringen –?»

«Nein», sagte ich schnell.

Herr Schatzhauser nickte. «Er soll also sein Blatt haben; gut. Wird er nun, wenn er es ansieht, an seinen Vater denken oder nicht?»

«Er wird an ihn denken», sagte ich.

«Nun, und –?» sagte Herr Schatzhauser und kehrte die Handflächen nach außen; «genügt denn das nicht? Warum muß da das Blatt ein Grabesblatt sein? Warum mußt da du hintreten vor dieses Grab und es ihm holen? Warum schickt er seinen Sohn zu den Toten?!»

Herr Schatzhauser war auf einmal richtig erregt; ich war ganz bestürzt, daß Vater daran schuld haben sollte.

«Aber er hat es ja gar nicht böse gemeint», sagte ich.

«Sicher nicht», räumte Herr Schatzhauser ein. «Trotzdem: bleib im Leben. Nimm auch das Blatt aus dem Leben. Sei sicher: auf dem Friedhof der Efeu, der ist längst nicht so schön.»

«Das ist wahr», sagte ich zögernd; «das leuchtet mir ein.»

«Gut.» Herr Schatzhauser tupfte sich mit dem Taschentuch den Regen vom Kopf und setzte sich wieder seine Wachstuchmütze auf. «Dann lauf jetzt schnell zu der Hauswand da rüber und hole das Blatt.»

«Jawohl», sagte ich; «warten Sie hier?»

Herr Schatzhauser antwortete nicht; er hatte sein Glas angehoben und trank.

Da rannte ich los.

Ich suchte Vater ein sehr schönes Efeublatt aus, es war bestimmt so in Greifweite mit das hübscheste da an der Wand. Ich nahm es vorsichtig in die Hand und rannte wieder zurück.

Ich sah schon von weitem, Herrn Schatzhausers Wagen war weg. Das tat mir sehr leid, ich hatte ihm doch noch nicht für die Weiße gedankt. Ich ging ins Lokal rein und fragte, Herr Schatzhauser hätte mir nicht vielleicht was bestellt –?

«Nee», sagte der Ober.

Ob er mir eventuell eine leere Zigarettenschachtel spendieren könnte, fragte ich ihn.

Er suchte eine Weile übertrieben mißmutig hinter der Theke herum; endlich hatte er eine. Er gab sie mir, und ich legte das Efeublatt rein. Es war wirklich ein sehr schönes Blatt, hellgrün und zart und ganz blankgewaschen vom Regen; behutsam schloß ich die Schachtel, und dann ging ich raus und lief die Straße runter in Richtung nach Hause.

Erst dachte ich dauernd, mir wäre traurig zumut und ich wollte auch, daß ich traurig wäre; aber richtig diesmal, nicht um mich wohlzufühlen dabei. Doch allmählich merkte ich, es war unmöglich, ich schaffte es nicht; noch nicht mal, wenn ich an Herrn Schatzhauser dachte. Es lag wohl mit daran, daß alles so frisch und sauber war nach dem Regen. Der Asphalt roch nach Sommer und Teer; die Trottoirplatten wirkten wie neu, und überall spiegelte sich in den Fenstern jetzt das Sonnenlicht wider; es fing schon an, rot zu werden, und an der Baustelle am Antonplatz waren die Arbeiter gerade dabei, sich die Hände zu waschen, und der Aufpasser ging mit den Laternen herum, die er rings um das aufgerissene Pflaster verteilte.

Ich sah noch mal nach, was es im Universum für einen Film gäbe. Es war ‚Blutrache', den kannte ich schon. Eine Weile setzte ich mich noch auf den Sandkasten an der Omnibusendstation, weil es da immer so schön nach Benzin und Auspuffgas roch; dann fing ich an, Hunger zu kriegen und hopste und rannte das Stück die Berliner Allee und die Lederstraße entlang, und dann war ich da.

Im Hausflur merkte ich plötzlich, daß ich Herzklopfen hatte; ich nahm an, es wäre vom Rennen gekommen. Doch als ich über den Hof ging, wurde es stärker, und beim Raufgehen war es ein paarmal so schlimm, daß ich Stiche bekam und stehenbleiben mußte.

Dann klingelte ich, und im selben Moment wußte ich: es hatte mit Vater zu tun.

Frieda machte mir auf; sie sah finsterer aus denn je. Wieso ich erst jetzt käme.

Ich brummelte was von ‚Heini getroffen und Schulaufgaben machen geholfen' und sah dabei unauffällig zu Vater hin, der am Küchenfenster stand und die Mauersegler beobachtete; ich belog Frieda nicht gern, aber ich wußte ja nicht, ob Vater ihr schon alles erzählt hätte.

Doch er *hatte* ihr schon alles erzählt; ich sah es an ihrem Gesicht.

«So», sagte sie, «Heini getroffen nennt man das, wenn man sich rumtreibt.»

«Er hat sich nicht rumgetrieben», sagte Vater; «ich sagte dir's doch, er ist für mich auf dem Friedhof gewesen. Bruno, stimmt's?»

«Jawohl», sagte ich heiser.

«Die Versammlung», sagte Frieda dumpf, «war um zwei; jetzt ist es halb acht. Braucht man fünfeinhalb Stunden, um auf den Friedhof zu gehn?»

«Bedenke bitte», sagte Vater, «er kam von Pankow-Heinersdorf rüber.»

Frieda sah Vater ungerührt an. «Na und –?»

«Es ist das erste Mal, daß er etwas so Wichtiges allein gemacht hat», sagte Vater. «Er hat eben den Ehrgeiz gehabt, es besonders gut zu machen.»

«Wie du –», sagte Frieda gedehnt.

«Was meinst du damit?» fragte Vater scharf.

«Das Kunststück mit deiner Uhr.»

«Verzeihung.» Vater richtete sich etwas auf; sein Oberkörper ragte jetzt steil in den mauerseglerdurchschwärmten Abendhimmel hinein. «Du bist vielleicht so freundlich, das etwas zu präzisieren.»

«Mach ich», sagte Frieda. «Schon mal was von 'ner Pfandleihe gehört? Uhren nehmen die da in der Regel ganz gern.»

Vater schnappte nach Luft. «Du wagst zu behaupten –»

«Von wagen», unterbrach Frieda ihn, «kann nicht die Rede sein: Ich behaupte. Ich behaupte, daß du mit diesem fingierten Uhrendiebstahl die Heinersdorfer Kommune in Mißkredit bringen willst, und daß deine Uhr auf der Pfandleihe liegt.»

«Bruno», stöhnte Vater erschlagen, «Bruno, Junge, hör dir das an.»

«Ich bin sprachlos», sagte ich.

«Daran tust du gut», sagte Frieda; «man würde dir sonst deine Alkoholfahne zu sehr anmerken.»

Vater fing das linke Augenlid an zu flattern. «Bitte: wie war das eben?»

Frieda nahm ihre Jacke vom Haken und stülpte sich die Baskenmütze auf. «Ihr hattet heute mittag keinen Pfennig Geld mit, nicht wahr?»

«Nein», krächzte Vater.

«Logisch.» Frieda klinkte die Tür auf. «Du verdienst ja auch nichts.» Sie hob ihre Stimme: «Doch willst du mir dann vielleicht mal erklären, wovon dein Sohn sich das Bier gekauft hat?!»

«Das Bier –?» stammelte Vater, «das Bier –??»

«Ihr Heuchler!» schrie Frieda da plötzlich; «ihr habt euch das Geld für die Uhr geteilt und vertrinkt es nun heimlich!»

Sie knallte erst die Küchentür, dann die Wohnungstür und etwas später die Haustür zu; darauf hörten wir sie fluchend über den Hof gehen, und kurz danach knallte auch noch die Hoftür zu.

«Wir wollen froh sein», sagte Vater schwach, «daß die Außentür selbständig schließt.» Er ließ sich auf einen Küchenstuhl fallen und starrte ausdruckslos den Wasserhahn an.

Langsam begann es zu dämmern; man sah schon ein paar Sterne zwischen den Schornsteinen flimmern. Vom Indra-Park rüber konnte man Kreischen und die Karussellorgel hören.

«Zum Thema Frieda», sagte Vater nach einer Weile ächzend, «nur dies: So haltlos ihre Behauptungen sind, es ist *meine* Schuld, daß sie sie ausstieß. Ich hätte es ihr nicht erzählen dürfen. Wie ich dir ja schon sagte: es ist einfach unmöglich, daß einem auf einer Arbeiterversammlung die Uhr wegkommt.»

Er schwieg, und ich merkte, wie er sich Mühe gab, den Alltag nun beiseite zu schieben. Mein Herz klopfte jetzt so laut, daß ich dauernd dachte, Vater müßte es hören.

Vielleicht hörte er es auch; seine Stimme klang auf einmal sehr mild. «Weißt du übrigens, daß ich dir eine ganze Weile nachgesehen habe?»

«Wann?» fragte ich erschrocken.

«Als wir uns trennten», sagte Vater. «Ich kuckte dir so lange nach, bis ich dich in dem Sonnengeflimmer doppelt sah. Weißt du, was ich da dachte?»

«Nein», sagte ich schluckend, obwohl ich es genau wußte.

«Du kennst doch das Foto, wo Großvater als kleiner Junge drauf ist –?»

«Ich glaube, ja», sagte ich mühsam.

Vater schien zu lächeln, ich konnte es in der Dämmrung nicht genau sehen. «Da gehen sie *beide,* hab ich gedacht: das alte Kind und das junge. Ulkig, nicht?»

Nein, dachte ich. «Ja», sagte ich, «sehr.» Ich versuchte zu lachen; es klang furchtbar.

Vater sah einen Augenblick abwesend auf den Hof raus; der war schon fast dunkel. «Erst», sagte er dann, «hab ich mir Vorwürfe gemacht; aber als ich euch dann sozusagen beide zum Friedhof gehen sah, da wurde mir wohler.»

Er machte eine Pause, und ich merkte, er wartete darauf, daß ich was sagte; doch ich getraute mich nicht, ich hatte Angst, meine Stimme klänge zu schrill.

«Sicher», sagte Vater zögernd, «war es trotzdem nicht ganz einfach für dich.»

«Es ging», hörte ich mich sagen; und da es leidlich normal klang, fuhr ich fort: «es war ja nicht *sein* Grab.»

«Was für ein schöner Gedanke», sagte Vater erfreut; «du meinst, Großvater als kleiner Junge *ist* gar nicht tot?»

«Vielleicht», sagte ich, «ist noch nicht mal der andere Großvater tot.» Ich wußte nicht, was plötzlich in mich gefahren war, ich redete auf einmal ganz anders als sonst.

Vater wunderte sich auch über mich. «Wie meinst du das?» fragte er zögernd und beugte sich etwas vor und versuchte, in der schummrigen Küche mein Gesicht zu erkennen.

«Jeder ist so tot, wie man ihn macht», sagte ich. Jetzt wußte ich, von wem ich das hatte, es waren Herrn Schatzhausers Worte. Ich war plötzlich zornig auf ihn; *er* hatte schuld, daß ich jetzt so störrisch hier saß und Vater wehtun mußte.

Doch Vater ließ sich nichts merken. «Ich glaube nicht», sagte er ruhig, «daß man, wenn einer gestorben ist, da noch was hinzufügen kann. Man kann höchstens versuchen, noch was an sich zu nehmen.»

Jetzt war es soweit; ich zitterte. Ich griff in die Tasche und zog die Zigarettenschachtel hervor und ging zu Vater hin und legte sie vor ihn auf den Tisch.

«Hier», sagte ich schluckend, «da ist es drin.»

«Du hast es mir tatsächlich besorgt!» Vater flüsterte fast. «Ich glaube, das ist das schönste Geschenk, das du mir jemals gemacht hast.» Er zog die Zigarettenschachtel vorsichtig auf, dann nahm er das Efeublatt behutsam heraus und knipste das Licht an.

Vielleicht wäre alles anders gekommen, wenn Vater es dunkel gelassen hätte. Aber so sah ich nun auf einmal sein Gesicht; und da war es aus.

Ich fing so schlimm an zu heulen, daß ich mich verschluckte und einen Hustenanfall bekam. Vater nahm mich auf den Arm und klopfte mir auf den Rücken und trug mich hin und her und hustete, um mich abzulenken, ein bißchen mit.

Als so das Ärgste vorbei war, und ich bloß noch tonlos in mich rein flennte, brachte Vater mich ins Schlafzimmer rüber und legte mich auf das Bett; und dann trat er ans Fenster und sah raus auf den Hof.

Fern, vom Indra-Park rüber, war auf der Karussellorgel ‚La paloma' zu hören; irgendwo im Haus pfiff jemand leise mit. Es war jetzt ganz dunkel; an der Schlafzimmerdecke stand einen Augenblick lang zitternd und schief der viereckige Lichtwiderschein der Vorderhaustreppenbeleuchtung; dann ging er aus, und jetzt war nur noch der große weiße Kleiderschrank mit Friedas kaputtem Fahrrad drauf zu erkennen und Vaters Silhouette, die sich hängeschultrig und schwarz vom dunkelblauen Nachthimmel abhob.

Ich schluchzte noch ein bißchen und überlegte gerade dabei, ob ich es auf meine Kappe nehmen oder auf Herrn Schatzhauser abwälzen sollte, da merkte ich plötzlich: es war Vater, der pfiff.

Ich weiß nicht, warum, mir gab es einen Stich. «Du pfeifst –?» fragte ich heiser.

«Ich tröste uns», sagte Vater.

«Ich hatte auf einmal Angst, zum Friedhof zu gehn», sagte ich.

Vater pfiff das Lied noch am Fenster zu Ende, dann nahm er neben mir auf der Bettkante Platz. «Woher ist es?»

«Von einer Hauswand», sagte ich gepreßt.

«Es ist ein sehr wichtiges Blatt für mich», sagte Vater nach einer Weile; «ich will es gut aufheben.» Er stand auf und räusperte sich. «Hast du Hunger?»

«Nein», sagte ich.

«Dann schlaf jetzt.»

«Jawohl», sagte ich.

Ich schlief auch; ich war zu kaputt. Aber ich schlief nicht sehr lange; denn als ich wieder aufwachte, war immer noch fern die Karussellorgel zu hören, und um zehn machte doch der Indra-Park zu.

Ich überlegte, wovon ich aufgewacht sein könnte; mir war so, als hätte ich von Stimmen geträumt. Doch dann träumte ich auch jetzt noch; nebenan, aus der Küche, waren wirklich Stimmen zu hören. Ich konnte die ruhige, tiefe von Vater erkennen, er sprach sehr gedämpft; die andere Männerstimme, die auch leise sprach, redete hastiger; sie kam mir merkwürdig bekannt vor.

Ich setzte mich auf und lauschte. Da erkannte ich sie; es war Herrn Schatzhausers Stimme.

«Deshalb also der Biergeruch», hörte ich Vater dann sagen.

«Ich wollte mich ihm einfach erkenntlich zeigen», sagte Herr Schatzhauser; «verstehn Sie mich da?»

«Ich versteh Sie sehr gut», sagte Vater; «nur: erkenntlich wofür?»

«Es hat einen äußeren und einen inneren Grund», sagte Herr Schatzhauser. «Der äußere ist ziemlich banal. Er hat mir geholfen, ein Pferd zu verkaufen.»

«Bruno –?» fragte Vater erstaunt.

«Sie haben ihn zwar auf den Friedhof geschickt», sagte

Herr Schatzhauser, «doch er hat lieber einen Abstecher ins Leben gemacht; und da gehört auch der Pferdemarkt zu.»

Es klatschte leise; Vater schien sich mit der flachen Hand vor die Stirn geschlagen zu haben. «Richtig! Ich hab ihm ja noch selber gesagt, daß er am Pferdemarkt rauskäme!» Er räusperte sich erregt. «Und der andere Grund?»

Herr Schatzhauser schwieg einen Augenblick. «Jetzt werden Sie's schwer haben, er ist sehr sentimental.»

«Dann versteh ich ihn bestimmt», sagte Vater.

Nun war Herr Schatzhauser mit Räuspern dran. «Ich habe doch ein Schild am Wagen, auf dem mein Name draufsteht –»

«Anzunehmen», sagte Vater; «ja, und –?»

«Ich habe es ziemlich verdrecken lassen.»

«Offengestanden –»

«Er hat es blank geputzt», sagte Herr Schatzhauser; «blankgeputzt, weil ihm der Name drauf so gefiel.»

Jetzt schwiegen sie beide. Man hörte, wie ein paarmal eine Tasse abgesetzt wurde; Vater hatte wohl einen Tee aufgebrüht.

«Die ganze Fahrt vom Pferdemarkt zum Gartenlokal», sagte Herr Schatzhauser dann, «habe ich nachgedacht, wie ich mich dafür bei ihm bedanken könnte.»

«Ich fürchte», sagte Vater, «mir wäre es an Ihrer Stelle genau so ergangen.»

«Sie sind ein guter und sehr freundlicher Mann», sagte Herr Schatzhauser seufzend.

«Die Frage ist nur», sagte Vater, «ob ich mir auch dasselbe ausgedacht hätte wie Sie.»

«Es ergab sich», sagte Herr Schatzhauser. «Ich habe einen Horror vor Gräbern; und als ich mir den Jungen da auf dem Friedhof vorgestellt habe und merkte, was er sich für Vorwürfe machte, weil er mal einen Augenblick nicht an seinen Großvater gedacht hatte, da sagte ich mir: Das Beste, Aron, wird sein, du erlöst ihn davon und zeigst ihm, daß das Leben wichtiger ist als der Tod.»

«Damit haben Sie recht.» Vaters Stimme zitterte etwas.

«Ich hatte recht dem *Jungen* gegenüber», sagte Herr Schatzhauser; «aber *uns* gegenüber hatte ich unrecht. Sehn Sie, und deshalb bin ich jetzt hier.»

«Uns –?» sagte Vater; «bitte, wer ist uns?»

«Wir beide», sagte Herr Schatzhauser ernst; «Sie und ich.»

«Ich habe Mühe, Ihnen zu folgen», sagte Vater.

«Wir ähneln uns», sagte Herr Schatzhauser.

Ein Stuhl wurde gerückt; Vater schien eine Verbeugung zu machen. «Sie schmeicheln mir.»

«Durchaus nicht», sagte Herr Schatzhauser hastig. «Denn wir meiden beide die Gräber unserer Väter.»

Vater schwieg; ich hörte ihn drucksen.

«Doch, doch», sagte Herr Schatzhauser fest; «es ist wahr.»

«Schön», sagte Vater gepreßt; «und warum –? Weil wir unsere Väter so lieben!»

«So scheint es», sagte Herr Schatzhauser. «Doch zeugt es von Liebe, wenn wir ihre Gräber vergessen?»

«Verzeihung», sagte Vater gedehnt, «aber widersprechen Sie sich jetzt nicht ein wenig? Sie haben doch gerade dem Jungen erklärt, jeder Gestorbene sei so tot, wie man ihn macht.»

«Gewiß», sagte Herr Schatzhauser; «aber ich sage Ihnen ja: das gilt für ein Kind.»

«Und was», fragte Vater, «gilt dann für uns?»

Herr Schatzhauser seufzte. «Ich habe es erst am heutigen Tage erkannt.»

«Eine Erleuchtung –?» fragte Vater mißtrauisch.

«Nein. Eine Einsicht, wenn Sie so wollen.»

«Ich bin gespannt», sagte Vater kühl.

Herr Schatzhauser sprach jetzt so behutsam, als hätte er Angst, es könnte etwas in seinen Worten zerbrechen. «Sie besagt, daß wir die Liebe zu unseren Vätern verkleinern, wenn wir nur ihr leibliches Andenken in uns bewahren.»

«Sie meinen», sagte Vater bestürzt, «wir müssen ihre Gräber bejahen?»

«Unbedingt», sagte Herr Schatzhauser ernst.

«Aber heißt das nicht», rief Vater erregt, «sich mit der Vergänglichkeit zu versöhnen?!»

«Genau das», sagte Herr Schatzhauser.

«Und die Liebe zu unseren Vätern!?» rief Vater empört, «wie soll *die* sich dabei verhalten?»

«Durchaus positiv», sagte Herr Schatzhauser ruhig; «sie gewinnt ja nur bei der Sache.»

«Gewinnt –?» sagte Vater verdutzt; «sie gewinnt?»

«Aber natürlich», sagte Herr Schatzhauser. «Jetzt kann sie doch endlich das Aussehen der Väter vergessen und beginnen, sie geistig zu sehen.»

«Großer Gott», sagte Vater nach einer längeren Pause, «wer sind Sie, Mann, daß Sie solche Erkenntnisse haben?»

«Der Pferdehändler Aron Schatzhauser nur.» Ein Stuhl wurde gerückt; Herr Schatzhauser schien aufgestanden zu sein, sicher hatte er sich verbeugt.

Vater fing schon wieder an, mißtrauisch zu werden. «Und heute erst, sagen Sie, ist Ihnen diese – Einsicht gekommen?»

«Ich verdanke sie der Begegnung mit Ihrem Jungen», sagte Herr Schatzhauser.

«Was hat denn nun Bruno wieder damit zu tun!» rief Vater erschöpft.

«Durch ihn», sagte Herr Schatzhauser ruhig, «bin ich doch überhaupt erst darauf gekommen, auf den Friedhof zu gehen.»

Jetzt rückte auch Vater mit seinem Stuhl. «Sie – Sie sind am Grab meines Vaters gewesen?» Er flüsterte fast.

«Erst bin ich auf *unserem* Friedhof gewesen», sagte Herr Schatzhauser. «Seit zwanzig Jahren zum ersten Mal, stellen Sie sich vor. Dann ging ich auf Ihren. Die Gräber unserer Väter unterscheiden sich kaum. Auf Ihrem wächst Efeu und Unkraut, auf meinem Buchsbaum und Gras.»

«Gut», sagte Vater mühsam; «zum Grab *Ihres* Herrn Vaters, das kann ich verstehen; aber warum zu *meinem?*»

Herrn Schatzhausers Stimme klang plötzlich ebenso unfreundlich, wie vor dem Pferdemarkt draußen, als er mir gesagt hatte, daß ich aufsteigen sollte. «Ich wollte was gutmachen; ich hatte ein schlechtes Gewissen bekommen.»

«Um Gottes willen», sagte Vater; «hat da etwa auch wieder Bruno dran schuld?»

«*Ich* habe dran schuld», sagte Herr Schatzhauser streng; «schließlich war es ja meine Idee, daß er Ihnen das falsche Blatt bringen sollte.»

«Ich glaube», sagte Vater, «da habe ich eine ganze Menge gutzumachen an ihm.»

«Ich auch an Ihnen.» Herr Schatzhauser hustete umständlich. «Bitte sehr, hier.»

«Ein Briefumschlag?» sagte Vater; «nanu.»

«Machen Sie ihn um Himmels willen erst auf, wenn ich weg bin», sagte Herr Schatzhauser heftig. Ich hörte, wie er hastig zur Tür ging.

«Aber guter Herr», sagte Vater erregt, «ich muß mich doch bedanken können bei Ihnen!»

Er hatte noch nicht mal zu Ende gesprochen, da lief Herr Schatzhauser schon draußen den Korridor entlang, und die Flurtür ging.

Ich sprang aus dem Bett und rannte ans Fenster.

Nebenan sah Vater aus dem Küchenfenster heraus. Er hatte das Licht ausgeknipst; doch ich konnte deutlich den aufgerissenen Briefumschlag erkennen in seiner Hand.

«Was war drin?» fragte ich atemlos.

Vater mußte erst ein paarmal die Nase hochziehen, ehe er antworten konnte; so aufgelöst hatte ich ihn selten erlebt. «Das richtige Blatt», sagte er dann.

Jetzt ging unten die Haustür auf. Herr Schatzhauser schien den Schalter für die Treppenbeleuchtung nicht gefunden zu haben; es war dunkel hinter ihm, als er heraustrat, nur seine brüchige Wachstuchmütze schimmerte einmal kurz auf. Er hatte den Kopf eingezogen und lief sehr schnell über den Hof.

«Vielen herzlichen Dank!» rief Vater heiser.

Aber nur das Klappen der Hoftür antwortete uns.

## ONKEL ALUCO, EINIGE VÖGEL, DIE ZEIT

MANCHMAL KAM Vaters Bruder Aluco zu uns und sagte, daß er unbedingt auf meine Hilfe angewiesen wäre, er schriebe gerade wieder ein neues wissenschaftliches Werk, und seine Augen wären so miserabel, daß er sich bei den entsprechenden Beobachtungen, die seiner Arbeit vorauszugehen hätten, weitgehend auf *meine* Augen verlassen müßte.

Vater lieh mich nur ungern an Onkel Aluco aus. Denn einmal waren Onkel Alucos Augen so scharf wie die eines Falken, und dann war die einzige Stelle, die sich für Onkel Alucos wissenschaftliche Arbeiten ernstlich interessierte, sein uralter staubiger Koffer, der in seinem Schlafzimmer auf dem Kleiderschrank lag.

Aber da Onkel Aluco nur dann wirklich glücklich war, wenn er eine wissenschaftliche Arbeit schreiben konnte, beziehungsweise in den Vorstudien zu einer steckte, gab Vater meist ziemlich schnell nach, denn er wollte auf gar keinen Fall, daß sein Bruder unglücklich wäre.

Onkel Alucos Spezialgebiet war die Vogelkunde.

Es gab unglaublich viele Vögel, die ihm ans Herz gewachsen waren. Aber am liebsten hatte er die, die mit in die Großstadt gekommen waren. Es waren keine besonderen Vögel, und es gab in den Wäldern und auf den Luchen bestimmt aufregendere. Doch das war es ja eben: Jene Großstadtvögel hatten der Natur den Rücken gekehrt und waren, von allen guten Geistern verlassen, dem Menschen gefolgt; und für diesen Entschluß liebte sie Onkel Aluco.

Wohl mit am längsten haben ihn die Wanderfalken beschäftigt. Onkel Aluco fing damals gerade an, sich einen Vollbart stehen zu lassen; er trug das Haar lang und gewellt und einen offenen Schillerkragen dazu, denn er liebte es, sich auch nach außen hin als Forscher zu geben. Das Manuskript, in das die Beobachtungen an den Falken hineingearbeitet werden sollten, war handgeschrieben wie stets, und es stand in krummen Druckbuchstaben ‚Die Ernährung unserer Tagraubvögel' darüber.

Der Wanderfalke hatte seinen Stammplatz auf der Kaiser-Wilhelm-Gedächtniskirche am Zoo. Er saß direkt unter dem Kreuz, und oft genug sahen wir ihn dort oben, hoch über der Autoflut, eine frisch geschlagene Taube rupfen, und die weißen Federn rieselten sanft, eine himmlische Botschaft, am Glockenstuhl nieder, segelten noch ein Stück den Kurfürstendamm oder die Tauentzienstraße entlang und setzten dann zögernd zur Landung an.

Wir waren mit dem Schupo bekannt, der hier den Verkehr regelte. Wir waren sonst gar nicht für Schupos, aber diesen brauchten wir einfach. Onkel Alucos begeisternde Art, vom Wanderfalken zu reden, war auf ihn auch nicht ohne Wirkung geblieben; er setzte bestimmt mehrmals täglich Leben und Stellung aufs Spiel, so oft reckte er nun, mitten im ärgsten Verkehrsgewühl meist, einsichtig lächelnd das Kinn zur Kirchturmspitze empor, wo das Falkenpaar sich unter kreischenden Liebesbeteuerungen zärtlich-zänkisch umkreiste.

Es genügte, daß Onkel Aluco den weißen Brötchenbeutel schwenkte, in den wir die Fraßreste sammelten, schon stoppte unser Schupo den Autostrom, und vom ohrenbetäubenden Hupkonzert der so zum Warten Verdammten beschimpft, suchten wir auf dem Fahrdamm die Federn und Knochen zusammen.

Nachher, auf den Stufen zum Hauptportal, wurde bestimmt und bewundert: smaragden schimmernder Entenflaum, schwarzweiß gebänderte Elsternflügel, rosa Taubenfüße mit sorgfältig beschrifteten Aluminiumringen am Knöchel, betrübt blickende Bleßhuhnköpfe, sauber genagte Drosselbrustblätter und viele andere Merkwürdigkeiten.

Es stellten sich immer zahlreiche Zuschauer ein, wenn wir da so auf den Kirchenstufen hockten und das alles sortierten. Onkel Aluco nahm dann gleich die Gelegenheit wahr und begann anhand der ausgebreiteten Schätze die

Kühnheit und den Unternehmungsgeist der Falken zu loben.

Wir sollten doch froh sein, rief er, im Zeitalter der Notverordnungen noch einen derart draufgängerischen Vogel zu haben.

Die meisten Zuhörer fanden das auch; nur mit dem Pfarrer hatten wir Schwierigkeiten; er verzieh den Falken nicht, daß sie so dicht unterm Kreuz so unheilig waren. Onkel Aluco mußte all seine Überredungskraft aufbieten, um ihn ihnen wenigstens leidlich gewogen zu stimmen.

Immer allerdings hatte Onkel Aluco nicht so einen Erfolg.

Einmal zum Beispiel sind wir wegen des Wanderfalken beinah verprügelt worden. Es war in Siemensstadt-Fürstenbrunn, in einer Laubenkolonie auf der Jahresversammlung des Brieftaubenzüchtervereins ‚Coburger Lerche'.

Wir hatten uns eingeschlichen; Onkel Aluco wollte eigentlich nur zuhören und sich ein bißchen informieren. Aber dann wurden ihm die dauernden Ausfälle gegen den Wanderfalken zu bunt, und mitten in die Rechenschaftsrede des neugewählten Vorstands rein rief er, daß die Taubenzüchter den Falken ja nur provozierten, wenn sie ihre schwächlichen Vögel so weite Strecken zurücklegen ließen.

Zum Glück war die Erregung der Anwesenden hierauf so groß, daß eine Laubenwand eingedrückt wurde; das lenkte die Aufmerksamkeit von uns ab, und wir konnten noch mal entkommen.

Ganze fünfeinhalb Jahre hat Onkel Aluco sich dann noch mit den Wanderfalken befaßt. Doch Vater sagte, so lange könnte er unmöglich auf mich verzichten; und daher besuchte ich Onkel Aluco erst wieder, als er Vater drängend beschwor, mich doch zumindest im Interesse einer *neuen* wissenschaftlichen Arbeit zu ihm zu schicken.

Ich ging gleich zum Schreibtisch.

Die Anfangsseiten des neuen Manuskripts waren handgeschrieben wie stets, jetzt allerdings in etwas gelösteren Zügen, und es stand in kompakten Druckbuchstaben ‚Die

Ernährung unserer Nachtraubvögel' darüber. Onkel Aluco trug das Haar jetzt nicht mehr wellig zurückgekämmt sondern kurz und gescheitelt, und der Bart war gestutzt und schon mit den ersten grauen Fäden durchwirkt, und der Schillerkragen war einer hohen, bläulich schimmernden Röhre gewichen, um die sich eine schnürsenkelhaft dünne Krawatte herumschlang.

Unser neues Arbeitsgebiet war der Tiergarten zwischen Brandenburger Tor und Siegessäule. Hier hauste der Waldkauz; ein Vogel, der Onkel Aluco schon immer sehr nahstand und der ihn jetzt, wo er auch noch zum Forschungsgegenstand aufgerückt war, zu Leistungen anfeuerte, zu denen sich Onkel Aluco in unbegeistertem Zustand wohl kaum hätte hinreißen lassen.

Es gab damals mehrere Waldkauzpaare im Tiergarten, jedoch nur ein einziges Paar, das Onkel Alucos Forderung: neben Ratten, Kaninchen und Mäusen, auch Vögel und Insekten zu fressen, erfüllte. Alle anderen Paare waren bequem zu erreichen; unseres leistete sich den Luxus, im Tiergartenviertel, neben dem Auswärtigen Amt, im Dachgeschoß einer leerstehenden Villa zu brüten. Das heißt, so ganz leer war die Villa nicht; ein livrierter Hausmeister bewohnte sie, der einen scharfen Schäferhund hatte.

Wir standen uns nur mit dem Hund gut; seinem Herrn sah man zu deutlich an, wäre er den Käuzen auf die Schliche gekommen, er hätte in ihrem Brutgeschäft Sabotage gewittert. Doch sie schienen auf Filzpantoffeln zu fliegen, so lautlos verhielten sie sich; und unsere einzige Angst war jetzt nur, ob es den Eltern gelang, den Kindern dieselbe Vorsicht anzuerziehen.

Wir konnten nur mittwochs aufs Grundstück; da war der Schäferhund allein zu Hause. Wir warfen ihm erst ein paar Steinchen; dann kriegte er seine Wurst, und wir durften uns ungehindert bewegen.

Das Wichtigste war immer erst, nachzusehen, ob bei den Käuzen auch alles in Ordnung wäre; wir hatten uns hierfür eine Obstleiter besorgt.

Meist blickte bloß der runde Kopf des Männchens aus der Bodenluke hervor. Die Abendsonne spiegelte sich in seinen Augen, aber es schloß sie stets uninteressiert wieder, nachdem es festgestellt hatte, wir waren es nur.

Wir suchten dann unter den alten Eichen im Garten das Gewölle der Käuze zusammen, aus dem Onkel Aluco zu bestimmen verstand, was sie gefressen hatten; darauf warfen wir dem freudig bellenden Schäferhund noch ein paar Steinchen und kletterten wieder über die Mauer.

So ging das Wochen. Und gerade an dem Tag, wo Onkel Aluco mit Sicherheit wußte, die Jungen mußten ausgeschlüpft sein, war die Villa von oben bis unten erleuchtet, man hörte Musik, und Herren im Frack und Damen in großer Abendtoilette wandelten im Haus und im Garten umher.

Die Käuze sahen wir auch; sie irrten verstört durch die hell beschienenen Wipfel.

Da war keine Zeit zu verlieren. Als wieder mal eine Limousine vor dem Portal hielt, schlossen wir uns schweigend den Aussteigenden an, und Onkel Aluco ließ uns drin der Hausherrin melden.

Diese war eine sehr alte, sehr weißgepuderte, ich glaube, schwedische Dame; sie hörte Onkel Aluco, der unversehens ins Schwärmen geriet, aufmerksam an, klopfte ihm ein paarmal zustimmend mit ihrem Fächer auf die Schulter, und als er Luft holen wollte, um neu anzusetzen, unterbrach sie ihn freundlich und teilte ihren Gästen in verschiedenen Sprachen mit, um was es sich handelte.

Ich habe nie wieder eine so einsichtige und disziplinierte Gesellschaft erlebt. Sofort liefen die Herren nach allen Seiten auseinander und knipsten die Kronleuchter aus, Diener brachten Kerzen herbei, die Musik verstummte, und im Nu war Onkel Aluco von einer Schar erregt tuschelnder Damen umringt, die ihn flüsternd um Einzelheiten über den Waldkauz bestürmten.

Onkel Aluco war das nur recht; und bald hatten sich im Musiksaal auch die übrigen Gäste um ihn versammelt, und Onkel Aluco konnte beginnen, sich selbst zu zitieren und ein Loblied auf die Eulen und vor allem auf den Waldkauz zu singen.

Es war eine wunderbare Stimmung. Die Kerzen spiegelten sich in der dunklen Wandtäfelung und in den Perlenketten der Damen, und schwieg Onkel Aluco mal, um sich ein Räuspern zu gönnen, dann war nur das sanfte Rauschen der Eichen und das Flüstern der Dolmetscher zu hören. Einmal schrie allerdings ein Herr, der einen uniformähnlich zugeschnittenen Frack mit einer brandroten Armbinde trug, schrill, er verbäte sich diesen Unsinn; aber man zischte ihn aus, und wütend schlug er vor der lächelnden Hausherrin die Hacken zusammen und stürmte davon.

Dann wurden Lampions verteilt, und lautlos stieg man in den Garten hinab, und die Herren zogen sich ihre Handschuhe an und suchten unter Onkel Alucos Leitung, und von den bewundernden Blicken der Damen verfolgt, im Gras nach Waldkauzgewölle, dessen Bestandteile Onkel Aluco dann im weiteren Verlauf des Abends unter ständig ansteigendem Beifallsgemurmel säuberlich zerlegte und bis auf das winzigste Spitzmausschienbein bestimmte.

Später, als die jungen Waldkäuze längst schon flügge waren, gestand uns die Hausherrin mal, sie hätte noch nie in ihrem Leben eine so interessante Gesellschaft gegeben.

An sich hätte Onkel Aluco nun darangehen können, sein Manuskript abzuschließen; doch die jungen Käuze entwickelten sich zu derart faszinierenden Außenseitern, daß er ihnen noch drei weitere Jahre und siebzehn eng beschriebene Zusatzseiten spendierte.

Dann war auch diese Arbeit getan; und eines Tages klingelte es, und Vater kam mit Onkel Aluco herein, der ihn händeringend bat, mir doch zu erlauben, ihn bei den Vorstudien zu einem *neuen* wissenschaftlichen Werk zu unterstützen.

Ich ging gleich mit.

Diesmal lag nur eine einzige Seite auf Onkel Alucos Schreibtisch. Die Schrift auf ihr war störrisch und selbstbewußt und mit umständlichen Widerhaken gespickt, und als Titel hatte Onkel Aluco ‚Über die Schlafgewohnheiten unserer Krähen' darübergesetzt.

Es sollte keine sehr lange Arbeit werden; das Jahr Dreiunddreißig hatte eben begonnen, und es hatte eigentlich nicht den Anschein, als ob es ein sonderlich günstiges Jahr für vogelkundliche Studien wäre. Onkel Aluco hätte das Haar jetzt gern wieder lang und gewellt nach hinten gekämmt, denn überall begann ein soldatischer Haarschnitt in Mode zu kommen, den er nicht mochte; doch er mußte sich mit der Verlängerung seines Bartes begnügen, das Haupthaar reichte nicht mehr. Er trug sich jetzt schwarz und kehrte, was auch in seiner herausfordernd bedächtigen Gangart zum Ausdruck kam, ganz den Gelehrten hervor.

Der Krähentrupp, mit dem wir zusammenarbeiteten, hauste keine drei Minuten von Onkel Alucos Wohnung entfernt; aus dem Küchenfenster konnten wir ihn mit dem Fernglas bequem kontrollieren. Es war eine Platanengruppe, die die Krähen sich ausgesucht hatten; sie stand gegenüber dem Zeughaus, hart neben dem Kronprinzenpalais.

Onkel Aluco hatte große Angst, die dauernde Marschmusik und das Brüllen der Lautsprecher auf dem Lustgarten drüben könnten die Krähen vertreiben. Aber sie sahen eigentlich nicht so aus, als ob sie sich einschüchtern ließen.

Im Sommer saßen sie auf den obersten, abgestorbenen Ästen der Platanen und starrten mit heimtückisch gelassenen Parzenmienen ins Weite; man hatte immer den Eindruck, sie erwarteten was. Das Blattdickicht unter ihnen verbarg ihre Nester: klägliche Reisigteller, die im Herbst so heruntergewirtschaftet waren, daß man hindurchsehen konnte.

Im Winter taten sich unsere Krähen mit anderen Krähentrupps zusammen und zogen – schwarze, unheilträchtige Federwolken – über die schiefergrauen Dächer Berlins und weiter auf die Rieselfelder hinaus, wo wir beobachteten, wie sie sich an den Jaucherückständen sattfraßen, rudelweise Hasen jagten, und nachmittags dann zu tausenden in die winzigen Erlengehölze einfielen, aus denen man sie, bis weit in die Dämmerung hinein, ohrenbetäubend die neusten Schachzüge des Schicksals debattieren hören konnte.

Nein, es waren bestimmt keine angenehmen Geschöpfe; und doch liebte Onkel Aluco sie von allen seinen Großstadtvögeln am meisten. Sie hatten so etwas Bösartig-Überlegenes; Onkel Aluco nannte die Zähigkeit, mit der sie immer wieder zu ihren Platanen zurückkehrten, sogar vorbildlich.

Und tatsächlich, wenn im März dann wieder die ersten auf den abgestorbenen Zweigen einfielen, und wir durch das Fernglas sehen konnten, wie sie zynisch zum Lustgarten rüberblickten, dann war uns oft auf eine sehr unzeitgemäße Art zuversichtlich zumut, und wir wußten, diese Zuversicht hielt nun, jedenfalls was die Krähen betraf, das ganze Jahr über an. Denn schon wenige Stunden darauf kamen die Weibchen mit dem ersten Nistmaterial angeflogen und nicht lange, und die Nester waren notdürftig geflickt; und jetzt war von den Krähenweibchen wochenlang nichts weiter zu sehen, als ihre stahlblau über den Nestrand ragenden Pfannenstielschwänze.

Aber nicht nur wir liebten die Krähen; *alle* im Viertel liebten sie; jedenfalls alle, die noch nicht Schritt gefaßt hatten und die Fahnenaufmärsche Unter den Linden und die Kundgebungen auf dem Lustgarten lieber aus der Vogelperspektive ihrer Klofenster oder noch lieber gar nicht betrachteten.

Aber dann passierte es doch eines Tages.

Während einer der seltenen Atempausen des Redners überflog der gesamte Krähentrupp die mikrophonstarrende Fahnentribüne, und von den Lautsprechern übernatürlich verstärkt, prasselte von allen Seiten ein höhnisches vielstimmiges Krächzen über den Lustgarten hin.

Augenzeugen berichteten uns, kaum einer der Versammelten hätte noch auf den Redner geachtet; alle Gesichter waren zu den Krähen gewendet, die nun langsam und provozierend träge wieder zu ihren Nistbäumen flogen.

Onkel Aluco war sehr bestürzt. Ich verstand ihn erst gar nicht, denn die Krähen hatten doch auch *seiner* Meinung Ausdruck verliehen. Aber schon wenige Tage darauf zeigte es sich, daß er recht gehabt hatte, um sie in Sorge zu sein: Jemand hatte erfahren, daß unsere Krähenkolonie von der Feuerwehr unschädlich gemacht werden sollte.

Aber Onkel Aluco war auch nicht untätig. Die Staatliche Stelle für Naturschutz wurde von der gleichen Stunde an derart mit telefonischen Beschwerden überschüttet, daß die Herren dort sich keinen anderen Rat wußten, als die immer wieder auftauchende und von Onkel Aluco mit großem Bedacht für die Krähenkolonie gewählte Bezeichnung ‚Volksheiligtum' ihrer übergeordneten Dienststelle weiterzumelden.

Diese beschloß, einen Prüfungsausschuß zu schicken, und als der, in Ledermäntel und schlechte Laune gehüllt, über die Schloßbrücke schritt, war der Schinkelplatz, auf dem sich die Platanen erhoben, mit gut vierhundert schweigenden Menschen bedeckt, die nichts weiter taten, als ausdruckslos auf das gegenüberliegende Zeughaus zu blikken.

Auf die Kommission mußte das, besonders im Zusammenhang mit den hoch über den Köpfen der schweigenden Menge hockenden Krähen, einen unauslöschlichen Eindruck gemacht haben; jedenfalls sickerte schon Stunden später dann durch, der Befehl, die Krähenkolonie unschädlich zu machen, wäre, völkischen Gesichtspunkten Rechnung tragend, wieder zurückgenommen worden.

Obwohl ihn Vater immer davor gewarnt hatte, sich in die Politik einzumischen, war Onkel Aluco sehr stolz auf seinen Erfolg. Irgendwie schien Vaters Warnung jedoch berechtigt gewesen zu sein. Denn als Onkel Aluco in den folgenden Wochen versuchte, an seinem Krähenmanuskript weiterzuschreiben, da brachte er nicht *eine* vernünftige Zeile zustande. Es war wie verhext, er fand einfach seinen unbefangenen Ton nicht wieder.

Jetzt brauchte mich Onkel Aluco nicht mehr; doch im Jahr Neunundvierzig habe ich ihn noch mal besucht.

Er saß in der Küche auf dem Boden und hatte all seine wissenschaftlichen Werke um sich herum ausgebreitet und war gerade auf den Krähenaufsatz gestoßen. Sein Bart war nun wirr und eisgrau und sein Rücken gebeugt; doch er trug jetzt wieder einen seiner hohen, bläulich schimmernden Kragen, um den sich eine schnürsenkeldünne Krawatte herumschlang.

Ich las ihm das Manuskript ein paarmal vor; es schien ihm noch gut zu gefallen. Dann stand er auf und holte sein Fernglas, und wir traten ans Fenster und sahen über die Bombentrichter und die Ruinen hinweg zu der Platanengruppe hinüber.

Dort hockten, über ihren dürftigen Reisigtellern von Nestern, die Krähen und starrten mit angewidert gekräuselten Schnabellefzen zum Lustgarten und zum Marx-Engels-Platz rüber, wo eben ein paar Arbeiter dabeiwaren, eine große weiße Pappfriedenstaube aufzustellen.

Onkel Aluco blickte sie nachdenklich an.

«Wenn ich den Krähenaufsatz fertig habe», sagte er, «werde ich wohl erst mal wieder eine längere Arbeit über den Wanderfalken schreiben.»

Und richtig: keine drei Wochen darauf lagen die Anfangsseiten eines neuen wissenschaftlichen Werks auf dem Schreibtisch. Es war in einer sehr exakten und bestechend ordentlichen Handschrift gehalten und in kühnen, steilen Druckbuchstaben stand ‚Die Taube im Ernährungsbild unserer heimischen Wanderfalken' darüber.

## EINE VERTRAUENERWECKENDE ERSCHEINUNG

DER MANN vor der Tür nahm seinen Hut ab; «Perts», sagte er traurig.

Ich sah, Vater bekam einen Schreck; sicher dachte er, Herr Perts wäre Vertreter für eine Sterbekasse. Denn so sah er aus mit seinem hohen Kragen, dem schwarzen Anzug, dem pomadigen Scheitel und der tipptoppen Chaplin-Melone.

Aber Herr Perts wollte uns nicht versichern, Herr Perts wollte entwanzen; er war der Kammerjäger; derselbe, dem Frieda, weil Vater zu feige gewesen war, um ihn selbst anzurufen, neulich Bescheid gesagt hatte.

Auch jetzt merkte man Vater an, wie unangenehm ihm das Ganze war. Herr Perts möchte doch reinkommen, sagte er und räusperte sich; und Herr Perts war so frei und kam rein.

Wirklich, sagte Vater und ließ Herrn Perts ins Wohnzimmer eintreten, es wäre ihm wahnsinnig peinlich.

Herr Perts nickte zustimmend.

«Dabei haben wir sie gar nicht selber», sagte Vater, «sie sind von unten gekommen, von – von Schälers.»

Ob er sich setzen dürfte, fragte Herr Perts.

«Aber bitte sehr», sagte Vater.

Herr Perts war so frei. Er zog seine Wildlederhandschuhe aus und sagte, man müßte jetzt aber auch nicht in den Fehler verfallen zu glauben, Wanzen – (Vater zuckte zusammen) Wanzen zu haben wäre Selbstverschulden. Er kennte, sagte Herr Perts, da einen Herrn, General a. D. übrigens, also einen durch und durch honorigen Mann, der wäre buchstäblich in Tränen ausgebrochen, als er diese Tiere bei sich entdeckt hätte. Und wie gesagt, sauber, der alte Herr, bis ans Herz hinan.

«Na ja», sagte Vater mit Überwindung; «aber schließlich – Wanzen sind Wanzen.»

«Sagen Sie das nicht», sagte Herr Perts und hob einschränkend die weißlichen Hände. Ihm wären Fälle bekannt, wo man direkt von so etwas wie einer individuellen Charakterbildung bei Wanzen sprechen könnte.

«Sie meinen: Instinkt», sagte Vater überlegen.

«Bedaure –: Charakter», sagte Herr Perts.

«Ach», machte Vater.

«Ja», sagte Herr Perts.

«Und Mäuse», sagte Vater schwach, «die bekämpfen Sie doch sicher auch, oder –?»

«Nicht nur Mäuse», sagte Herr Perts und blies sorglich ein Stäubchen von seiner Melone; «auch Ratten.»

«Ratten –?» fragte Vater.

«Ja», nickte Herr Perts. «Passen Sie auf», sagte er, «folgende denkwürdige Begebenheit. Es soll ein Getreidesilo vergast werden, so eine Art –»

«Bitte?» fragte Vater dazwischen, «ver-*was,* bitte?»

«Vergast», sagte Herr Perts. «Wenn es viele sind, wendet man nicht Gift an sondern Gas.»

Vater befeuchtete sich die Lippen. «Aha», machte er.

«Es wirkt nicht nur prompter», fuhr Herr Perts fort, «es ist auch rentabler; jetzt einmal rein haushälterisch gesprochen. Doch zurück zu dem Silo. Ich glaube, ich habe sehr sorgfältig gearbeitet; es war alles tadellos abgedichtet. Um ganz sicher zu gehen, hatte ich auch die Fenster verhängen lassen; es fiel nur ein schwacher Lichtschein herein. Ich setzte also meine Gasmaske auf und –»

«Noch mal», sagte Vater: «Sie setzten –»

«Ach so», sagte Herr Perts. «Sehen Sie, das ist so: Um sich von der Wirkung des Gases zu überzeugen und um zu prüfen, ob die abgelassene Dosis auch stark genug ist, bleibt man am besten mit drin. Die Ratten haben nämlich die Eigenschaft, wenn sie das Gas riechen – es riecht übrigens gar nicht so unangenehm –, aus ihren Löchern zu kommen.»

«Interessant», sagte Vater.

Ich sah ihn an; er schluckte.

Herr Perts nickte. «Nicht wahr? Übrigens ein tolles Bild. Sie glauben ja nicht, wieviele Ratten in so einem Silo hausen: hunderte. Doch lassen Sie mich meinen Faden nicht verlieren. Ich setzte also meine Gasmaske auf, ging zu den Flaschen hin – Sie wissen, diese eisernen, knapp mannshohen – und drehte die Ventile auf. Dann lehnte ich mich an die Wand und wartete. Es dauerte auch gar nicht lange, da tauchten die ersten schon auf. Nun dürfen Sie aber nicht etwa glauben, daß das Gas schlagartig wirkt; dazu ist die Mischung zu schwach. Es breitet sich erst einmal lediglich aus. Und zwar dicht über dem Fußboden; weshalb es sich auch empfiehlt, vorher alle mehr als meterhohen Gegenstände aus dem betreffenden Raum zu entfernen.»

Vater schien das einzuleuchten, er nickte.

«Allmählich allerdings», fuhr Herr Perts fort, «beginnt das Gas dann zu wirken. Das heißt, es stellen sich bei den Tieren gewisse Ermattungserscheinungen ein. Ihre Bewegungen werden träger, fast möchte man sagen: sinnlicher, sie drängen sich zusammen; sie wollen jetzt nicht mehr allein sein. Nicht, daß sie Angst hätten», sagte Herr Perts; «sie wissen ja nicht, was passiert. Nein; sie haben lediglich das Bedürfnis, sich aneinander zu schmiegen. Nun, und dann sehen Sie, wie es so nach und nach beginnt: Erst fängt da eine zu zittern an, dann legt sich plötzlich dort eine auf die Seite, und auf einmal –»

«Ich glaube», sagte Vater, «Sie sind jetzt ein bißchen von Ihrer Geschichte abgekommen.»

«Ach so, ja –» Herr Perts legte einen Augenblick lang seinen Zeigefinger an die Nase. «Richtig», sagte er dann: «der Rattenprinz.»

«Rattenprinz –?» fragte Vater.

«Ja», nickte Herr Perts. «Passen Sie auf. Inzwischen wimmelten also vielleicht so an fünfhundert Ratten um mich herum. Nun, ich hatte meinen Schutzanzug an; es konnte mir also nichts passieren. Plötzlich sehe ich aus einem etwas entfernteren Winkel des Silos einen merkwürdigen Schein, das heißt, eigentlich mehr einen winzigen, rätselhaft phosphoreszierenden Lichtfleck, der sich, zentimeterhoch über der Erde, langsam zur Mitte des Raums hin bewegte. Leider waren die Klarscheiben meiner Maske nicht ganz intakt; sie beschlugen, so daß ich erst relativ spät sah, um was es sich handelte.»

Herr Perts legte eine Pause ein, während der er sich angelegentlich seine Fingernägel betrachtete.

«Nämlich –?» fragte Vater.

«Es war der Rattenprinz», sagte Herr Perts. «Sie trugen ihn auf ihrem Rücken; er wurde von einem Meer von Rattenrücken getragen; ich habe so etwas noch nicht gesehen. Und ungefähr in der Mitte des Raums schoben sich die sterbenden Ratten jetzt zu einer riesigen, etwa meterhohen Pyramide zusammen. Es kroch immer eine unter die andere, so daß der Rattenprinz schließlich ganz obenauf lag.»

Vater war sehr erregt. «Und dieser Lichtschein um ihn?»

Herr Perts hob vage die weißen Hände. «Ich kann ihn mir heute noch nicht erklären. Als ich das Gefühl hatte, die Gasdecke müßte jetzt etwa einen Meter hoch stehen, erlosch er plötzlich.»

«Natürlich», sagte Vater heftig; «er lag ja zuoberst, jetzt hatte es ihn eben auch erwischt. Als der Lichtschein erlosch, da war er gestorben.»

«Richtig», sagte Herr Perts; «genauso sehe ich es auch. Ich ging übrigens gleich hin, um wenigstens noch seinen Kadaver herauszufinden; aber es war unmöglich, eine war so grau wie die andere. Ach, was ich fragen wollte –: würden Sie mir bitte mal sagen, wie spät es ist?»

Vater sah nach. «Gleich fünf.»

«Lieber Himmel», sagte Herr Perts, «diese Zeit –!»

Vater war plötzlich ganz aufgekratzt. «Nicht wahr», sagte er, «es ist jetzt doch sicher zu spät, um noch –»

Herr Perts erhob sich. Er fürchtete, ja. Er begann sich seine Wildlederhandschuhe anzuziehen. Es dämmerte ja bereits, und bei dieser diffizilen Arbeit wäre Tageslicht einfach unerläßlich.

«Natürlich», sagte Vater zuvorkommend, «selbstverständlich.»

Vater, sagte Herr Perts, könnte ihn dann ja anrufen, wenn er wünschte, daß es gemacht würde; er stände jederzeit zur Verfügung.

«Sehr liebenswürdig», sagte Vater; «ich werde bestimmt bald Gebrauch davon machen.»

Er öffnete Herrn Perts die Tür, und Herr Perts war so frei und trat auf den Flur. Vater klinkte die Flurtür auf, sie verbeugten sich, und ich machte auch einen Diener, und dann setzte Herr Perts seinen Hut wieder auf, und wir hörten, wie er die Treppe hinabging.

Vater fuhr sich über die Stirn. «Großer Gott», sagte er, «hast du seine Augen gesehen?»

«Seine Augen –?» fragte ich.

«Ja», sagte Vater, «seine Augen.»

Ich wollte gerade: ‚was war denn mit denen', fragen, da hörten wir Marschmusik draußen.

Wir sahen aus dem Fenster und da merkten wir, die Musik kam aus einem Lautsprecher, der auf das Dach eines Privatautos aufmontiert war.

Jetzt brach die Musik mittendrin ab, und während der Wagen langsam weiterfuhr, sagte durch den Lautsprecher eine traurige Stimme:

«Macht euch das Ungeziefer Schmerz,
zögert nicht, faßt euch ein Herz:
Kommt zu Kammerjäger Perts!»

## SCHLANGEN WAREN IHM LIEBER

EINER VON VATERS näheren Bekannten war Herr Kruzowski. Oberflächlich betrachtet, war Herr Kruzowski ein Mensch wie jeder andere. Er trug dicke Gläser, die von einem schmalen Goldrand eingefaßt wurden, hatte eine lichtempfindliche Glatze, die mit zahllosen Sommersprossen bedeckt war, wässrige Augen, deren Blau wie ausgelaugt wirkte, trug lila schimmernde Gummikragen, und wenn er fror, zog Herr Kruzowski sich einen verblichenen Bademantel an, den er sich zu einer Art Ulster hatte umarbeiten lassen.

Sommers führte Herr Kruzowski eine riesige Papiertüte mit sich, im Winter war es ein Pappköfferchen. Traf man ihn ohne diese Behältnisse, war er krank.

Herrn Kruzowskis Hauptbeschäftigung war, etwa zehnmal im Jahr die Wohnung zu wechseln. Genauer gesagt, seine Wirtinnen hatten die Angewohnheit, ihm schon nach den ersten Wochen wieder zu kündigen. Herr Kruzowski war nämlich Privatgelehrter. Nicht als ob das was Anrüchiges wäre; aber Herrn Kruzowskis private Gelehrsamkeit hatte sich auf Giftschlangen spezialisiert; und zwar war Herr Kruzowski kein blasser Theoretiker sondern ein Mann der Praxis. Das heißt, wenn er mal wieder irgendwo einzog, dann zogen zugleich mit ihm, in tropisch bepflanzten Glaskästen verstaut, auch zwei bis drei Dutzend Giftschlangen mit ein; von Herrn Kruzowskis Weißer-Mäuse-Farm, aus der er seine Schlangen verpflegte, erst gar nicht zu reden.

Vater hatte Herrn Kruzowski eines Tages im Spandauer Stadtforst kennengelernt.

«Den ganzen Morgen schon», sagte er, «hatte ich mich über die ausgetrunkenen Hühnereier gewundert, die überall im Wald herumlagen, sie bildeten eine richtige Spur. Als ich ihr nachging, kam ich auf eine Lichtung. Auf dieser Lichtung stand eine gewaltige, sanft hin und her schwankende Papiertüte. Neben dieser Tüte saß ein Mann. Er hatte den Kopf in den Nacken gelegt und trank mit geschlossenen Augen ein Hühnerei aus.» Dieser Mann war Herr Kruzowski.

Vielleicht lag es daran, daß sich Vater an jenem Tag gerade Onkel Alucos Fernglas umgehängt hatte; jedenfalls mußte Herr Kruzowski in ihm so etwas wie eine Art Glaubensgenossen gesehen haben, denn er lud ihn ohne viel Umschweife zum Sitzen ein, und als Vaters Interesse an der schwankenden Tüte immer offenkundiger wurde, langte Herr Kruzowski, nachdem er sich umständlich den Ärmel hochgekrempelt hatte, auch seufzend hinein.

«Du mußt dir das vorstellen», sagte Vater: «Kneift, um besser tasten zu können, konzentriert die Augen zusammen und wühlt erst eine ganze Weile seelenruhig in der Tüte herum, und dann angelt er nacheinander – zwischen mehreren Gummikragen, rohen Eiern, steinharten Streuselkuchenstücken und frisch gestochenen Champignons – vier eben gefangene Kreuzottern heraus, die natürlich alle noch ihre Giftzähne hatten, mit denen sie Herrn Kruzowski auch gleich einladend anlächelten, als er sie, dicht hinterm Nacken gepackt, jetzt stolz vor sich hinhielt.»

Vater hatte sich schnell mit ihm angefreundet, und so kam es, daß auch ich ihn jetzt häufig sah. Wir mochten ihn gut leiden; er hatte immer so etwas Abwesend-Versponnenes an sich. Dabei war er in Wirklichkeit sicher alles andere als das. Wenn man ihm zum Beispiel im Spandauer Stadtforst begegnete, ein zusammengeknotetes Taschentuch auf dem sonneempfindlichen Kopf, die karierte Schildmütze an einem Stahlklemmer vor dem Bauch, und seine unvermeidliche Papiertüte mit den Gummikragen, den Pilzen, versteinerten Streuselkuchenstücken, Schlangen und rohen Eiern darin unter dem Arm, dann hätte man ihn eigentlich eher für einen pensionierten Oberlehrer als für einen erfahrenen Giftschlangenspezialisten gehalten.

Und vielleicht *war* er auch irgendwo ein Oberlehrer, so

ganz sind wir nie dahintergekommen. Denn wenn er auch was von einem häuslich gewordenen Lederstrumpf hatte, das Spießbürgerliche an ihm überwog. Er konnte aber auch etwas Respekt einflößend Gelehrsames ausstrahlen; allerdings war er oft auch so weltfern entrückt, daß selbst Vater besorgt den Kopf schütteln mußte.

«Er lebt hundertfünfzig Jahre zu spät», sagte er. «Sein Typ ist längst ausgestorben. Es ist der Typ des deutschen Gelehrten alter Prägung. Hör ihn doch nur mal von seinen Schlangen reden! Na, da schmeiß ich doch alle Fachwerke für weg!»

Leider übertrieb Vater hier etwas, denn die Fachwelt hielt von Herrn Kruzowski nicht viel, sie tat seine Arbeiten als phantasiegetrübt ab, und damit war er für sie erledigt. Es gab jedoch auch Stellen, die kamen nicht so einfach an Herrn Kruzowski vorbei; das waren die Seruminstitute, die er regelmäßig mit Schlangengift versorgte.

Wir haben ihm oft zugesehen, wenn er seinen Schlangen das Gift abzapfte. Es ging *so* vor sich.

Herr Kruzowski krempelte sich den Ärmel hoch, hob den Deckel eines der Terrarien auf, griff behutsam tastend hinein, und schon zog er eine der Schlangen, die er unmittelbar hinter dem Kopf gepackt hielt, heraus. Die Schlange ringelte sich um seinen Arm, sie zischte und sperrte das Maul auf, so daß ihre Giftzähne nach vorn schnellten, und jetzt schob ihr Herr Kruzowski ein Glasschälchen zwischen die Kiefer, die Schlange biß zu, und auf dem Schälchen zeichneten sich zwei winzige goldgelbe Flecke ab, das war das Gift. Darauf setzte Herr Kruzowski die Schlange, freundlich auf sie einredend, wieder zurück, und die nächste kam dran.

Er ist oft gebissen worden. Aber da er meist unter Alkohol stand und auch immer ein Gegenserum bereithielt, ist ihm eigentlich nie etwas Ernsthaftes passiert.

Interessant war auch, wie Herr Kruzowski schlief.

«Darauf hat er jahrelang trainiert», sagte Vater. «Er muß nämlich in der gleichen Stellung, in der er einschläft, auch wieder aufwachen. Das heißt, er darf sich in der Nacht nicht *ein*mal bewegen.»

«Aber um Gottes willen», sagte ich, «warum denn nicht?»

«Wegen der Schlangen», sagte Vater. «Kann doch mal sein, eine reißt aus, nicht? Na, und da Schlangen sehr wärmebedürftig sind, kriechen sie logischerweise zuerst mal ins Bett, und besonders gerne natürlich, wenn es schon jemand angewärmt hat.»

Einmal war Vater dabei, wie Herr Kruzowski im Wald von einer Kreuzotter in den Oberschenkel gebissen worden ist.

«Sie sprang regelrecht an ihm hoch», sagte Vater; «na, und schwupp, da hatte er seinen Biß weg. Er war stocknüchtern ausnahmsweise, ins nächste Dorf waren es über zwei Stunden, und seine Serumspritze hatte er auch zu Hause gelassen. Weißt du, was er gemacht hat?»

«Na –?» fragte ich.

«Rausgeschnitten, die Bißstelle», sagte Vater und räusperte sich. «Taschenmesser rein, einmal rum, und erledigt; ich bin beinah ohnmächtig geworden dabei. Nachher trank er sich einen Rausch an, und zu Hause hat er Leukoplast draufgeklebt und die Sache vergessen.»

Immer allerdings kam Herr Kruzowski nicht so glimpflich davon. Als wir ihn wieder mal in einer neuen Mansardenwohnung besuchten, saß er, in eine gewaltige Alkoholfahne gewickelt, am Tisch und malte mit leuchtenden Aquarellfarben seinen Arm ab. Der Arm hatte am Handgelenk etwa den Durchmesser von dreißig Zentimetern, was der Dicke einer mittleren Dachrinne entspricht, und erstrahlte in allen Regenbogenfarben.

«Sandviperbiß, drittes Stadium», flüsterte Herr Kruzowski beglückt und tauchte den Pinsel in Aquamarin; «ganz seltener Fall, noch nie so richtig beobachtet worden.»

Dieser seltene Fall hätte ihm beinah das Leben gekostet; denn Herr Kruzowski dachte gar nicht daran, in die Klinik zu gehen; außerdem konnte er ja auch seine Schlangen nicht so einfach alleinlassen. Er malte also den Arm zu Ende, dann trank er so lange weiter, bis sich die Anzeichen einer vollendeten Alkoholvergiftung einstellten, und darauf legte er sich ins Bett.

Nach zwei Tagen begann die Schwellung des Arms nachzulassen, und am vierten Tag führte Herr Kruzowski Vater bereits wieder eine Neuerwerbung vor; es handelte sich um eine ausgewachsene Schwarze Mamba, Länge dreidreißig, eine Schlangenart, die so annähernd das Gefährlichste ist, was man sich vorstellen kann.

Herr Kruzowski war sehr stolz auf sie, er schleppte sie tagelang in seiner Papiertüte herum und zeigte sie jedem, der sich auch nur entfernt für sie interessierte. Es war übrigens dieselbe Schwarze Mamba, die ihm dann kurz darauf diese Geldstrafe eingebrockt hat.

An sich sollte Herr Kruzowski ins Gefängnis.

«Gut», sagte er, «dann nehm ich alle meine Schlangen mit rein.»

Da ließ man es, wohl oder übel, bei der Geldstrafe bewenden.

Die Sache kam so.

Herr Kruzowski hatte sich mit Vater in einem Café am Potsdamer Platz verabredet. Vater verspätete sich etwas; Herr Kruzowski wurde gerade abgeführt, als er kam.

«Er hatte seinen umgearbeiteten Bademantel an», sagte Vater, «und die Papiertüte unter dem Arm.

‚Momentchen, Herr Dokter!' rief er, ‚bin gleich wieder da!'

‚Na, aber um Gottes willen', sag ich, ‚was ist denn bloß los, Menschenskind?!'

Doch da hatten die Schupos ihn schon ins Auto geschubst.

Na», sagte Vater, «ich bin Optimist. Ich setzte mich also rein und wartete. Toller Aufruhr, kann ich dir sagen. Die Kellner spritzten nur so mit ihren Eiskompressen und Ohnmachtsschnäpsen. Auf dem Flügel lag eine Dame, an der wurden – erfolgreich zum Glück – Wiederbelebungsversuche gemacht. Ein älterer Herr hatte sich im Kleiderständer verfangen und schrie, absolut unmotiviert, wie mir schien, gellend um Hilfe.»

«Sag schon», drängelte ich; «was war passiert?»

«Folgendes», sagte Vater. «Herr Kruzowski kommt rein und gibt an der Garderobe seine Papiertüte ab und den Mantel. Die Garderobenfrau nimmt die Tüte und stellt sie in eine Ecke. Eine Weile steht die Tüte auch ganz ordentlich da, dann fängt sie ein bißchen an zu schwanken, dann wackelt sie, dann kippt sie um, und dann rollt sie langsam auf die Garderobenfrau zu.

Der treten die Augen aus dem Kopf. Sie springt auf einen Stuhl und fängt an zu schreien.

Kommt der Oberkellner. ‚Ist denn los, Anna?'

‚Die Tüte –!' keucht Anna, ‚die Tüte –!!'

‚Nanu', sagt der Oberkellner sehr richtig, ‚die bewegt sich ja. Warten Sie mal, Anna', sagt er, ‚das werden wir gleich haben.'

Na, und was macht er, der Schafskopf? Öffnet die Tüte, und im selben Moment –»

«Logisch», sagte ich: «die Schwarze Mamba raus und rein ins Lokal.»

«Genau», nickte Vater.

«Jemand gebissen?»

«Gott sei Dank nicht. Nur eine Menge kaputtes Geschirr, und wie gesagt, gut ein Dutzend handfester Ohnmachtsanfälle.»

«Und Herr Kruzowski?»

«Er hatte die Zeitung gelesen», sagte Vater, «und sich noch gewundert, wieso auf einmal die ganzen Frauen mit hochgerissenen Röcken auf die Tische sprangen. Dann sah er sie. Er faltete seine Zeitung zusammen und hat sie gefangen.»

Im Krieg haben wir Herrn Kruzowski aus den Augen verloren. Das heißt, ich habe oft versucht herauszubekommen, wie es ihm ginge; aber Vater war plötzlich komisch, wenn das Gespräch auf ihn kam; das Beste wäre, man ließ' ihn in Ruhe.

«Hör mal», sagte ich, «und wenn er uns braucht?!»

«Er braucht uns nicht», sagte Vater.

Ich war sehr erregt; ich kannte Vater so gar nicht. Woher er das wüßte.

Vater zuckte die Schultern. «Ich hab's im Gefühl.»

«Gefühl –!» rief ich; «du immer mit deinem Gefühl!»

«Schön», seufzte Vater, «ich werd's dir erzählen.»

«Was denn –», sagte ich: «du weißt was von ihm?»

«Ich weiß alles», sagte Vater; «ich hätte es dir nur ganz gern noch ein bißchen verschwiegen.»

«Großer Gott», sagte ich, «er ist doch nicht etwa –»

«Doch», sagte Vater; «hat selbst Schluß gemacht.»

«Aber wie ist denn das möglich! Er war doch immer zufrieden!»

«Ich will's dir erklären», sagte Vater. «Er ist ausgebombt worden. Dabei sind ihm alle Terrarien mit den Schlangen kaputtgegangen. Er ist noch bei mir gewesen kurz hinterher; es war nachts, du schliefst schon.

‚Wollt mich verabschieden, Herr Dokter', sagt er.

‚Nanu, Herr Kruzowski', sag ich, ‚*Sie* eine Reise –? Und bei *den* Zeiten –? Läßt man Sie denn da einfach so fahren?'

‚Denk schon', sagt er.

Tja», sagte Vater, «und noch in derselben Nacht, da hat er's getan.»

«Je, je», sagte ich; «alles nur wegen der Schlangen?»

«Siehst du», sagte Vater, «ich hab's doch gewußt, du verstehst es noch nicht.» Er schneuzte sich anhaltend. «Ja», sagte er dann, «denk mal – alles nur wegen der Schlangen.»

## UND RICHARD LEBT AUCH NICHT MEHR

WIR HABEN SELTEN so viel Taschengeld verdient wie in der Woche vor den Wahlen. Die waren froh, wenn ihnen jemand die Flugblätter verteilte. Wir lungerten dann immer vor der großen Druckerei in der Karl-Liebknecht-Straße herum; da druckten sie alle: die Roten und die Sozis, die vom Düsterberg und die Nazis. Manchmal fingen die Prügeleien bereits auf dem Hof an; eine Menge Flugblätter sind auf die Art schon versaut worden. Uns war es egal, für wen wir sie austrugen; der Preis: ein Groschen pro hundert, war bei allen der gleiche.

Mit der Zeit wurden wir dann allerdings auch gewitzter. Hatten wir zum Beispiel einen Stoß von den Sozis gekriegt, holten wir uns jetzt auch noch einen von den Roten oder den Nazis dazu und steckten den Leuten so jedesmal gleich zwei Blätter in den Kasten.

Heini sagte, das wäre reeller, dann hätte man doch eine Vergleichsmöglichkeit. Am besten wäre ja, sagte Heini, man steckte den Leuten von allen Sorten eins in den Briefschlitz. Aber das ging nicht, mehr als hundert unter jedem Arm waren nicht zu schaffen auf einen Schwung.

Heinis Gegenspieler war Richard. Richard hatte abstehende Ohren und einen sehr dicken Kopf; doch das täuschte. Richard sagte, das ginge nicht; man könnte nicht für alle arbeiten, so was wäre stuppig. Richard arbeitete nur für die Roten. Natürlich hatte er dann hinterher oft nicht mal halb so viel kassiert wie wir. Aber das machte ihm nichts aus. «Ich kann wenigstens ruhig schlafen», sagte er.

Aber *wir* schliefen auch ruhig, und Heini sagte, Richard redete bloß so, weil er zu unbegabt wäre, um unter jedem Arm hundert zu tragen.

Richards Vater war auch ein Roter. Sie wohnten Wörth-, Ecke Straßburgstraße, gegenüber dem Haus, wo oben die Büste vom Kaiser drauf war mit dem Loch in der

Brust, aus dem die Strohhalme von dem Spatzennest raushingen. Die Wohnung ging halb auf die Wörth- und halb auf die Straßburgstraße raus, und am Montag der Wahlwoche ließ Richards Vater aus jedem der beiden Fenster eine Schnur auf die Straße runter, und unten stand Richard und knotete die Schnurenden zusammen und band eine Kartoffel dran fest.

Dann zog sein Vater von der Wohnküche aus erst die Wörthstraßenschnur und dann vom Schlafzimmer aus die Straßburgstraßenschnur rauf und unten, einen großen Kreis von Kindern um sich herum, stand Richard und winkte und schrie solange zu seinem Vater hinauf, bis die Kartoffel, so im zweiten Stock jetzt vielleicht, in der Mitte unter den beiden Fenstern hing.

Jetzt machte Richards Vater in jedes Schnurende oben einen Knoten, zog die Kartoffel herauf und band das Bild von Teddy Thälmann fest an der Schnur. Das ließ er dann wieder runter; und es hing jedesmal genau in der Mitte.

Vater hat meistens vergessen, daß Wahlsonntag war. Weil er unter Ebert manchmal Arbeit gehabt hatte, wollte er immer die Sozis wählen. «Die sind noch am anständigsten», sagte er.

Aber sonntags war er oft müde und hat sich hingelegt und ist abends erst aufgewacht, und dann war er zu kaputt, um sich noch anzuziehen.

Richards Vater sagte, ich sollte ihn früher wecken; ihm wäre es egal, Vater könnte ruhig die Sozis wählen, aber wenn er gar nicht wählte, dann kriegten die Nazis die Stimme.

Vater sagte, das wäre Unsinn. «Die Nazis sind Sauigel», sagte er; «die wählt sowieso keiner. Im übrigen sollen die ihre blöden Wahlen doch werktags machen und einem nicht auch noch den einzigen Tag vermasseln, an dem man mal richtig ausspannen kann.»

Richard sagte, er hätte nichts gegen Vater, aber wenn alle so dächten, das wäre schlimm.

«Wieso», sagte ich, «er ist doch prima.»

«Prima», sagte Richard, «nützt gar nischt; auf 'm Kien muß er sein.»

Richard war genauso alt wie ich, doch er wußte in so was besser Bescheid. Aber bald wußte ich auch Bescheid; und abends gingen wir jetzt immer auf Tour und kratzten die Naziplakate ab von den Zäunen.

Wir haben oft die Hucke vollgekriegt damals, allerdings auch von der Polente sehr häufig.

Vater sagte, die Polizei wäre gut; «das sind noch die einzigen», sagte er, «die ein bißchen für Ordnung sorgen.»

Aber Richards Vater sagte, die Polizisten wären gekauft. «Worauf», sagte er, «sollen die bei uns denn schon aufpassen? Beklaut werden können doch bloß die, die was haben.»

Trotzdem haben sie immer sehr achtgegeben auf uns, und als damals der große Straßenbahnerstreik war, und wir die Berliner Allee runter hinter unseren Steinhaufen standen und auf die Streikbrecher warteten, da mußten wir die besten Klamotten oft schon lange vorher vergeuden; alles nur wegen der blöden Polente. Und wenn die Bahnen dann endlich kamen, dann konnten die Schubiaks mit ihnen oft die ganze Berliner Allee runterjagen, ohne daß auch nur eine einzige Scheibe kaputtging.

Vater sagte, ich sollte mich raushalten aus so was. Aber Richards Vater hatte ein Sprichwort, und das hieß: «Brot wird auf der Straße gebacken.»

Ich sagte es Vater; aber Vater fand, das wäre ein albernes Sprichwort.

Mit der Zeit kriegten wir immer häufiger die Hucke voll. Wir hatten jetzt Schlagringe, mit denen konnte man auch allerhand machen. Richard war besser dran als ich; ich hatte immer Angst, was abzukriegen. Richard hatte nie Angst, allerdings war er auch breiter als ich.

Unsere Schule in Weißensee war damals ganz neu; die Kommunisten und die Sozis hatten sie zusammen gebaut, und unsere Eltern hatten alle was dazugegeben. Wir hatten Lebenskunde statt Religion und ein Schülerparlament, das Lehrer absetzen konnte. Jede Klasse hatte ihren Abgeordneten. Unserer ist Richard gewesen.

Viele wollten, daß Heini Abgeordneter würde. Aber Heini war zu klug, er redete zuviel. Richard redete längst nicht soviel. Das kam daher, weil sein Vater auch nicht viel redete. Aber er hatte eine gute Nase, er wußte genau, wenn ein Lehrer nicht koscher war; und daß unser Turnlehrer in der SA war, das roch er schon, als alle noch darauf geschworen hätten, Herr Franke wäre ein Sozi.

Richard holte mich früh immer ab; und eines Morgens standen alle Kinder aufgeregt vor der Schule, und niemand ging rein; und als wir rankamen, da war auf dem Dach eine Nazifahne gehißt.

Die Lehrer sagten, wir sollten nach Hause gehen, und sie gingen auch selber nach Hause. Aber wir gingen nicht, wir standen alle vorm Tor, und Richard ballte die Fäuste, und auf einmal fing er an, ganz laut und hoch die Internationale zu singen; und wir sangen auch alle mit. Es klang wunderbar, wir waren über vierhundert Kinder, viele hatten Tränen in den Augen, weil es so schön klang, und die Leute, die dazukamen und mitsangen, hatten auch Tränen in den Augen; aber vor Wut.

Dann kam unser Rektor. Er stellte sein Fahrrad an die Mauer und fragte, wer mit raufkäme, die Fahne vom Dach runterholen. Wir wollten alle mit rauf; aber er nahm nur die Klassenvertreter.

Wir anderen blieben draußen vorm Tor und sahen zu, wie sie reingingen, und durch das große Fenster im Flur konnte man sehen, wie sie die Treppe raufstiegen.

Auf einmal sah man eine Menge Schaftstiefel die Treppe runtergerannt kommen, und ein paar von Unseren fielen die Stufen runter. Aber dann fielen auch ein paar von den SA-Leuten die Stufen runter, und auf einmal ging die Dachluke auf, und Richard kam raus; man konnte seinen dicken Kopf mit den abstehenden Ohren deutlich erkennen.

Wir fingen jetzt wieder an, die Internationale zu singen, und während wir sangen, balancierte Richard zum Fahnenmast hin.

Gerade als er ihn erreicht hatte und die Schnur aufknoten wollte, tauchte der Kopf eines SA-Mannes in der Dachluke auf.

Wir hörten gleich auf zu singen und schrien so laut, wie wir konnten.

Aber Richard dachte, wir wollten ihn anfeuern; er winkte uns zu, und dann priemte er weiter an dem Fahnenmast rum.

Da war der SA-Mann aus der Luke heraus. Wir erkannten ihn alle, es war Herr Franke, der Turnlehrer. Er balancierte jetzt auch zu dem Fahnenmast hin.

Aber nun hatte Richard die Schnur endlich los, und der Lappen kam runter. Richard riß ihn ab und drehte sich um; da sah er Herrn Franke.

Herr Franke ging langsam und mit hochgezogenen Schultern auf Richard zu.

Richard konnte nicht an Herrn Franke vorbei, aber er hatte keine Angst, man sah es. Er hielt mit beiden Händen den Lappen fest, und plötzlich duckte er sich und rammte Herrn Franke den Kopf in den Bauch.

Sie fielen beide hin und hielten sich an der Planke fest, die zum Fahnenmast führte. Herr Franke kam zuerst wieder hoch. Richard hielt noch immer den Lappen fest, mit der anderen Hand versuchte er jetzt, Herrn Franke an die Beine zu kommen.

Da trat Herr Franke ihm auf die Hand, Richard schrie auf, er rutschte ab, er verwickelte sich in der Fahne, jetzt blähte auch noch ein Wind diesen Fetzen auf, Richard griff um sich, er überschlug sich, jetzt noch mal, jetzt kullerte er die Dachschräge runter, jetzt kam die Kante, und dann schoß Richard, in die Fahne gewickelt, wie eine knatternde rote Fackel runter und in den Hof.

Wir schrien wie die Wahnsinnigen; wir rannten hin und wickelten ihn aus; wir bespuckten die Fahne und heulten und traten auf ihr herum; aber Richard war tot.

Da wollten wir reinrennen und Herrn Franke und die anderen SA-Männer auch totmachen. Aber gerade da fuhren draußen die Polizeiautos vor; die Schupos sprangen ab, sie hatten die Sturmriemen runter und kamen alle zu uns in den Hof reingerannt.

Zum Glück lagen von der Baustelle her noch Steine herum. Die schnappten wir uns; wir warfen eine Bresche in die Schutzleute rein und rannten weg.

Viele haben sie dann aber doch noch gekriegt. Den Rektor und unsere Obleute haben die SA-Männer gleich mitgenommen. Wir anderen blieben noch eine Weile weg von der Schule; aber dann kam eine Karte, auf der stand, Schulstreik wäre ungesetzlich, und da mußten wir doch gehen.

Richards Vater haben sie dann auch abgeholt.

«Ich wußte, daß es kein gutes Ende mit ihm nehmen würde», sagte Vater; «so radikal darf man nicht sein.»

Ich schwieg.

# DIE VERBÜNDETEN

EINES MORGENS WURDE, ohne daß jemand angeklopft hätte, die Tür aufgerissen, und der neue Rektor kam rein, und hinter ihm kam noch jemand rein, und der Rektor hob ein bißchen die Schultern, und dann ließ er sie wieder fallen, und er sagte, das wäre jetzt Herr Kretschmar, unser neuer Klassenlehrer.

Wir waren sehr erstaunt, denn wir hatten gedacht, Herr Kretschmar wäre ein sitzengebliebener Schüler, der bei uns noch mal anfangen sollte. Er war blond und trug eine Brille, durch die man nicht durchsehen konnte, weil sie beschlagen war; sein Jackett war sehr kurz und sehr abgenutzt und stand hinten am Hals etwas ab, so daß man den Aufhänger und vom Hemd den Kragenknopf sehen konnte; seine Schuhe waren alt und vorne gebogen, und seine Arme und Hände hingen an ihm runter, als ob er es satthätte, sie mitzuschleppen.

Wir hatten schnell raus, daß Herr Kretschmar ein armes Schwein war. Man konnte anstellen bei ihm, was man wollte, es machte schon fast keinen Spaß mehr. Ein paar, die ganz hinten saßen, spielten sogar Karten bei ihm. Als Herr Kretschmar es das erste Mal sah, ging er hin und ließ sich alles erklären. Er lächelte ein bißchen dabei, und dann nickte er und ging wieder nach vorn, und darauf fing er an zu erzählen, wie Jesus die Händler aus dem Tempel gejagt hätte.

Herr Kretschmar sah, wenn er sprach, zuerst immer über uns weg und auf das Bild, wo der Kaiser drauf war vor Sedan, und hinten war der Himmel ganz rot, und dasselbe Rot war auch an den Biesen von den Generalen dran, die um den Kaiser herumstanden. Es sah immer aus, als ob Herr Kretschmar und der Kaiser sich anblickten, denn der Kaiser sah aus dem Bild raus aufs Pult und genau hin zu Herrn Kretschmar.

Später sah Herr Kretschmar dann aber nur noch manchmal den Kaiser an; meist wenn er Gedichte aufsagte oder in Religion oder Geschichte, wenn er gerade eine Stelle behandelte, die ihm besonders schön vorkam. Sonst sah Herr Kretschmar jetzt immer nur Egon an.

Egon war dünn und sehr blaß, er hob die Beine auf wie ein Storch und im Turnen hatte er eine Fünf. Wir mochten ihn nicht, denn er trug eine Brille, und sprach man ihn an, dann fingen seine Hände an zu zucken, und er schluckte und wurde ganz rot im Gesicht.

Egon war der einzige, der immer aufpaßte im Unterricht bei Herrn Kretschmar. Er saß genau vor dem Pult in der vordersten Reihe, und wenn es gar zu laut wurde hinter ihm, dann kniff er die Lippen zusammen, bis sie ganz weiß wurden; er bekam dann immer ein richtiges vergrämtes Meerkatzengesicht. Aber Herr Kretschmar lächelte bloß und redete weiter und sah jetzt nur dauernd zu Egon hin.

Einmal war es für lange Zeit aus zwischen den beiden. Wir waren ins Zeughaus gegangen. Es war alles sehr komisch: die ausgestopften Soldaten und die vielen kaputten Fahnen, mit denen ja doch niemand mehr etwas anfangen konnte. Herr Kretschmar fand es gar nicht so komisch; er hatte ein Buch mit, aus dem er alles erklärte. Er war sehr froh, daß er alles erklären konnte; aber wir paßten nicht auf, wir standen alle am Fenster und warteten, ob die Wache nicht aufzöge.

Nur Egon hörte genau zu, was Herr Kretschmar erklärte, er war ständig in seiner Nähe und manchmal sah er zu uns rüber und schluckte, und man sah, wie er die Lippen zusammenkniff.

Wir hatten alle Frühstück mit, nur Herr Kretschmar nicht. Schließlich packte auch Egon einen Apfel aus, und als Herr Kretschmar mal einen Augenblick wegsah, warf Egon das Apfelgehäuse schnell in ein Kanonenrohr rein.

Aber Herr Kretschmar hatte nicht weggesehen; das täuschte, denn seine Brillengläser waren beschlagen. Er war sehr erregt. Er ließ uns sofort alle antreten; seine

Stimme zitterte, und er sagte, Egon bekäme einen Tadel wegen Besudelung von Nationalheiligtümern, und wir mußten sofort in die Schule zurück.

Von diesem Tag an sah Herr Kretschmar wieder nur noch den Kaiser an, und der Kaiser sah Herrn Kretschmar an, und Egon konnte tun, was er wollte, Herr Kretschmar sah über ihn weg.

Wir fanden, das schadete Egon gar nichts, das hatte er jetzt von seiner Streberei; und Herrn Kretschmar gönnten wir es auch, denn wir merkten: genauso wie es Egon fertigmachte, daß Herr Kretschmar ihn nicht mehr ansah, so machte es auch Herrn Kretschmar fertig, daß er bloß noch den Kaiser ansehen konnte.

Das ging so lange, bis dieser Ausflug kam.

Es war Juni, und Herr Kretschmar wollte ordentlich wandern; aber außer Egon hatte niemand Lust, groß zu laufen, und viele sagten, das wäre doch Quatsch, wir sollten lieber irgendwo einkehren.

Egon biß sich auf die Lippen, bis sie ganz weiß wurden, und Herr Kretschmar lächelte ein bißchen. Dann sah er über uns weg, und er sagte, ja gut; und wir gingen in eine Gastwirtschaft, die schon voll war von Leuten, und es war auch Musik da und alles sehr schön und gemütlich.

Auf einmal fing Egons Kopf an, ganz komisch zu zittern, und seine Hände und Arme zitterten auch, und dann zitterte alles an ihm, und auf einmal verdrehte er die Augen und fiel hintenüber.

Es waren gleich eine Menge Leute um ihn herum, und wir drängten uns auch ran, und einer zuckte die Schultern und sagte: «Das kenn ich, da kann man nichts machen.»

Die meisten gingen auch gleich wieder weg; aber jetzt stand Herr Kretschmar auf, sein Gesicht sah plötzlich ganz alt und zerfallen aus, er schwankte ein bißchen, dann schob er sich an uns vorbei und beugte sich runter zu Egon.

Egon lag steif da wie ein Brett. Herr Kretschmar zog

sein Jackett aus und legte es ihm über den Kopf; dann hob er ihn auf, jemand half ihm, und sie trugen Egon ins Haus.

Als sie drin waren, liefen wir hin und blickten durchs Fenster; und da sahen wir, Egon lag auf dem Sofa unter den Kegelpreisbechern, das Jackett war verrutscht, er sah furchtbar aus, und auf dem Sessel davor saß Herr Kretschmar.

Es dauerte etwa eine halbe Stunde, dann kamen sie wieder. Herr Kretschmar hatte Egon den Arm um die Schultern gelegt; sie gingen sehr langsam, und Egon sah ganz matt und zart und zerbrechlich aus, und fast wie ein Engel; bloß die Brille störte ein bißchen; und um den Mund hatte Egon jetzt dasselbe Lächeln, das sonst Herr Kretschmar hatte, wenn er merkte, es hörte ihm keiner mehr zu. Nur sprechen konnte Egon nicht gut; der Mann, der gesagt hatte, «das kenn ich», der meinte, das wäre immer so hinterher.

Aber auch Herr Kretschmar war ganz verändert. Er sah mit zusammengezogenen Brauen über uns weg; es sah aus, als entschuldigte sich was in ihm, und er wäre ungeduldig und müßte sich erst große Mühe geben, es ausreden zu lassen.

Wir dachten alle, Egon würde am nächsten Tag fehlen. Aber er saß wieder genauso da wie immer, sehr aufrecht in der ersten Reihe, und er sah dauernd Herrn Kretschmar an. Auch Herr Kretschmar sah ihn jetzt wieder an; und den Kaiser sah Herr Kretschmar jetzt nur noch an, wenn er Gedichte aufsagte oder in Geschichte oder Religion, wenn er gerade eine Stelle vorhatte, die ihm besonders gefiel. Sonst sah Herr Kretschmar jetzt wieder immer bloß Egon an.

Und dann passierte es.

Eines Tages ließ Herr Kretschmar plötzlich das Heft sinken, aus dem er vorgelesen hatte und blickte unsicher über uns weg und zum Kaiser hin, als ob der ihm befohlen hätte, daß er aufhören sollte zu lesen. Egon sah auch gleich wieder ganz merkwürdig aus, man konnte denken, er hätte den Befehl auch gehört, er kroch richtig in sich zusammen, als er Herrn Kretschmar so ansah.

Dann fuhr Herr Kretschmar sich unter der Brille über die Augen, er hob das Heft wieder hoch und las weiter. Doch es konnte noch nicht vorbei sein, denn Egon sah aus, als hörte er es immer noch; und sicher hörte auch Herr Kretschmar es noch, obwohl er jetzt weiterlas, denn seine Hand zitterte, und man sah, wie ihm der Schweiß auf die Stirn trat und die Brillengläser beschlugen.

Dann war er fertig mit Lesen; er drehte sich um und fing an, was an die Tafel zu schreiben. Dabei fiel ihm die Kreide runter, doch statt sie aufzuheben, blieb Herrn Kretschmars Hand bei dem Wort stehen, das sie geschrieben hatte und auf einmal ballte sie sich zur Faust, daß die Knöchel ganz weiß wurden, und zugleich lief es unter Herrn Kretschmars Jackett zuckend wie ein Erdbeben hin, und plötzlich riß ihn in der Hüfte was zu uns rum, und da sah sein Gesicht so furchtbar aus, daß wir kreischten und aufsprangen, und ein paar rannten raus und schrien nach dem Hausmeister und dem Rektor.

Egon war sitzengeblieben. Vom Fenster her konnte man sehen, wie sein Gesicht langsam zusammenfiel; es sah auf einmal ganz alt aus und wie mit Asche bestreut. Dann stand er auf und im selben Augenblick, wo Herr Kretschmar umfallen wollte, fing Egon ihn auf und ließ ihn behutsam auf den Fußboden gleiten.

Der Rektor war sehr aufgeregt. Das wäre ein Skandal, sagte er zum Hausmeister, das wäre unglaublich. Herr Kretschmar sollte sich gefälligst krankschreiben lassen, statt seinen Schülern hier einen solchen Anblick zu bieten; na, und wenn man das gewußt hätte, Herrn Kretschmars Anstellungsgesuch wäre nicht mal im Traum berücksichtigt worden. «Ein fallsüchtiger Lehrer», sagte er, «wissen Sie, als was ich das ansehe?»

«Nein, Herr Rektor», sagte der Hausmeister.

«Als eine Herausforderung sehe ich das an, als eine glatte Provokation, als –»

«Ach, halten Sie doch Ihren Mund», sagte da eine müde und etwas schleppende Stimme.

Wir konnten uns erst gar nicht erklären, wem sie gehörte; auch der Rektor brauchte einige Zeit, bis er begriff, es war Egon gewesen.

Egon saß auf dem Fußboden, sein Gesicht sah welk aus wie das eines hundertjährigen Schimpansen, er hatte Herrn Kretschmars wild hin und her pendelnden Kopf im Schoß und gab acht, daß er sich nicht an der vordersten Bankreihe stieß.

Der Rektor war sehr rot geworden, er konnte erst gar keine Luft kriegen. Wir staunten alle, wie leise seine Stimme dann war.

«Steh auf», sagte er.

Aber Egon blieb sitzen.

«Du sollst aufstehen», sagte der Rektor.

«Ach, seien Sie doch still», sagte Egon.

Da schrie der Rektor so laut, daß wir dachten, die Decke stürzte ein. Egon sollte sofort seine Sachen packen und sich als rausgeworfen betrachten, und er würde schon dafür sorgen, daß keine andere Anstalt so einen Rüpel aufnähme! Ob er jetzt endlich aufstünde.

«Nicht eher, als bis es vorbei ist», sagte Egon.

«Zwingen Sie ihn aufzustehen!» schrie der Rektor.

«Los, hopp», sagte der Hausmeister.

«Lassen Sie mich in Ruhe», sagte Egon.

Sie konnten anstellen, was sie wollten, sie schafften es nicht, ihn zum Aufstehen zu bringen. Erst als Herrn Kretschmars Arme und Beine aufhörten zu zucken, stand Egon auf und griff ihm unter die Arme. «Vielleicht faßt bald mal einer mit an», sagte er böse.

Der Hausmeister räusperte sich; aber dann griff er doch zu, und sie setzten Herrn Kretschmar in eine Bank; und Egon tat sein Heft in die Mappe, nahm die Mütze vom Haken und ging.

Wir dachten alle, Herr Kretschmar würde am nächsten Tag fehlen; aber er fehlte nicht; er stand wieder genauso am Pult wie immer; er sprach nur ein bißchen schwerfälliger als sonst. Er sah jetzt wieder über uns weg auf das Bild, wo der Kaiser drauf war vor Sedan, und hinten war der Himmel ganz rot, und dasselbe Rot war auch an den Biesen der Generale dran, die um den Kaiser herumstanden. Nur manchmal, wenn unser Lärm ihm gar zu laut wurde, lächelte er beim Weitersprechen ein bißchen, und sein Blick glitt dann kurz über die erste Bankreihe hin. Aber der Platz dort war leer.

Da hob Herr Kretschmar seine Stimme etwas und sah schnell wieder das Bild an.

ALS ICH JENÖ kennenlernte, war ich neun; ich las Edgar Wallace und Conan Doyle, war eben sitzengeblieben und züchtete Meerschweinchen.

Jenö traf ich zum ersten Mal auf dem Stadion am Faulen See beim Grasrupfen; er lag unter einem Holunder und sah in den Himmel. Weiter hinten spielten sie Fußball und schrien manchmal «Tooooooor!» oder so was. Jenö kaute an einem Grashalm; er hatte ein zerrissenes Leinenhemd an und trug eine Manchesterhose, die nach Kokelfeuer und Pferdestall roch.

Ich tat erst, als sähe ich ihn nicht und rupfte um ihn herum; aber dann drehte er doch ein bißchen den Kopf zu mir hin und blinzelte schläfrig und fragte, ich hätte wohl Pferde.

«Nee», sagte ich, «Meerschweinchen.»

Er schob sich den Grashalm in den anderen Mundwinkel und spuckte aus. «Schmecken nicht schlecht.»

«Ich eß sie nicht», sagte ich; «dazu sind sie zu nett.»

«Igel», sagte Jenö und gähnte, «die schmecken auch nicht schlecht.»

Ich setzte mich zu ihm. «Igel –?»

«Tooooooor!» schrien sie hinten.

Jenö sah wieder blinzelnd in den Himmel. Ob ich Tabak hätte.

«Hör mal», sagte ich; «ich bin doch erst neun.»

«Na und –», sagte Jenö; «ich bin acht.»

Wir schwiegen und fingen an, uns leiden zu mögen.

Dann mußte ich gehen. Doch bevor wir uns trennten, machten wir aus, uns möglichst bald wiederzutreffen.

Vater hatte Bedenken, als ich ihm von Jenö erzählte. «Versteh mich recht», sagte er, «ich hab nichts gegen Zigeuner; bloß –»

«Bloß –?» fragte ich.

«Die Leute –» sagte Vater und seufzte. Er nagte eine

Weile an seinen Schnurrbartenden herum. «Unsinn», sagte er plötzlich; «schließlich bist du jetzt alt genug, um dir deine Bekannten selbst auszusuchen. Kannst ihn ja mal zum Kaffee mit herbringen.»

Das tat ich dann auch. Wir tranken Kaffee und aßen Kuchen zusammen, und Vater hielt sich auch wirklich hervorragend. Obwohl Jenö wie ein Wiedehopf roch und sich auch sonst ziemlich seltsam benahm – Vater ging drüber weg. Ja, er machte ihm sogar ein Katapult aus echtem Vierkantgummi und sah sich obendrein noch alle unsere neu erworbenen Konversationslexikonbände mit uns an.

Als Jenö weg war, fehlte das Barometer über dem Schreibtisch.

Ich war sehr bestürzt; Vater gar nicht so sehr.

«Sie haben andere Sitten als wir», sagte er; «es hat ihm eben gefallen. Außerdem hat es sowieso nicht mehr viel getaugt.»

«Und was ist», fragte ich, «wenn er es jetzt nicht mehr rausrückt?»

«Gott –» sagte Vater, «früher ist man auch ohne Barometer ausgekommen.»

Trotzdem, das mit dem Barometer, fand ich, ging ein bißchen zu weit. Ich nahm mir jedenfalls fest vor, es Jenö wieder abzunehmen.

Aber als wir uns das nächste Mal trafen, hatte Jenö mir ein so herrliches Gegengeschenk mitgebracht, daß es unmöglich war, auf das Barometer zurückzukommen. Es handelte sich um eine Tabakspfeife, in deren Kopf ein Gesicht geschnitzt war, das einen Backenbart aus Pferdehaar trug.

Ich war sehr beschämt und ich überlegte lange, wie ich mich revanchieren könnte. Endlich hatte ich es: ich würde Jenö zwei Meerschweinchen geben. Es bestand dann zwar die Gefahr, daß er sie aufessen würde, aber das durfte einen jetzt nicht kümmern; Geschenk war Geschenk.

Und er dachte auch gar nicht daran, sie zu essen; er

lehrte sie Kunststücke. Innerhalb weniger Wochen liefen sie aufrecht auf zwei Beinen; und wenn Jenö ihnen Rauch in die Ohren blies, legten sie sich hin und überkugelten sich. Auch Schubkarrenschieben und Seiltanzen lehrte er sie. Es war wirklich erstaunlich, was er aus ihnen herausholte; Vater war auch ganz beeindruckt.

Ich hatte damals außer Wallace und Conan Doyle auch gerade die zehn Bände vom Doktor Dolittle durch, und das brachte mich auf den Gedanken, mit Jenö zusammen so was wie einen Meerschweinchenzirkus aufzumachen.

Aber diesmal hielt Jenö nicht durch. Schon bei der Vorprüfung der geeigneten Tiere verlor er die Lust. Er wollte lieber auf Igeljagd gehen, das wäre interessanter.

Tatsächlich, das war es. Obwohl – mir war immer ziemlich mulmig dabei. Ich hatte nichts gegen Igel, im Gegenteil, ich fand sie sympathisch. Aber es wäre sinnlos gewesen, Jenö da beeinflussen zu wollen; und das lag mir auch gar nicht.

Er hatte sich für die Igeljagd einen handfesten Knüppel besorgt, der unten mit einem rauhgefeilten Eisenende versehen war; mit dem stach er in Laubhaufen rein oder stocherte auf Schutthalden unter alten Eimern herum. Er hat so oft bis zu vier Stück an einem Nachmittag harpuniert; keine Ahnung, wie er sie aufspürte; er muß sie gerochen haben, die Burschen.

Jenös Leute hausten in ihren Wohnwagen. Die standen zwischen den Kiefern am Faulen See, gleich hinter dem Stadion. Ich war oft da; viel häufiger als in der Schule, wo man jetzt doch nichts Vernünftiges mehr lernte.

Besonders Jenös Großmutter mochte ich gut leiden. Sie war unglaublich verwahrlost, das stimmt. Aber sie strahlte soviel Würde aus, daß man ganz andächtig wurde in ihrer Nähe. Sie sprach kaum; meist rauchte sie nur schmatzend ihre Stummelpfeife und bewegte zum Takt eines der Lieder, die von den Lagerfeuern erklangen, die Zehen.

Wenn wir abends mit Jenös Beute dann kamen, hockte

sie schon immer am Feuer und rührte den Lehmbrei an. In den wurden die Igel jetzt etwa zwei Finger dick eingewickelt. Darauf legte Jenö sie behutsam in die heiße Asche, häufelte einen Glutberg auf über ihnen, und wir kauerten uns hin, schwiegen, spuckten ins Feuer und lauschten darauf, wie das Wasser in den Lehmkugeln langsam zu singen anfing. Ringsum hörte man die Maulesel und Pferde an ihren Krippen nagen, und manchmal klirrte leise ein Tamburin auf oder mit einer hohen, trockenen Männerstimme zusammen, begann plötzlich hektisch ein Banjo zu schluchzen.

Nach einer halben Stunde waren die Igel gar. Jenö fischte sie mit einer Astgabel aus der Glut. Sie sahen jetzt wie kleine, etwas zu scharf gebackene Landbrote aus; der Lehm war steinhart geworden und hatte Risse bekommen, und wenn man ihn abschlug, blieb der Stachelpelz an ihm haften, und das rostrote Fleisch wurde sichtbar. Man aß grüne Paprikaschoten dazu oder streute rohe Zwiebelkringel darauf; ich kannte nichts, das aufregender schmeckte.

Aber auch bei uns zu Hause war Jenö jetzt oft. Wir sahen uns in Ruhe die sechs Bände unseres neuen Konversationslexikons an; ich riß die Daten der Nationalen Erhebung aus meinem Diarium und schrieb rechts immer ein deutsches Wort hin, und links malte Jenö dasselbe Wort auf Rotwelsch daneben. Ich habe damals eine Menge gelernt; von Jenö meine ich, von der Schule rede ich jetzt nicht.

Später stellte sich auch heraus, es verging kein Tag, an dem die Hausbewohner sich nicht beim Blockwart über Jenös Besuche beschwerten; sogar zur Kreisleitung ist mal einer gelaufen. Weiß der Himmel, wie Vater das jedesmal abbog; mir hat er nie was davon gesagt.

Am meisten hat sich Jenö aber doch für meine elektrische Eisenbahn interessiert; jedesmal wenn wir mit ihr gespielt hatten, fehlte ein Waggon mehr. Als er dann aber auch an die Schienenteile, die Schranken und die Signallampen ging, fragte ich doch mal Vater um Rat.

«Laß nur», sagte er; «kriegst eine neue, wenn Geld da ist.»

Am nächsten Tag schenkte ich Jenö die alte. Aber merkwürdig, jetzt wollte er sie plötzlich nicht mehr; er war da komisch in dieser Beziehung.

Und dann haben sie sie eines Tages *doch* abgeholt; die ganze Bande; auch Jenö war dabei. Als ich früh hinkam, hatten SA und SS das Lager schon umstellt, und alles war abgesperrt, und sie scheuchten mich weg.

Jenös Leute standen dicht zusammengedrängt auf einem Lastwagen. Es war nicht herauszubekommen, was man ihnen erzählt hatte, denn sie lachten und schwatzten, und als Jenö mich sah, steckte er zwei Finger in den Mund und pfiff und winkte rüber zu mir.

Bloß seine Großmutter und die übrigen Alten schwiegen; sie hatten die Lippen aufeinandergepreßt und sahen starr vor sich hin. Die anderen wußten es nicht. Ich habe es damals auch nicht gewußt; ich war nur traurig, daß Jenö jetzt weg war. Denn Jenö war mein Freund.

# KALÜNZ IST KEINE INSEL

*Für Eva*

EINES TAGES wurde Vater im Museum einem melancholischen Herrn mit einem birnenförmigen Kopf, den ein Büschel strohgelber Haare zierte, vorgestellt. Der Herr trug Wickelgamaschen und einen verwitterten Lodenmantel, und er fragte Vater mit schleppender Stimme, ob er auch abgewetzte Wildschweinfelle wieder herrichten könnte.

«Warum nicht», sagte Vater.

Und wie es mit ausgestopften Vögeln wäre, bei denen der Verdacht bestände, daß sie Motten hätten.

«Das ist schon schwieriger», sagte Vater; «aber ich denke, dagegen ist auch was zu machen.»

«Schön», sagte der Herr müde; «und ein Elchkopf, dessen Glasaugen verlorengegangen sind, und dem die Geweihstangen wackeln, wie steht es mit dem?»

«Eine Spezialität von mir», sagte Vater.

Der Herr seufzte erleichtert. «Ich möchte mit Ihnen verhandeln, Herr Doktor.»

«Ich bin kein Doktor», sagte Vater; «ich bin hier nur Hilfspräparator.»

«Mir egal», sagte der Herr, «für mich sind Sie Doktor.»

Das war Vaters erste Begegnung mit dem Baron. Sie aßen ein paarmal zusammen, Vater führte den Baron ins Zeughaus, in den Zoo und ins Resi; aber das einzige, was den Baron in Berlin interessierte, war eine Schweineausstellung am Funkturm. Dann brachten wir ihn zur Bahn.

«In Deutschland», sagte der Baron aus dem Abteilfenster, «werden heute keine anständigen Schweine mehr gezüchtet.»

«Pssst, Herr Baron», sagte Vater, «da steht ein SA-Mann.»

«Mir doch egal», sagte der Baron. Er wischte sich ein Rußstäubchen vom Ärmel und faltete wieder die Hände über der Fensterkante. «Sie sollten *meine* Schweine sehen, Herr Doktor. Tiere von vier Zentnern dabei, und alle pechschwarz.»

«Schwarz –?» fragte Vater; «finde ich aufregend.»

«Ist es auch», sagte der Baron. «Sie müssen bald kommen und sie sich ansehen.»

«Von mir aus sofort», sagte Vater und sah verkniffen zu dem SA-Mann rüber, der breitbeinig in den Knien wippte und sich mit hochgerecktem Kinn im Zugfenster spiegelte; «Berlin hat aufgehört, schön zu sein.»

«Dieses Land ist ein Exerzierplatz», sagte der Baron; «wenn ich Ihnen raten darf: kommen Sie bald.»

Vater hob bedauernd die Schultern. «Nächstes Jahr; ich nehme meinen Urlaub, so früh ich kann.»

«Gut», sagte der Baron und nahm seinen Lodenhut ab, denn der Zug setzte sich in Bewegung; «ich verlaß mich darauf. Dann können Sie auch in Ruhe die besprochenen Reparaturen durchführen.»

«Ich arbeite gern für Sie», sagte Vater, der sehr schnell gehen mußte, um mit dem Zug noch Schritt halten zu können.

«Sie werden uns beide willkommen sein», sagte der Baron; «ich werde meiner Großmutter schon von Ihnen berichten.»

«Sehr liebenswürdig», keuchte Vater, der einen leichten Trab angeschlagen hatte, da der Zug sein Tempo beschleunigte.

«Mein Haus ist immer voll Gästen!» rief der Baron in das beginnende Zugrattern hinein; «interessante Leute, Sie werden sich wohlfühlen!»

«Davon bin ich überzeugt!» schrie Vater und versuchte, im Rennen seine Hand freizubekommen, die der Baron schon seit einer geraumen Weile ergriffen hatte und ausgiebig schüttelte.

«Auf Wiedersehen in Kalünz!» rief der Baron und ließ

Vater eben noch rechtzeitig los, daß er sich herumwerfen konnte, um nicht gegen einen Signalmast zu rennen.

Wir redeten in der nächsten Zeit noch oft von dem Baron, er hatte so einen merkwürdig beständigen Hauch von Weite und Unabhängigkeit zuückgelassen, und Vater sah jetzt, wenn ich ihn früh, vor der Schule, ins Museum brachte, immer unfroher drein.

«Eine Schande, so gebunden zu sein!»

«Laß man», sagte ich; «regelmäßig die Miete zu haben, ist auch was wert.»

«Miete –!» rief Vater verächtlich und warf mit einer freizügigen Geste den Arm in den diesigen Novemberhimmel empor; «wer zahlt denn für die Freiheit schon Miete!»

Der Baron war etwa drei Wochen weg, da kam eine Ansichtspostkarte von ihm. Vater hatte gerade wieder allerhand Ärger im Museum hinter sich; sie wollten dauernd seinen Ahnenpaß haben, und er sagte: «Meine Urgroßmutter ist 1840 gestorben, wozu braucht sie da heute noch einen Paß?» Er war daher ganz froh, sich mit der Karte ein bißchen ablenken zu können. Sie war in Neidenburg abgestempelt; wir sahen gleich auf dem Atlas nach, es lag dicht an der polnischen Grenze. Wenn man die Karte sehr aufmerksam betrachtete, hob sich nach einer Weile das Gutshaus des Barons von dem graugrünen Hintergrund ab. Es sah wie ein langer, stark eingedrückter Schuhkarton aus, und wir hatten ziemlich zu tun, bis wir unsere Enttäuschung runtergeschluckt hatten.

«Bestimmt toll eingerichtet», sagte Vater und räusperte sich.

«Und die abgewetzten Wildschweinfelle und mottenzerfressenen Vögel, die du ihm reparieren sollst?»

Vater zog gereizt die rechte Braue empor. «Also, *geschrieben* hat er jedenfalls nett.»

Ja, das konnte man nicht anders sagen. Ob wir uns nicht vielleicht doch schon dieses Jahr freimachen könnten, so auf Sylvester zu etwa; Reisekosten trüge selbstredend er. Dann hatten die Karte noch eine Menge anderer Leute mit unterschrieben. Ein Graf Stanislav Wladinskij grüßte mit einem dunklen Rilke-Zitat. Ein Herr Jankel Freindlich hoffte von Herzen, in Vater auch einen Schachpartner begrüßen zu können, und ein anderer Herr, der den Namen Rochus Felgentreu führte, wollte, wir sollten das Gestern vergessen und in Kalünz von vorne beginnen. Dann entbot uns in einer spirrligen Herzkrankenschrift noch ein Oberst im Ruhestand verbindlichste Grüße, und ein gewisser Hubertus Ledinek, in Klammern: Dentist, teilte mit, auch Mägde und Essen wären vorzüglich. Ganz unten rechts, in die Ecke gepreßt, hatte noch so eine junge Person «Herdmuthe Schulz» hingeschrieben, und daß sie jung war, konnte man an den gespreizten Sütterlinbuchstaben sehen.

Vater war sehr gerührt. «Wie wohlwollend muß er von uns gesprochen haben!»

«Und wo ist *ihre* Unterschrift?» fragte ich.

«Ihre?» sagte Vater, «wer ist ihre?»

«Komm», sagte ich, «tu doch nicht so; er wollte ihr doch von uns erzählen.»

Vater drehte übertrieben verblüfft die Karte herum. «Tatsache –: sie fehlt.»

Ich hustete etwas. «Sicher nur eine reine Platzfrage gewesen; sie ging nicht mehr drauf.»

«Bestimmt», nickte Vater.

«Vielleicht», sagte ich, «ist sie auch einfach zu alt, um zu unterschreiben.»

«Natürlich!» rief Vater und tippte sich an die Stirn; «das ist die Lösung: die Bedauernswerte hat Gicht in den Händen!»

Der Antwortbrief, den Vater dann schrieb, war wohl einer der herzlichsten, die jemals an ein halbes Dutzend unbekannter Empfänger geschickt worden sind. Alle Nettigkeit, die Vater sich nun schon seit Jahren im Dienst untersagen mußte, strömte mit in die Zeilen. Doch kaum war der Brief weg, verfiel Vater wieder ins Brüten, und im Museum war er nun unwirscher denn je.

Mir ging es im Grunde ganz ähnlich; man war einfach innerlich nicht mehr da, unsere Seelen befanden sich schon in Kalünz. Zum Glück hatten wir in der Schule dauernd Gemeinschaftsempfänge, weil die Braunen sich ständig reden hören mußten; da konnte man ganz gut abschalten. Nur im Unterricht fiel ich oft auf; denn das Dumme war, man sah immer so herausfordernd friedlich aus, wenn man an Kalünz und an all die netten Leute dort dachte; und es hieß doch, die Jugend müßte jetzt kämpferisch sein.

Am schönsten aber war es abends zu Hause. Wir legten uns meist ziemlich früh hin, weil wir mit Kohlen zu knapp waren; trotzdem blieben wir jetzt manchmal bis lang nach Mitternacht wach und stellten uns vor, wie die Gäste des Barons wohl aussehen mochten. Vater verstand sich etwas auf Handschriften, und Namen sagen, wenn man nur ein Gefühl dafür hat, ja auch allerhand; so hatten wir bald von jedem unserer fernen Freunde ein greifbares Bild. Jetzt fing ein sehr hübsches Spiel an.

«Also», sagte Vater etwa aus seinem Bett, «wie sieht Graf Stanislav aus?»

«Blaß», schoß ich los, «lang, hager, vornübergebeugt; welliges, liebevoll gebürstetes Haar; dunkel gekleidet, Ellenbogen und Hosenboden glänzen ein wenig; spinnenfingrige Hände, knieknickriger Gang –»

«Augenfarbe –?» fragte Vater dazwischen.

«Schwarz oder grau.»

«Tadellos», sagte Vater; «null Fehler; jetzt du.»

Dieses Spiel machte, daß uns unsere Freunde unglaublich nahkamen. Oft genug knipste Vater hart vor dem Einschlafen noch mal überraschend das Licht an, weil wir fest geglaubt hatten, den Dentisten Ledinek, der nach unserer Meinung auch dann noch zum Spaßmachen aufgelegt war, wenn es absolut keinen Grund dafür gab, fratzenschneidend hinter dem Kleiderschrank stehen gesehen zu haben. Nur eine einzige Person ließen wir aus: die Großmutter des Barons. Wir ahnten, daß sie was gegen uns hatte, aber wir gestanden es uns nicht ein, wir konnten in Kalünz niemand Unliebenswürdiges brauchen.

Und dann kam wieder Post, diesmal ein Brief. Der Baron leitete ihn ein. Es läge schon hoher Schnee, und wenn die Wölfe wegblieben, verspräche das einer der stillsten und gemütlichsten Winter seit langem zu werden. «Wirklich ein Jammer, Herr Doktor, daß Sie sich zu Sylvester nicht freimachen können.»

«Wölfe –!» rief ich; «denk doch bloß mal –: richtige Wölfe!»

«Hm», machte Vater.

Wir vertieften uns wieder in den Brief. Zuerst mal sahen wir nach, ob die Großmutter des Barons diesmal nicht vielleicht doch mit unterschrieben hätte; aber nein, sie fehlte auch jetzt. Um so ausführlicher hatten die anderen geschrieben; wir erfuhren aus diesem Brief mehr, als der gewissenhafteste Detektiv uns hätte mitteilen können. Der Oberst, zum Beispiel, klagte über sein Herz; er hätte sich 1917 über den rüden Ton im Casino zu sehr aufregen müssen, deshalb wäre er damals auch um seinen Abschied eingekommen und trüge sich nun mit dem Gedanken, ein neues Insektenpulver in den Handel zu bringen. Für Graf Stanislav, Vaters besonderen Freund, gab es, außer Rilke-Gedichte zu lesen, jetzt nichts Schöneres, als frühmorgens, im noch dämmrigen Eßzimmer, beim Schein eines Hindenburglichts, ein weichgekochtes Ei zu verzehren und dabei dem Raspeln des Holzwurms zu lauschen. Rochus Felgentreu, der bekannte, Studienrat gewesen zu sein und in Biologie unterrichtet zu haben, bevor er mit Herdmuthe Schulz, seiner Lieblingsschülerin, zusammen, auf einem Ausflug dem Zauber von Kalünz erlegen wäre, Rochus Felgentreu ließ sich des langen und breiten über den Eisvogel aus, den er (natürlich mit Herdmuthe zusammen) täglich die Preppe, ein kleines, nicht zugefrorenes Flüßchen, entlangflitzen sähe. «Also, so was von unirdischem Blau! Ich sage Ihnen, Herr Doktor, Sie glauben, Sie träumen.» Dem Dentisten Ledinek ging es, wie nicht anders zu erwarten, um realere Dinge. Er schoß Tontauben, schlief viel, aß gut und lobte wieder die Mägde. Und was den Herrn Jankel Freindlich betraf, der sich so darauf freute, in Vater auch einen Schachpartner begrüßen zu können, der war Getreidehändler gewesen. «Aber man vergißt in Kalünz, wer man war. Eine Woche lang abends in der Küche am Herd die frischen Kienspäne zerknacken gehört, und Sie sind auf ewig gegen sich selber gefeit.»

Vaters Heimweh nach Kalünz nahm seit diesem Brief Ausmaße an, die wirklich kaum noch zu rechtfertigen waren. Daß er an jeden unserer Freunde in den folgenden Tagen einen endlos langen, überschwenglichen Extrabrief schrieb, ging immer noch. Aber *wo* er sie schrieb, war das Fatale; er schrieb sie im Dienst. Und er geizte auch nicht mit so Sätzen, daß nun, wo der neue Direktor Parteimitglied wäre, sogar das Ausstopfen eine weltanschauliche Note bekäme. «Ach», schrieb er in diesem Zusammenhang an Graf Stanislav, «was ich Sie da doch um Ihren zeitlos tickenden Holzwurm beneide!» Daß das auf die Dauer nicht gut gehen konnte, lag auf der Hand. Und es *ging* auch nicht gut.

Man trat an Vater mit dem Auftrag heran, einen im Zoo gestorbenen Adler auszustopfen; es war ein arg zerschundenes, gräßlich traurig wirkendes Tier.

Vater schluckte und sagte: «Ja, gut, den mach ich.»

Aber jetzt kam der Haken. Der Begleiter des Wärters, der den Adler gebracht hatte, packte aus seiner Aktentasche ein Schwert aus. Das, sagte er und klappte die Hacken zusammen, hätte der Adler in den Fängen zu halten.

«Tut mir leid», sagte Vater; «so einen Kitsch mache ich nicht.»

«Erlauben Sie», sagte der Herr, «dieser Adler soll im Luftfahrtministerium Aufstellung finden.»

«Wegen mir soll er ein Staatsbegräbnis kriegen», sagte Vater.

Darauf machte der Herr schweigend kehrt und ging zum Direktor.

Der wollte es erst noch mal ganz genau wissen. Womit Vater seine Weigerung denn begründete.

Vater richtete sich etwas auf, seine Schnurrbartenden zitterten leicht. «Ich kann das mit meiner naturwissenschaftlichen Überzeugung nicht vereinbaren.»

«Aha», sagte der Direktor gedehnt, «*so* nennt man das jetzt.»

Anderthalb Minuten später war Vater entlassen. Es war der siebenundzwanzigste Dezember; die Spree führte Eisschollen; dünner bleifarbener Schnee lag auf der Kuppel des Doms, und vom Lustgarten, wo noch Weihnachtsmarkt war, wehten Drehorgelmärsche, Johlen und Schreien und das blecherne Schnappen der Luftgewehrbolzen herüber. Vater summte ‚Freiheit, die ich meine, die mein Herz erfüllt' und kickte hin und wieder einen gefrorenen Pferdeapfel vor sich her.

«Übertreibe nicht», sagte ich.

Und richtig; zu Hause winkte uns die Portiersfrau zu sich herein. Zwei Männer warteten oben auf uns, sie hätten Ledermäntel an und –

«Ledermäntel –?» unterbrach Vater sie erregt; «Ledermäntel genügt. Los, Bruno, ab!»

Wir brauchten etwa anderthalb Tage, dann hatten wir uns das Fahrgeld nach Kalünz zusammengepumpt. Auch den Briefträger fingen wir noch mal ab; er hatte wieder einen Brief mit dem Neidenburger Stempel für uns, doch wir getrauten uns nicht, ihn zu lesen, wir wollten erst in Sicherheit sein. Da Vater den Mann noch von früher her kannte, konnte man ihn bitten, in Zukunft alle Post an uns zu verbrennen; darauf gaben wir noch ein Telegramm an den Baron auf, daß wir uns nun doch hätten freimachen können und gingen zum Bahnhof.

Der Zug stand schon da. Wir stiegen in ein dunkles Abteil und beobachteten den Bahnsteig. Zum Glück war nicht sehr viel Betrieb; nur ein paar bepackte Soldaten und betrunkene Arbeitsdienstmänner stiegen irgendwo ein.

Um zweiundzwanzig Uhr zehn fuhren wir ab. Überall in den Häusern brannten die Weihnachtsbaumkerzen noch mal, und als Vater das Fenster aufmachte, waren vom Alexanderplatz rüber auch die Glocken der Georgen-Kirche zu hören. Uns war plötzlich ganz verloren zumut. Wir merkten erst jetzt, daß wir eigentlich gar nichts gegen Berlin hatten. Es war wie mit Frieda mit ihm; beide liebten wir, aber beide waren sie uns auch untreu geworden: Frieda mit den Roten, Berlin mit den Braunen.

Vater zog fröstelnd wieder das Fenster hoch. «Das Beste, man schläft.»

Wir versuchten es auch; doch es gelang uns erst sehr früh am Morgen, und dann kam gleich Stargard, wo wir umsteigen mußten. Die frostige Luft machte munter, und jetzt waren uns unsere Freunde auf einmal wieder so nah, daß wir ein paarmal richtig Herzweh bekamen, als wir auf der Weiterfahrt anfingen, von ihnen zu reden. Draußen lag alles dick voll Schnee. In den Eisblumen am Abteilfensterrand brach sich silbern die Sonne, sie sah abgegriffen und nackt aus. Wir spielten unser Beschreibespiel noch einmal. Es war sehr viel länger geworden inzwischen, denn wir bezogen neuerdings nicht nur das Aussehen sondern auch das Wesen und die Vergangenheit unserer Freunde mit ein.

Auf irgendeinem winzigen Bahnhof mußten wir nochmal in eine Kleinbahn umsteigen. Wir waren die einzigen im Zug; sein Lokomotivchen schob den kreischenden Schneepflug nur für uns vor sich her, und alle paar hundert Meter ruckte das Bähnchen zurück, weil es bei größeren Schneeverwehungen erst Anlauf nehmen mußte. In diesem Geruckel fiel uns auch endlich der Brief wieder ein. Er schien von jemand Neuem zu sein. «Swertla Czibulka, Schweinemeisterin auf Kalünz», stand als Absender drauf. Drin allerdings lag ein anderer Brief. Man konnte ihn kaum noch lesen, so zerknüllt war er, und auch große

Fettflecke wies er auf und wütend durchgestrichene Stellen. Sie hatten Vater wieder alle zusammen geschrieben; alle, außer dem Baron. Es war jedoch nicht mehr viel von jedem übriggeblieben. Alles, was zum Beispiel von Herrn Jankel Freindlich noch dastand, war dies: «... dauernden Drohungen, daß im neuen Jahr Schluß mit der Gastfreundschaft wäre, machen einen ganz...» Und in Rochus Felgentreus Schrift gar war nur noch zu lesen: «... strengstem Vertrauen und ohne sein Wissen.» Graf Stanislavs Absatz war ein lila Tintengewölk, während man vom Oberst eben noch lesen konnte: «... und nannte uns alle Schmarotzer.» Aufklärung gab erst, was unter einem Wust zorniger Striche noch vom Dentisten Ledinek da war. «... hat die alte Scharteke», buchstabierten wir mühsam, «wie zu jedem Sylvester, so auch diesmal wieder, den Rappel gekriegt, ein neues Leben beginnen zu wollen. ‚Ein neues Leben!' Ihr müßtet sie sehen...»

«Großer Gott», stöhnte Vater; «ahnst du, um wen es hier geht?»

Ich nickte erschlagen.

Als Vater den Brief wieder einstecken wollte, fiel noch ein Zettel heraus. «Einliegendes», stand in einer krakligen Kinderschrift drauf, «hat die Alte dem Stubenmädchen weggenommen und in die Abfalltonne geschmissen. Bestens grüßend Swertla Czibulka, Schweinemeisterin auf Kalünz.»

Den Rest der Fahrt legten wir schweigend zurück. Es hatte angefangen zu schneien. Ein eisiger Wind zischte durch die Fensterritzen herein, und allmählich wurde das Schneetreiben draußen so dicht, daß man kaum noch den Himmel erkannte. Plötzlich gab es einen harten und endgültigen Ruck, und aus dem gedämpften Knirschen vorn konnte man schließen, daß der Schneepflug umgekippt war. Der Zugführer bestätigte es mit einem traurigen Pfiff. Wir kämpften uns zu ihm durch, und er rief von der Lokomotive herunter, was wir jetzt lieber wollten: uns aufwärmen bei ihm oder laufen.

Vater entschied sich für Laufen.

Es war Ostwind und nichts zu sehen als mauerdick gegen uns anbrandender Schnee, und hin und wieder die Andeutung eines Telefonmastes.

«Wäre es nicht besser gewesen», schrie ich zu Vater, der gebeugt vor mir herstapfte, rauf, «du hättest dem Adler *doch* das Schwert zum Halten gegeben?!»

«Schweig!» schrie Vater zurück.

Nach etwa zweieinhalb Stunden tauchte ein Schild vor uns auf.

«Der Bahnhof!» rief Vater.

Wenn eine rostige Blechtafel, die für eine längst ausgestorbene Nähseide Reklame machte und eine eingeschneite Milchkanne einen Bahnhof ergaben, dann stimmte das auch. Es war inzwischen dunkel geworden, und der Sturm und das Schneegestöber hatten sich noch ein bißchen verstärkt. Wir lehnten uns erst mal an eine Schneewehe an und versuchten, uns die Hände zu wärmen.

«Man kriegt eben im Leben nicht gleich *alles* geschenkt!» schrie Vater mir tröstend ins Ohr.

Ich wollte gerade fragen, was es uns denn schon groß geschenkt hätte, da ruckte die Schneewehe an, und eine pelzvermummte Gestalt arbeitete sich keuchend heraus. «Brrrrrrrrr!» schrie sie, «brrrrrr doch, ihr Zossen!»

Jetzt rutschte auch vorn die Schneedecke weg, und zwei dampfende Pferdekruppen waren zu sehen.

«Kalünz –?!» rief Vater ungläubig.

«Wer sonst?!» schrie der Kutscher zurück. Er kam vom Schlitten herunter und tippte mit dem Peitschenstiel an seine Mütze. Er wäre Bradek. Er schraubte eine Thermosflasche auf und hielt sie uns hin; sie war heiß und mit dem feurigsten Rum meines Lebens gefüllt. «Gruß vom Baron!» schrie Bradek, während wir tranken. Dann packte er uns in Decken und Felle, und es ging los.

Wir hatten uns schon oft ausgemalt, wie eine Schlittenpartie sein müßte, aber daß sie so wunderbar wäre, hatten wir doch nicht gedacht. Die Pferde liefen einen lautlosen

Trab. Wir waren aus dem Sturm jetzt heraus, nur der Schnee stob uns noch weich in die Gesichter, und durch das ziehende Knirschen der Schlittenkufen hindurch waren spröde und streng die Glöckchen zu hören, die den Pferden am Stirnhalfter hingen.

Vater war vor Begeisterung richtig geschwätzig geworden. Wie es denn so aussähe in Kalünz; doch hoffentlich alles wohlauf? Hätte der Oberst noch so mit seinem Herzen zu tun? Und es stimmte doch, ja, daß dieser Winter verspräche, ruhig und gemütlich zu werden?

Bradek schien nicht viel Lust zum Reden zu haben. Er brummelte nur und alles, was man aus ihm herausbekam, war, er nahm dem Baron die Schweinezucht übel.

«Und *sie* –?» fragte ich atemlos; «was ist mit *ihr*?»

«Mit der Alten –?» Bradek spuckte unwirsch einen Kautabakpriem in den Fahrtwind; «nu, was wohl.» Darauf biß er sich mürrisch einen neuen Tabakpriem ab und hüllte sich schmatzend in Schweigen.

Nach einer Stunde etwa ließ das Schneetreiben nach, die Pferde wieherten auf, und man konnte ein Licht vor uns erkennen.

«Kalünz», sagte Bradek und deutete mit dem Peitschenstiel rüber.

Vater richtete sich ungewohnt straff auf. «Danke», sagte er laut, allerdings mehr in den graulastenden Schneehimmel rauf, als zu Bradek.

Auch die Preppe war jetzt zu sehen; emsig gluckernd kroch sie in zahllosen Windungen neben uns her. Dreimal waren hochgewölbte Holzbrücken nötig gewesen, um mit ihr fertig zu werden; und dann, an einer frostglitzernden Wassermühle vorbei, bogen wir ein auf den Hof, und das Gutshaus lag vor uns.

Es sah genauso aus, wie wir es uns, von der Ansichtspostkarte her, eingeprägt hatten: flach, langgezogen, heruntergekommen, und mit einer zerfallenen Freitreppe davor –: ein riesiger, stark aus dem Leim gegangener Schuhkarton. Die Stallungen lagen alle ziemlich weit ab, man hatte den Eindruck, daß das Gutshaus nichts mit ihnen zu tun haben wollte. Dabei sah besonders der Schweinestall sehr viel vorteilhafter aus. Aber es war merkwürdig, unsere Enttäuschung war weg; im Gegenteil, uns war plötzlich zumut, als hätten wir bisher noch nirgendwo vernünftig gewohnt und wären erst hier zum ersten Mal richtig nach Hause gekommen.

Das erleuchtete Fenster warf ein großes gelbes Lichtviereck auf den Schnee; wir gingen auf Zehenspitzen um es herum und starrten mit angehaltenem Atem durch die kristallen funkelnde Scheibe hinein.

«Sag, daß es wahr ist», flüsterte Vater.

«Es ist wahr», sagte ich.

Es war die Küche. Auf einem narbigen, mehlbestäubten Tisch walkte die Köchin Teigfladen aus. Graf Stanislav – nur *er* konnte es sich leisten, eine Rüschenschürze über seinem abgewetzten dunklen Anzug zu tragen, ohne lächerlich zu wirken – stach mit einer Sternform die Plätzchen heraus, und Herdmuthe Schulz, einen Holzlöffel durch die rechte Haarschnecke geschoben, bestreute die fertigen Sterne aus einer blumenverzierten Büchse mit Zimt. Rochus Felgentreu, noch die sanft wehenden Flaumfedern des fetten Vogels im Vollbart, sengte versonnen über dem flackernden Herdfeuer einen Kapaun, und in einer holzgetäfelten Nische saßen unter der blakenden Petroleumlampe der Oberst und Herr Jankel Freindlich beim Schach. Jeder war sofort zu erkennen. Lediglich Rochus Felgentreus Glasauge und seinen nußbraunen Vollbart hatten wir nicht voraussehen können.

Wir warteten, bis unser Herzklopfen etwas nachzulassen begann, dann gingen wir rein.

Der Empfang war unbeschreiblich; es war, als kehrten zwei verlorene Söhne in den Schoß ihrer Familie zurück. Herrn Jankel Freindlich beschlug ständig der Zwicker, und Graf Stanislav umarmte Vater sogar. Rochus Felgentreu verordnete uns gleich einen Grog; er war so steif, daß wir ganz sentimental wurden, als wir ihn ausgetrunken hatten; wir starrten nur dauernd die Tischplatte an, um uns unsere Rührung nicht merken zu lassen.

Unsere Freunde saßen alle lächelnd um uns herum und feuerten Herdmuthe und die Köchin an, sich mit dem Essen doch etwas mehr zu beeilen. Es gab erst Bratkartoffeln mit Rührei und Speck, darauf Leberwurstbrote und heiße, honiggesüßte Milch, und wir tranken und aßen und schlangen, daß ich manchmal kaum noch Luft holen konnte dazwischen, denn wir hatten schon seit Tagen nichts Vernünftiges mehr gegessen.

«Was ich fragen wollte», sagte der kleine Herr Jankel Freindlich da plötzlich: «wie sieht es eigentlich so aus in der Welt?»

Einen Augenblick lang war es so still in der Küche, daß man in einem der Zimmer deutlich das metallene Ticken einer Standuhr hören konnte.

Vater legte die angebissene Leberwurststulle langsam wieder auf den Teller zurück; man merkte ihm an, die Spannung in den Gesichtern ringsum kam ihm ein bißchen unheimlich vor. «Ja, aber halten Sie sich denn keine Zeitung?»

«Bloß ein Fachblatt des Schweinezüchterverbandes Posen-Westpreußen», sagte Rochus Felgentreu und ließ verbittert sein Glasauge blitzen.

«Und Radio?» fragte ich.

«Vor einem Jahr ungefähr», sagte Graf Stanislav, «schaffte sich im Gesindehaus drüben jemand eins an. Vierundzwanzig Stunden darauf war er entlassen.»

«Von wem geht das aus», fragte Vater; «von ihr oder von ihm?»

«Von ihm natürlich; doch logisch.» Die blaugeäderten Ohren des Oberst zuckten empört. «Die Weltgeschichte verschweigen –! Eine Schande ist das.»

Vater wiegte bedenklich den Kopf hin und her und begann lustlos, wieder zu essen. «Wo steckt er jetzt eigentlich?»

«Hab ihm vorhin sein Knäckebrot und das Mineralwasser raufgebracht», sagte die Köchin; «'s war wie immer mit ihm.»

«Wie immer –?» fragte Vater.

«Wie immer», nickte die Köchin: «lag gestiefelt und gespornt auf der Couch und sah an die Decke.»

«Hm», machte Vater.

Wir blieben ziemlich lange auf, diese Nacht; es war zu gemütlich, um schlafen zu gehen, und wir hofften auch dauernd, der Baron käme vielleicht *doch* noch mal runter. Er kam aber nicht. Statt dessen gellte, so gegen Mitternacht etwa, eine handgeschwungene Glocke durchs Haus und kurz darauf kam, mit schlafverquollenem Gesicht und eine Brennschere schwingend, das Stubenmädchen in die Küche gestürzt.

«Glut!» keuchte es, «Glut! Sie will sich eine Stirnlocke brennen!»

Vater und ich sahen uns an.

«Das kann gut werden Sylvester», sagte Graf Stanislav seufzend und drückte mit dem Goldrücken seines Rilke-Bandes eine Küchenschabe tot, die angeregt zwischen den Zimtsternen umhergeirrt war; «jetzt fängt sie sogar einen Tag vorher schon an, sich auf neu zu frisieren.»

«Auf neu –?» sagte Rochus Felgentreu; «ich hör immer auf neu.»

Wir benutzten die beklemmende Pause hierauf, um Gute Nacht zu sagen und ließen uns von der Köchin zwei Wärmflaschen geben und unser Zimmer beschreiben; es lag in der Oberetage.

Wir schlichen eben die Treppe rauf, da schwang vor uns knarrend eine Stubentür auf, und in der gespenstisch wabernden Helle dahinter saß dürr und zerbrechlich eine uralte Dame vorm Spiegel, die sich konzentriert die Augendeckel betupfte. Vater war so geistesgegenwärtig, die Tür lautlos wieder zu schließen; aber wohl doch nicht lautlos genug, denn wir hatten kaum unser Zimmer betreten, da schrillte schon wieder die Glocke durchs Haus.

«Großer Gott», sagte ich, «geht auf die hundert und sitzt noch vorm Spiegel!»

Vater nickte. «Eine mutige Frau.»

«Das fehlt», sagte ich; «jetzt bewunderst du sie vielleicht auch noch, ja?»

«Werde so alt wie sie», sagte Vater, «und dann stell mir diese Frage noch mal.»

Ich hing schnatternd meinen Mantel über den Stuhl, es hatte mich doch ziemlich mitgenommen. «Soviel steht jedenfalls fest», sagte ich nachher im Bett, «das könnte ein Paradies sein hier, wenn es die alte Dame nicht gäbe.»

«Es hat auch im Paradies einen Haken gegeben», sagte Vater und zog sich das Deckbett unter das Kinn.

Aber keinen derart verrosteten, dachte ich. «Und was ist mit *ihm*?» fragte ich dann.

Vater blies, um Zeit zu gewinnen, zögernd die Luft durch die Nase. «Eine Frage, die mich mehr als jede andere beschäftigt.»

«Geht's dir wie mir», sagte ich.

Wir waren eben etwas eingedröselt, da klopfte es.

«Jetzt bin ich gespannt», sagte Vater.

Es war Herr Jankel Freindlich, der eintrat. Er war schon im Pyjama und hatte sich seinen Ulster um die Schultern gelegt. Vater möchte entschuldigen, sagte er und machte eine so ungeschickte Verbeugung, daß er mit der Kerze fast den schwarzen Faden angesengt hätte, der von seinem Zwicker herabhing; aber es hätte ihm einfach keine Ruhe gelassen.

Vater erhob sich fröstelnd und verbeugte sich auch. «Keine Ruhe –? Offengestanden –»

«Doch, doch», sagte Herr Jankel Freindlich hastig, «Sie hatten ganz recht.»

«Bitte entschuldigen Sie», sagte Vater: «aber womit?»

«Damit, die Kalünzer Gesetze zu achten.»

Vater dachte angestrengt nach. «Ach so! Weil ich Ihnen nichts vom sogenannten Weltgeschehen erzählt habe?»

«Jawohl», sagte Herr Jankel Freindlich und hatte auf

einmal eine ganz ausgeleierte Grammophonstimme; «man verliert nur seine Ruhe davon.»

«Wenn ich Ihnen die jetzt bloß nicht schon durch meine Briefe kaputtgemacht habe», sagte Vater besorgt.

«Wie denn –?» Herr Jankel Freindlich hatte schon wieder seine eigene Stimme; «der Baron hat ja alles Zeitbezogene rausgestrichen.»

«Was denn –: er zensiert Ihre Post?!»

«Zensieren ist vielleicht nicht ganz das richtige Wort. Sagen wir –: er gibt auf uns acht.»

Vater trat interessiert einen Schritt näher; seine Wärmflasche, die er sich gegen die Brust gepreßt hatte, gluckerte leise. «Und *Sie*?»

«Wir –?» Herr Jankel Freindlich kehrte mit hochgezogenen Schultern die Handflächen nach außen; «wir haben uns damit abgefun– äh, einverstanden erklärt», verbesserte er sich schnell. Er verbeugte sich wieder. «Nochmals, Herr Doktor: entschuldigen Sie.»

«Aber ich bitte Sie», sagte Vater und begleitete ihn raus auf den Flur, wo die Kerzenflamme plötzlich wie wild zu flackern begann und Vaters und Herrn Jankel Freindlichs Schatten verzerrt miteinander vermengte, «das kann doch passieren.»

«Herzlichen Dank. Gute Nacht.»

«Gute Nacht», sagte Vater; «schlafen Sie wohl.»

«Ich will es versuchen», sagte Herr Jankel Freindlich.

*Wir* versuchten es auch; doch es gelang uns nicht recht, wir waren zu aufgeregt, so kurz vor Sylvester; schließlich ging das Jahr Achtunddreißig nur einmal zu Ende; und dann krähten auch, weil Mondschein war und der Schnee so leuchtete, die ganze Nacht durch die Hähne.

Gegen fünf hörten wir es in der Küche rumoren; wir zogen uns an und schlichen auf Strümpfen hinunter.

Eine winzige Frauensperson war gerade dabei, die Abfalltonne zu leeren. Sie hatte eine dick wattierte Steppjacke an und war bis zur Nasenspitze in ein gewaltiges, vor der Brust zusammengeknotetes Fransentuch eingemummt, das nur die brettsteif wegstehenden Ärmel freiließ; ihre nackten, blaugefrorenen Beine steckten in verwitterten Harmonikaschaftstiefeln.

«Swertla», flüsterte ich; «wetten?»

«Guten Morgen, Fräulein Czibulka», sagte Vater da auch bereits; «und schönen Dank übrigens noch für den Brief. Sie haben uns mit ihm –»

Den Rest konnte Vater sich sparen; Swertla stieß die Tür auf und rannte mit schwappenden Eimern und linkisch einwärts gedrehten Schuhspitzen über den Hof.

«Merkwürdiges Wesen», sagte Vater kopfschüttelnd; «doch fast noch ein Kind. Daß so was schon Schweinemeisterin ist –!»

Wir setzten uns vor das Feuer und wärmten uns auf und warteten, ob vielleicht von den anderen schon jemand käme. Aber es war wohl noch etwas zu früh.

«Man könnte sich ja mal die ausgestopften Tiere ansehen, die du ihm ganzmachen sollst», schlug ich vor.

Vater fand, das wäre eine gute Idee; und wir schlichen auf Strümpfen ins Eßzimmer rüber. Hier hatte Swertla auch schon geheizt. Der Mond war inzwischen um das Gutshaus herumgewandert und schien nun blau und kalt durch die eisfunkelnden Scheiben ins Zimmer. Auf dem Tisch lag Graf Stanislavs Rilke-Band; der Goldrücken glänzte stumpf, und der Fleck, der gestern abend eine Küchenschabe gewesen war, war noch deutlich auf ihm zu erkennen. Rechts hing der Elchkopf. Vater sah gleich nach, ob die Glasaugen nicht vielleicht nach innen gerutscht wären; aber nein, die Augenhöhlen des Kopfs waren leer.

Die übrigen Wände des Zimmers waren dicht mit ausgestopften Vögeln bedeckt, sie befanden sich, ebenso wie der Elchkopf, in einem erbarmungswerten Zustand.

Vater war sehr vergnügt. «Dafür brauchen wir Monate; bis dahin kann sich wieder eine Menge geändert haben zu Hause.»

«*Wo?*» fragte ich.

«In Berlin», verbesserte Vater sich schnell.

Im angrenzenden Herrenzimmer, in das man durch eine Schiebetür trat, geriet er vollends in Verzückung. Die ausgestopften Tiere dort an den Wänden waren derart verwahrlost, daß man bei den meisten kaum noch erkannte, was sie darstellen sollten.

«Harte, aber rechtschaffene Arbeit», sagte Vater und rieb sich die Hände.

«Das freut mich», sagte da aus dem Dunkel heraus eine schleppende Stimme.

Es war der Baron. Er saß, die gestiefelten Beine auf den Schreibtisch gelegt, in einem der Wachstuchsessel und behauchte sich im Mondschein die Nägel.

Vater war längst nicht so erschrocken vor ihm wie ich. Er wünschte ihm Guten Morgen und entschuldigte sich, daß wir auf Strümpfen wären, wir hätten keinen Lärm machen wollen.

Der Baron bat uns, Platz zu nehmen. Er litte nämlich in neuerer Zeit an Schlaflosigkeit.

Wie gut er ihn da verstehen könnte, sagte Vater.

Sie schwiegen schon wieder, und ich lauschte schläfrig auf das metallene Standuhrticken im Raum, und man spürte, wie froh der Baron war, daß wir von seiner Einladung Gebrauch gemacht hatten.

Ob wir Lust hätten, uns seine Schweine mal anzusehen, fragte er plötzlich.

«Nichts lieber», sagte Vater.

Der Baron wartete in der Küche, bis wir unsere Schuhe angezogen hatten, dann warf er sich seine Joppe über, setzte den Lodenhut auf, und wir gingen zum Schweinestall rüber.

Es waren wirklich die merkwürdigsten Schweine, die wir jemals gesehen hatten. Alle pechschwarz; einige ältere spielten unter dem sachlich-kahlen Glühbirnenlicht sogar in ein stählernes Blau.

«Und alle selber gezogen!» rief der Baron durch das betäubende Quieken, das die Schweine zu seiner Begrüßung angestimmt hatten, Vater ins Ohr.

«Toll!» schrie Vater zurück.

Toller fast noch, fand ich, war aber die Sauberkeit in den Buchten. Überall frisches Stroh, und auch die Tiere selber waren blitzblank; sicher wurden sie mehrmals in der Woche gewaschen; was bestimmt etwas heißen wollte, denn es gab immerhin reichlich an die hundert Seelen im Stall.

Im Mittelgang tauchte jetzt eine kleine, unförmig vermummte Gestalt auf. Sie balancierte ein Trageholz über der Schulter, an dem zwei Eimer wippten, die mit dampfenden Stampfkartoffeln angefüllt waren. Die Schweine sangen beinah, als sie sie erblickten.

«Die gute kleine Swertla!» schrie der Baron Vater ins Ohr; «wenn ich sie nicht hätte –!» Er sah auf einmal ganz träumerisch aus.

«Soll das heißen», rief Vater, «sie macht Ihnen hier alles allein?!»

«Alles!» schrie der Baron.

Wir sahen uns ungläubig um; es war nicht nur eine Leistung, es war ein Wunder.

Nun hatte Swertla den Baron erblickt. Es war, als hätte sie plötzlich zwei linke Hände und Füße bekommen: die Eimer schlugen ihr gegen die Knie, sie trat sich auf die einwärts weisenden Schuhspitzen beim Laufen, und auf einmal schlug sie sich kichernd ihre roten Kinderhände vor das Gesicht, ließ das Trageholz fallen und war auch schon hinten, am Ende des Ganges, in ihrer Kammer verschwunden.

Unwillig hob der Baron die farblosen Brauen. «Immer dasselbe. Meinen Sie, ich hätte ihr schon mal sagen können, wie zufrieden ich mit ihr bin? –: Nie.»

Vater wirkte plötzlich seltsam erleichtert. Bestimmt, sagte er, während wir wieder in die Kälte raustraten, wüßte Swertla auch so, daß man zufrieden wäre mit ihr.

«Mag sein», sagte der Baron; «aber es gibt so wenig

Anlaß zur Dankbarkeit, daß es an Sünde grenzt, sie für sich behalten zu müssen.»

Vater schwieg und sah zum Himmel empor, dessen nächtliches Blau sich langsam zu lichten begann.

Von den Ställen kam Bradek mit einem gesattelten Reitpferd herüber. Fünf Meter vor dem Baron blieb er stehen, nahm mürrisch die Mütze vom Kopf und ließ das Pferd allein weitergehen.

Der Baron zog seine Reitgerte aus dem Stiefelschaft und stieg auf. «Bis nachher.» Er tippte an seine Lodenhutkrempe, und aus einer windhosenhaft aufstiebenden Schneefontäne hervor, ritt er gestreckten Galopps zum Hoftor hinaus.

Vater blickte ihm stirnrunzelnd nach. Wieso Bradek ihm nicht beim Aufsteigen geholfen hätte.

«Weil er mit uns Gutsarbeitern nichts zu tun haben will», sagte Bradek, als hätte er nur auf diese Frage gewartet; «weil er hochnäsig ist.»

«Einsam ist er», sagte Vater gereizt; «aber das versteht hier wohl niemand.»

Bradek spuckte geringschätzig einen Kautabakstrahl in den Schnee. «Na, ist es vielleicht *unsere* Schuld, daß er, statt sich um seine Gäste zu kümmern, dauernd bei diesen Unglücksschweinen da rumgluckt?!»

«Unglücksschweinen –?» fragte Vater; «wie meinen Sie das?»

«Na, doch klar», sagte Bradek: «weiße Schweine bringen Glück; da müssen schwarze doch Unglück bringen. Oder –?» Er sah uns besserwisserisch an.

«Gehört aber eine ganz schöne Portion Aberglaube dazu», sagte ich.

«Pironje», sagte Bradek erbost, «was glaubt ihr denn, warum Kalünz so runtergewirtschaftet ist, hm?»

Vater legte vermittelnd den Kopf schief. «Kartoffeln und Korn liegen nicht jedem; es muß auch die Schweinezucht geben.»

«Nichts gegen Zucht», sagte Bradek; «aber er verkauft

die Satansbraten ja nicht. Der hängt doch genauso an denen, wie sein Großvater schon. Na, und was *der* gemacht hat, das wißt ihr doch wohl.»

«Nein», sagte ich; «was denn?»

«Erst Konkurs, und dann Schluß.» Bradek biß sich heftig einen neuen Tabakpriem ab und begann wütend auf ihm zu kauen. «Einfach in der Jagdhütte am Kaminsims gehangen. Patent, was?»

Vater klappte sich fröstelnd den Jackettkragen hoch. «Wo ist er eigentlich eben hingeritten?»

«Wer –?» fragte Bradek verblüfft.

«Na, der Baron», sagte ich.

Bradeks Mund fiel wieder zu. «Ach so. Nachsehen, ob er Wolfsfährten findet.»

Vater nagte einen Augenblick abwesend auf seinen vereisten Schnurrbartenden herum. «Und findet er welche –?»

«Wär dumm», sagte Bradek.

Schweigend gingen wir wieder ins Gutshaus. Es war noch schummrig, als wir ins Eßzimmer traten. Aber außer dem Dentisten Ledinek, der uns ja schon aus seinen brieflichen Hinweisen als Vielschläfer bekannt war, hatten sich bereits alle um den Eßtisch versammelt.

Vater wollte gleich überschwenglich herumgehen und jedem die Hand schütteln; ich hielt ihn gerade noch rechtzeitig zurück, und da merkte auch er es: Es lag etwas in der Luft.

Herdmuthe reichte uns zwar gleich die Butter und die Marmelade herüber, und Graf Stanislav las, gedankenlos eine frisch geröstete Weißbrotscheibe zerbröselnd, im Schein eines Hindenburglichts in seinem Rilke-Band, den er vor sich gegen die Zuckerdose gelehnt hatte; doch das täuschte nicht über den angespannten Gesichtsausdruck unserer Freunde hinweg; sie schienen auf etwas zu warten. Der Oberst unterbrach sogar mehrmals sein Gespräch über Schädlingsbekämpfung, in das er den unruhig auf seinem Stuhl herumruckelnden Herrn Jankel Freindlich verwickelt hatte, und hob angestrengt lauschend den Kopf; und Rochus Felgentreu gar hatte die rechte Faust um den Serviettenring, die linke um den Eierbecher geballt und starrte nur, mechanisch beim Kauen seinen Vollbart bewegend, den Tischtuchsaum an. Dabei war es eigentlich urgemütlich im Zimmer, genauso, wie wir es uns ausgemalt hatten. Die Holzwürmer raspelten in dem alten Gestühl, der Duft der harzigen Kienscheite im Ofen vermischte sich mit dem Kaffeegeruch, und in den ewig wachen Augen der ausgestopften Vögel ringsum spiegelte sich, etwa verachtzigfacht, das Flämmchen von Graf Stanislavs Hindenburglicht.

Plötzlich schrillte oben die Glocke.

«Da –!» sagte Graf Stanislav und schlug seinen Rilke-Band zu, «was hab ich gesagt: nicht mal zum Frühstück haben wir Ruhe!»

«Ruhig, Mann, ruhig –» Rochus Felgentreus natürliches Auge blickte konzentriert vor sich hin, während sein künstliches gelangweilt aus dem Fenster sah, wo hinter dem abgestorbenen Birnbaum jetzt langsam, zum letzten Mal in diesem Jahr, eine kraftlose Sonne aufstieg.

«Sie läuft hin und her!» sagte Herdmuthe, die, wohl um besser lauschen zu können, eine ihrer Haarschnecken aufgelöst hatte, und lehnte sich offenen Mundes zurück: «sie packt!»

«Gebe Gott», sagte der Oberst, «sie macht wieder so eine Schlittenpartie wie letztes Sylvester; dann sind wir sie wenigstens den *halben* Tag los.»

«Schritte –!» flüsterte Herr Jankel Freindlich da; «still!»

Es war aber nur die Köchin, die reinkam; sie wollte gern wissen, wer heute abend für gefüllte, und wer für ungefüllte Pfannkuchen wäre.

Wir hoben entsprechend die Hand.

«Was ist los mit ihr», fragte der Oberst und wies vielsagend mit dem narbigen Daumen zur Decke empor.

«Total durchgedreht», sagte die Köchin. «Hat mal wieder all ihre Kleider probiert letzte Nacht und vielleicht so an drei dutzendmal ihre Schminke gewechselt; vom Nagellack und diesem Kram erst gar nicht zu reden.»

«Allmächtiger –!» Der Oberst lehnte sich stöhnend zurück; «das sieht nach was besonders Hartnäckigem aus.»

«Möge der Himmel uns gnädig sein», sagte Graf Stanislav und blies seufzend sein Hindenburglicht aus.

«Er möge auch *ihr* gnädig sein», sagte Vater da plötzlich in die hierauf entstandene Stille hinein.

«Verzeihung, Herr Doktor», sagte Rochus Felgentreu kühl; «wie meinen Sie das?»

Zum Glück kam in diesem Augenblick das Stubenmädchen herein und legte gähnend einen Stoß vergilbter Jagdzeitschriften auf das Klavier.

«Ist das Ihr Ernst», fragte der Oberst und griff sich ans Herz, «Sie bringen uns da tatsächlich wieder diese uralten Jahrgänge von ‚Wild und Hund' zur Lektüre?!»

Das Stubenmädchen sagte, der Baron hätte es gestern abend noch extra daran erinnert.

«Extra!» rief Rochus Felgentreu und ließ ganz unerwartet in seinem Glasauge die Morgensonne aufblitzen, «ich hör immer extra! Seit Monaten schon kriegt man hier nichts anderes als dieses stockfleckige Feld-Wald-und-Wiesengetratsch vorgesetzt, und Sie reden von extra! Vielleicht, weil heute Sylvester ist, ja?!»

«Wahrhaftig», keuchte der Oberst erschöpft, «wenigstens heute hätte er uns ein paar Zeitungen hinlegen können.»

«*Der*?!» rief Herdmuthe; «wann ist der denn schon mal auf unsere geistigen Bedürfnisse eingegangen! Der hat doch nur seine Schweine im Kopf!»

Vater schob klirrend die Tasse zurück. «Was sagt das gegen sein *Herz*?»

«Herz –», sagte Herdmuthe verächtlich, «wenn ich so was schon höre.»

«Ja», nickte Vater, «man hört es jetzt selten.»

«Um eins zu hören, muß man eins haben», sagte Herr Jankel Freindlich erregt.

Vater blickte ihn aufmerksam an. «Sie haben auch schon mal anders gesprochen.»

«Wir haben *alle* schon mal anders gesprochen», sagte Graf Stanislav seufzend.

«Ja», fiel Rochus Felgentreu ihm ins Wort, «da haben wir die Behandlung hier auf Kalünz aber auch noch für menschenwürdig gehalten.»

«Ach», machte Vater. Er schluckte. «Und wofür, Herr Felgentreu, hält man sie *jetzt?*»

Es war, als hielten plötzlich alle im Zimmer den Atem an, selbst die Holzwürmer waren auf einmal nicht mehr zu hören.

Rochus Felgentreu strähnte erhitzt seinen Bart; der knisterte drohend. «Für's Gegenteil, Doktor. Für eine Schikane.»

Ich sah an Vaters Gesicht, wie das Bild, das wir uns von unseren Freunden gemacht hatten, sich stürmisch zu trüben begann. Er mußte erst ein paarmal tief Luft holen, ehe er antworten konnte. «Ich glaube», sagte er mühsam, «Sie sollten sich schämen.»

Der Tumult, der daraufhin losbrach, war ungeheuer. *Er* mit seiner Zwölf-Stunden-Erfahrung hätte gut reden! Was wüßte denn *er* von dem Terror-Regime, das hier herrschte?! Jawohl, ein Unterdrücker wäre der Baron, ein Freiheitsbeschränker! Und das könnten sie Vater nur sagen: im neuen Jahr wäre mit des Barons Bevormundung Schluß! Er kriegte beim Mittagessen eine Resolution vorgelegt, die sich gewaschen hätte. Dann sollte Vater aber mal sehen, wie hier jemand beigeben würde! Nein, nichts zu machen, das Maß wäre jetzt voll; dieses Sylvester würde man eine Wende erzwingen; nicht mehr ‚Gehorsam', nein: ‚Freiheit' lautete fürs neue Jahr die Parole!

«Wählen Sie lieber ‚Würde' als Losung!!» rief Vater aufgebracht in den Spektakel hinein; «und bedenken Sie doch auch gefälligst, daß Sie heute nicht nur an die Wiege eines *neuen* Jahres treten sondern auch ans Totenbett eines *alten*!!»

Er hatte seinen Satz noch nicht mal beendet, da schwang plötzlich lautlos die Flurtür auf, und die alte Baronin stand auf der Schwelle. Wie mit einem Schlag war Totenstille im Raum, und als hätte jemand ein unhörbares Kommando gegeben, erhoben wir uns alle zugleich und blickten der alten Dame benommen entgegen.

Sie wirkte erschreckend und majestätisch zugleich. Ein spinnwebhaft faserndes Reiseplaid umschloß ihre weit vornübergebeugte Knochengestalt. Unter dem samtenen Rocksaum sahen ihr zwei akazienschotenartige Stiefeletten und die schwarz bezipfelten Schwänze einer mottenzerfressenen Hermelinstola hervor. Sie stützte sich schweratmend auf einen plakettenbesäten Bergsteigerstock und sah uns aus ihren violett umflorten Eulenaugen alle der Reihe nach mit unverhohlenem Widerwillen an.

Als ihr Eisesblick Vater traf, verbeugte sich der. «Guten Morgen, Hoheit.»

Sie maß ihn verächtlich. «*Sie* sind dieser Ausstopfer –?»

«Jawohl», sagte Vater. «Und dies hier ist Bruno, Hoheit, mein Sohn.»

«Auch das noch.» Ihr Eulenblick krallte sich für einen Sekundenbruchteil an meiner Nasenspitze fest. «Na, mir soll's egal sein», ächzte sie dann; «so oder so: ich fang ja *doch* ein neues Leben an heute.»

«Ein idealer Termin für einen solchen Entschluß», sagte Graf Stanislav höflich.

Die Baronin kräuselte höhnisch die Mundwinkel an. «Triumphieren Sie bloß nicht zu früh!»

«Aber, aber –!» rief Rochus Felgentreu und hob abwehrend die Hände, «wer wird denn hier von einem Triumph reden wollen, gnädige Frau.»

«*Ich*, Bester, *ich*.» Sie pochte sich mit der Krücke ihres Bergsteigerstocks vor die Brust, was ihr einen rasselnden Hustenanfall entlockte. «Und ich kann Ihnen auch verraten, warum», keuchte sie. «Ich habe dem Baron einen Brief hinterlassen; einen Brief mit einem Ultimatum darin.» Sie stieß mit Nachdruck die verrostete Eisenspitze ihres Stocks auf die Dielen: «Bis Mitternacht hat er Bedenkzeit. Entschließt er sich bis dahin nicht, Sie alle nach Hause zu schicken und mich aus der Jagdhütte wiederzuholen, betrete ich dieses vor Schmarotzern überquellende Gutshaus nie wieder. Und jetzt bitte ich, mich zum Schlitten zu bringen.»

Noch nie hatte ich vier Männer so eilfertig auf eine alte Dame zustürzen sehen; Rochus Felgentreu und der Oberst rissen sie sich fast aus den Händen.

«Erlauben Sie, Hoheit», sagte da Vater, der stehengeblieben war, «daß ich Sie aus diesem Ansturm befreie.» Er schob den Oberst mit einer knappen Entschuldigung beiseite und bot der Baronin den Arm.

Einen winzigen Augenblick lang zuckte so etwas wie Sympathie über ihr Kalkgesicht hin. «Sehr liebenswürdig.» Sie hakte sich bei ihm ein, und an dem verlegen hüstelnden Herrn Jankel Freindlich und dem betreten zu Boden blickenden Graf Stanislav vorbei, geleiteten wir die alte Dame hinaus.

Es war merkwürdig, der Gutshof sah plötzlich ganz fremd und unwirtlich aus, und ich hatte auf einmal ein Heimweh nach Berlin, daß ich glaubte, mein Herz ginge kaputt. Die Tür des Schweinestalls stand einen Spalt breit auf, und man konnte im Dunkel dahinter das vermummte Kindergesicht von Swertla erkennen; sie sah der Baronin ungerührt nach.

Bradek hatte schon angespannt. Er stand, die fünf Ergebenheitsmeter vom Schlitten entfernt, vor den Pferden und kaute mit mahlenden Kinnbacken auf seinem Tabakpriem rum.

«Hoheit –», sagte da Vater mit einem derart beschwörenden Ton in der Stimme, daß die Baronin auch wirklich aufsah zu ihm –: «bitte bleiben Sie. Kalünz verliert seine Seele mit Ihnen.»

Ihr Kopftuch war etwas verrutscht, man sah, daß sie eine Krone über der eisgrauen Stirnlocke trug; die Krone war wohl mal silbern gewesen, jetzt war sie fast schwarz.

«Bedaure.» Sie sah Vater schlafwandlerisch an, dann ließ sie ihn los und ging entschlossen zum Schlitten.

Wir folgten ihr schluckend. Jetzt kam das Stubenmädchen und brachte die Decken und Felle und die glasperlenbesetzte Reisetasche der Baronin. Zögernd half Vater der alten Dame, den Bock zu erklimmen, und das Stubenmädchen packte sie ein.

«Wirklich, Hoheit –: ich mache mir die schwersten Vorwürfe, Sie fahren zu lassen.» Vater stopfte ihr ratlos noch ein Kissen hinter die umwickelten Beine und blickte kummervoll zu ihr auf.

Doch sie hatte schon die Leine gestrafft, und ihre Eulenaugen flogen bereits den Pferden voraus. «Weg da!» rief sie heiser zu Bradek.

«Hoheit –!» Vaters Schnurrbartenden zitterten.

«Erledigt», sagte sie herrisch; «ich fahre jetzt ab.»

«Prosit Neujahr!» brüllt da plötzlich eine trompetende Stimme, und zugleich krachte ein Schuß, und die Pferde legten die Ohren an und jagten, den Schlitten hinter sich herreißend, davon.

«Hui, und weg ist sie!» rief der Dentist Ledinek lachend. Er lud sein Gewehr neu und kam strahlend und ausgeschlafen heran. «Nett, daß ihr daseid.»

Vater blickte unbewegt an der ausgestreckten Grußhand vorbei. «Tut mir leid, Ihnen das nicht wiedergeben zu können.»

«Holla –!» Der Dentist Ledinek ging, die Arme in die Hüften gestemmt, zweimal um uns herum. «Ganz hübsch», sagte er dann.

Aus dem Gutshaus traten die anderen; der Schuß schien sie wieder munter gemacht zu haben, es war keine Bestürzung mehr in ihren Gesichtern zu sehen. Wir warteten steif und betäubt, bis der Dentist Ledinek sie erreicht hatte, und sie lärmend und ihm auf die Schulter klopfend mit ihm reingegangen waren; dann holten wir unsere Mäntel und liefen schweigend ein Stück die Preppe entlang.

Wir hofften, daß wir vielleicht den Eisvogel sähen, von dem Rochus Felgentreu im vorletzten Brief so geschwärmt hatte. Aber wir sahen ihn nicht; und uns wurde auch nicht viel wohler beim Gehen, denn man durfte nicht aufblikken, die Schnee-Ebene rings war zu groß, die Augen wurden nicht fertig mit ihr.

Auf der letzten der drei hochgewölbten Holzbrücken, die über die Preppe führten, lehnten wir uns an das Geländer und sahen ins dunkel strudelnde Wasser hinab; das beruhigte ein bißchen.

«Tja –», sagte Vater nach einer Weile.

«Die Frage», sagte ich, «die Frage geht so: Ist es *wirklich* ein Tick von ihr, oder war es ihr Ernst.»

«Laß es mal einen Tick sein», sagte Vater; «wie beurteilst du dann die Haltung der anderen in diesem Punkt?»

Ich schwieg.

«Jawohl», sagte Vater, «genauso sehe ich es auch. Wir haben uns in ihnen getäuscht.»

Mich fror; ich mußte an all die netten Menschen denken, die wir in Berlin zurückgelassen hatten, an Frieda vor allem.

«Ich weiß, was du denkst», sagte Vater. «Aber wir dürfen nicht undankbar sein; es genügt, daß unsere Freunde es sind.»

«*Wer –?*» fragte ich.

«Bleibe gerecht», sagte Vater mühsam; «schließlich ist dieser Dentist nicht die Regel.»

«Aber die Ausnahme auch nicht.»

«Nein –», sagte Vater nach einer Pause. Jetzt war er es, der schwieg.

«Vielleicht», sagte ich und atmete übertrieben tief ein, «vielleicht bekommt der alten Dame die Winterluft besser, als wir vermuten.»

Vater sah starr in das um den Brückenpfosten quirlende Wasser. «Ich hab sie wegfahren lassen. Das werd ich mir ewig zum Vorwurf machen.»

«Niemand hätte sie halten können», sagte ich; «auch der Baron nicht.»

«Bruno –!» flüsterte Vater plötzlich erregt: «da unten sitzt er!»

«Um Gottes willen», sagte ich, «*wer*?!»

«Der Eisvogel», flüsterte Vater.

Atemlos beugte ich mich nach vorn. Ja, dort saß er. Er hockte gedrungen auf einem frostig glitzernden Weidenzweig und beobachtete mit seinen schwarzen Knopfaugen die Flut. Die spitze Schnabelharpune lag stoßbereit auf der rostroten Brust, und sein Rücken war von einem so diamantenen Blau, daß einem die Augen wehtaten. Es war der schönste Vogel, den ich jemals gesehen hatte; ich konnte gar nicht begreifen, wie er es in dieser Schneewüste hier aushielt. Jetzt ruckelte er sich kaum merklich zurecht, sein Hals wurde länger, und plötzlich schoß er kopfüber ins Wasser, verschwand und kam, tropfensprühend und eine winzige Ellritze im Schnabel, wieder hervor und stob tief und schnurgerade, ein blaufunkelnder Edelstein, die Preppe entlang.

«Westwärts», sagte ich schluckend; «Richtung Berlin.»

Vater stieß heftig die Luft durch die Nase. «Er hat uns was anderes klarmachen wollen.»

«Und *was* –?» fragte ich.

«Daß man's hier aushalten kann», sagte Vater.

Als wir zurückkamen, roch es im Gutshaus schon unerhört aufregend nach dem Kapaun. Es war eine richtige Sylvesterstimmung ausgebrochen inzwischen. Ich glaube, Vater irrte sich nicht, wenn er annahm, daß daran vor allem der Dentist Ledinek schuld hatte; dauernd dröhnte sein Lachen durchs Haus. Den Oberst hatte er zum Papierhelmfalten bestimmt, wozu dieser rachsüchtig die Kunstdruckbeilagen der alten Jagdzeitschriften verbrauchte. Herr Jankel Freindlich stanzte mit einem Locher aus verblichenen Löschblättern Konfetti, und in der Küche war Rochus Felgentreu summend dabei, ein endloses Bleirohr mit Hammer und Beil in löffelgroße Schmelzportionen zu zerhacken. Am weitesten waren die Sylvestervorbereitungen im Eßzimmer gediehen. Hier hatten Graf Stanislav und Herdmuthe bereits Luftschlangen über die Vogelhälse geworfen, und sogar die wackelnden Schaufeln des Elchkopfs waren geschmückt.

Vater und ich setzten uns abseits; so anregend der Kapaunbraten auch roch, uns kam diese plötzliche Betriebsamkeit, gemessen an dem Ultimatum der alten Baronin, etwas unheimlich vor.

Pünktlich um eins sprengte der Baron auf den Hof. Die Schweinestalltür ging einen Spalt breit auf, und das dick vermummte Kindergesicht von Swertla lugte heraus; sie blickte dem Baron großäugig nach.

«Natürlich –» sagte Vater verstimmt.

«Du hattest heute morgen schon was gegen sie», sagte ich; «warum eigentlich; sie ist doch eine propre Person.»

«Sie ist ein Kind», sagte Vater; «obendrein noch ein tüchtiges.»

«Ja –», sagte ich, «und –?»

Vater nagte mit zusammengezogenen Brauen an seinen Schnurrbartenden. «Ich kann mir nicht helfen, die alte Dame hat mir besser gefallen.»

«Hör mal», sagte ich, «das ist doch gar kein Vergleich.»

Jetzt kam der Baron von den Ställen herüber; er lief noch ein bißchen o-beinig vom Reiten und zog sich im Gehen die Handschuhe aus. Vater sah abwesend zu ihm hin. «Es ist in *dem* Augenblick ein Vergleich, wo man bedenkt, daß die Baronin und Swertla die einzigen ihn interessierenden Frauen hier sind.»

In diesem Moment brachte die Köchin, mit lauten «Aaaaahs –!» und heftigem Applaus überschüttet, den Kapaunbraten rein. Es war aber auch wirklich ein märchenhaft knuspriges Tier, selbst Vater bekam ganz glänzende Augen. Wir dachten erst, es würde gewartet, bis der Baron käme; aber sie setzten sich schon alle. Da setzten auch wir uns.

Rochus Felgentreu hatte als Biologe das Tranchieren übernommen.

«Nicht wahr», sagte Vater zu ihm, «das mit Ihrer Unzufriedenheitsresolution haben Sie sich jetzt doch sicher noch mal überlegt?»

«Wie kommen Sie denn darauf?» fragte Rochus Felgentreu, ohne sich im Zerteilen stören zu lassen.

Vater sagte, er dächte nur, gegen einen so sichtbaren Beweis aufrichtiger Gastfreundschaft, wie dieser Kapaun ihn hier darstellte, könnten sich ihre Beschwerden leicht ein bißchen merkwürdig ausnehmen.

«Merkwürdig», sagte der Dentist Ledinek gedehnt, «merkwürdig nimmt sich hier ganz was anderes aus.»

«Ja», sagte Vater, und sein Schnurrbart sträubte sich etwas, was nur in ganz seltenen Fällen geschah, «man kann hier Verschiedenes merkwürdig finden.»

Eine elektrisch geladene Pause entstand; nur Rochus Felgentreus Messer fuhr weiter in zärtlichen Schnitten über den Kapaunbraten hin.

«Zum Beispiel –?» Der Dentist Ledinek beugte sich aufmerksam vor.

«Zum Beispiel», sagte Vater, «die Tatsache, daß Sie alle nicht wissen, wie gut Sie's hier haben.»

«Fehlt nur noch», sagte Herr Jankel Freindlich vergrämt, «Sie weisen uns nach, wir leben hier im Paradies.»

Vater seufzte. «Gebe Gott, Sie merken's nicht erst, wenn man Sie aus ihm vertreibt.»

Als wäre das sein Stichwort gewesen, schwang hier die Flurtür auf, und der Baron trat herein. Sein birnenförmiger Kopf war noch gerötet vom Ritt, und das Büschel strohgelber Haare, das der Lodenhut herabgedrückt hatte, war noch nicht wieder aufgestanden. Er ging mit leise klirrenden Sporen zur Stirnseite des Tisches, setzte sich steif und trank mit ausdruckslos zur Decke gerichtetem Blick ein Glas Mineralwasser aus. «Gesegnete Mahlzeit», sagte er dann.

Das Essen verlief lautlos; niemand sprach. Man wußte nicht recht, hing es noch mit Vaters Bemerkung zusammen oder lag es daran, daß jeder sich auf den Kapaun konzentrierte. Der Baron aß nicht mit. Er hatte die Hände unter dem Kinn zusammengelegt, die Ellenbogen aufgestützt und sah abwesend den Elchkopf an, der staubig und luftschlangengeschmückt, von der gegenüberliegenden Wand her mit seinen leeren Augenhöhlen das Zimmer durchforschte. Hin und wieder brach der Baron sich ein Stückchen Knäckebrot ab oder nippte mal kurz an seinem Mineralwasserglas.

Vater irritierte das sehr. Obwohl man ihm anmerkte, er hätte gern noch weitergegessen, schob er schon nach kurzer Zeit energisch seinen Teller zurück und setzte sich ebenso hin wie der Baron; nur daß er nicht so abwesend wirkte sondern seinen Blick gereizt über die in ihr Essen vertiefte Tischrunde hinschweifen ließ.

Ich sah keinen Grund, auch aufzuhören; wer konnte wissen, wann man im neuen Jahr wieder einen so wundervollen Braten bekam! Und ich aß und aß, bis ich vor Durst nicht mehr konnte.

Zum Glück stellte die Köchin da gerade vor jeden ein Silberschälchen mit Wasser; es war zwar warm, doch besser als gar nichts. Ich wunderte mich, wieso auf einmal alle mich so komisch ansahen, als ich es ausgetrunken hatte; der Oberst tunkte sogar auffällig betont die Fingerspitzen in seins. Ich blickte fragend zu Vater empor; der wirkte auch ganz beklommen; ich konnte es mir gar nicht erklären.

Plötzlich goß der Baron sich einen Schluck Mineralwasser in sein dampfendes Silberschälchen, prostete mir zu und trank es in einem langen Zug aus.

Dem Oberst schoß das Blut in die Ohren. «Verzeihung», sagte Vater zu ihm. Er erhob sich und verbeugte sich vor dem Baron. Der nickte dankend zurück.

«Seltsame Sitten», sagte da Graf Stanislav und rückte vom Tisch ab.

«Seltsam –?!» Unter Rochus Felgentreus Vollbart arbeitete was; «provokatorisch würd ich das nennen.»

Jetzt hatte die Spannung sich zum Gewitter verdichtet; Herr Jankel Freindlich zog unwillkürlich den Kopf ein.

Der Baron tupfte mit dem kleinen Finger einen Knäckebrotkrümel vom Teller und betrachtete ihn interessiert. «Bitte den Nachtisch», sagte er dann.

Herdmuthe brachte ihn zitternd; es war Götterspeise, Herdmuthes Zittern übertrug sich auf sie und sprang jedem, dem sie sie anbot, im Pudding mit auf den Teller und von da auf den Löffel: wir aßen keine Speise, wir löffelten Erregung in uns hinein.

«Nein», sagte plötzlich eine heisere Stimme, der man erst gar nicht glauben wollte, daß sie Herrn Jankel Freindlich gehörte.

«Nein –?» Die farblosen Brauen des Barons stiegen langsam zur Stirnmitte empor; «nein bitte wozu.»

Das Löffelgeklapper erstarb.

«Zu dieser Behandlung», sagte Graf Stanislav mit Überwindung.

«Zu welcher?» fragte der Baron.

Der Dentist Ledinek hörte einen Augenblick auf, sich in den Zähnen zu stochern. «Na, rate mal, Vetter.»

«Ich bin nicht für Rätsel», sagte der Baron; «es gibt unerklärliche Dinge genug; wozu ihre Zahl noch vergrößern.»

«Mir aus dem Herzen», sagte Vater spontan.

Jetzt zuckte in Rochus Felgentreus künstlichem Auge der Blitz. «Schön», stieß er hervor, «dann also Klarheit.» Er holte tief Luft: «Nein und dreimal nein zu der Behandlung, die Sie uns hier seit Jahr und Tag angedeihen lassen!»

«*Vier*mal nein!» krähte der Oberst erschöpft; «und vor allem –» Er griff sich betroffen ans Herz und redete tonlos noch einen Augenblick weiter.

Der Baron zerbrach splitternd eine Knäckebrotscheibe auf seinem Teller. «Ich verstehe.»

«Bravo!» sagte der Dentist Ledinek laut.

Der Baron überhörte es. «Sie fühlen sich eingeengt.» So schleppend hatte seine Stimme noch niemals geklungen.

«Eingeengt», sagte Herr Jankel Freindlich hastig hinter seinem beschlagenen Zwicker hervor, «eingeengt, Herr Baron, ist vielleicht nicht ganz richtig; ausgeschlossen würde ich sagen.»

«Ausgeschlossen wovon?» Eine tiefe Kerbe grub sich zwischen den farblosen Brauen des Barons ein.

«Von – von –» Herr Jankel Freindlich hatte plötzlich den Faden verloren; er rutschte unruhig auf seinem Stuhl hin und her.

«Von der Welt», sagte Graf Stanislav und stieß den langen, zerbrechlichen Zeigefinger beschwörend auf seinen Rilke-Band nieder.

Hier hielt es Vater nun doch nicht mehr aus. «Welt –!» rief er zornig; «hören Sie doch endlich mit diesen verschwommenen Formulierungen auf! Welt –! Was soll denn das sein?!»

«Auf keinen Fall», sagte Rochus Felgentreu streng, «etwas, das man uns noch länger ungestraft verschweigt.»

Die anderen nickten erregt.

Der Baron sah sie unter seinen tief hängenden Lidern hervor abwesend an. «Sie wollen Kontakt. Ich verstehe.»

«Kontakt –!» Vater warf vage die Hand in die Luft. «Womit fing das Übel auf Erden denn an? Damit, daß Eva Kontakt haben wollte!»

«Lächerlich», keuchte der Oberst; «eine Zeitung hätte ihr der Herrgott sicher bewilligt.»

«Eine Zeitung –.» Die Kerbe zwischen den Brauen des Barons vertiefte sich noch. «Weiter.»

«Nehmen wir doch eine Lesemappe», schlug der Dentist Ledinek vor; «da haben wir alle was von.»

«Ein Radio», sagte Graf Stanislav, mutig gemacht, «ein Radio wäre noch besser.» Sein großes Kinn zitterte ein wenig, er sah den Baron unsicher an.

«Ich höre», sagte der. «Weiter.»

«Eventuell könnte man auch mal in der Kreisstadt ein Kino besuchen», sagte Herdmuthe zögernd.

Die Brauen des Barons sanken ermüdet wieder herab. «Weiter. Was haben Sie sonst noch zu Sylvester für Wünsche?»

«Keine mehr», sagte Rochus Felgentreu schnell und blickte betreten auf das Kapaunskelett nieder; man spürte: bei soviel Entgegenkommen war selbst ihm nicht ganz wohl. Und der Baron möchte das doch auch bitte nicht alles so wörtlich nehmen; es wäre sozusagen nur stellvertretend gemeint. Worauf es ihnen im neuen Jahr ankäme, das – das wäre ganz einfach eine – eine äh, gewisse Blickfeldbelebung.

«Die werden Sie haben.» Der Baron legte umständlich seine Serviette zusammen und erhob sich steif; «ich fürchte, sehr bald schon.»

«Sie fürchten –?!» Vater war auch aufgestanden, sein linkes Augenlid flatterte leicht. «Haben Sie etwa auf Ihrem Ritt da vorhin –» Er schluckte ein paarmal.

«Ja –», sagte der Baron; «so ist es: ich habe Wolfsfährten entdeckt.»

Sekundenlang war es so still, daß man nur die Holzwürmer hörte und das metallene Standuhrticken von nebenan.

«Großer Gott», sagte Vater dann, «– viel?»

«Unzählige.» Der Baron hielt die Mineralwasserflasche gegen das Licht, und als er sah, es war noch was drin, goß er es sich ein. «Ich habe keine Erklärung für ihre Zusammenrottung. Wölfe sind Einzelgänger, sie jagen höchstens paarweise zusammen.» Das Mineralwasserglas zitterte ein wenig, während er es zum Mund hob.

Vater sah wild die Tischrunde an. «Ja, will es dem Herrn Baron denn noch immer niemand sagen?!»

Klirrend stellte der Baron das Glas wieder zurück; sein pralles, birnenförmiges Gesicht wirkte auf einmal ganz welk. «Ist mit meiner Großmutter was –?»

Vater preßte die Lippen zusammen, er nickte stumm.

«Reden Sie!» rief der Baron.

«Sie ist zur Jagdhütte gefahren», sagte Vater mühsam und vermied es, die anderen dabei anzusehen; «wir haben versucht, was wir konnten, um sie zum Bleiben zu bewegen.»

«*Sie* haben es versucht!» würgte Herr Jankel Freindlich hervor; «von *uns* hat keiner einen Finger gekrümmt, um sie zu halten. Nein, keiner!» rief er und mußte sich, weil er so bebte, gegen die Tischkante stemmen; «ich auch nicht! *Ich* habe mit schuld, wenn ihr etwas passiert!»

«Unsinn.» Der Dentist Ledinek fuhr sich unbehaglich mit dem Zeigefinger in seinem offenen Hemdkragen herum; «wer hat denn den Schlitten bestellt: sie oder wir?»

«Ihr Gespann!» schrie da Herdmuthe, «dort kommt ihr Gespann!»

Wir sprangen auf und rannten ans Fenster. Gerade kamen die Pferde in vollem Galopp um die Tenne herum; Bradek und ein paar andere Gutsarbeiter rannten ihnen armfuchtelnd entgegen. Ein Geschirrstrang war gerissen, der leere Schlitten scherte weit nach rechts und links aus und polterte den Pferden krachend gegen die Hinterbeine dabei. Jetzt hatte Bradek sie erreicht; er warf sich ihnen entgegen und bekam auch den Zügel zu fassen. Ein Stück schleiften sie ihn noch mit, dann blieben sie dampfend und schweratmend stehen.

Der Baron war schon bei ihnen, als wir angestürzt kamen, er besah sich keuchend den losen Geschirrstrang. «Er ist nicht gerissen, er ist losgelöst worden.»

«Dann darf man hoffen», fragte Vater erregt, «Ihre Frau Großmutter hat die Jagdhütte noch wohlbehalten erreicht?!»

«Nach menschlichem Ermessen: ja.» Der Baron ging schluckend um die Pferde herum.

Die sahen aber auch böse aus. Tropfende Schaumtrauben hingen ihnen am Maul; das Perlmutt ihrer angstvoll aufgerissenen Augen war mit einem Gewirr roter geplatzter Äderchen überzogen, und bis zu den Lenden rauf wiesen die Beine krallige Kratzer und brennende Bißwunden auf.

«Bradek –», sagte der Baron.

Bradek nahm finster die Mütze ab. Er stand dichter vor dem Baron als sonst; der hinter ihm zusammengedrängte Trupp Gutsarbeiter ließ keine andere Möglichkeit zu.

«Ich muß die Baronin zurückholen; kommen Sie mit?»

Bradek starrte an dem Baron vorbei auf die Pferde, er schwieg.

«Ich kann Sie nicht zwingen», sagte der Baron.

«Nein», sagte Bradek.

Auf den Händen des Barons, die er hinter dem Rücken zusammengelegt hatte, traten für einen Augenblick, weiß und flechsig, die Knöchel hervor. «Schön», sagte er.

Mir stieg ein Würgen im Hals hoch, als ich ihn da so Bradek und den anderen Gutsarbeitern, die die Pferde wegführten, nachblicken sah. Schnell drehte ich mich zu Vater um – und da war Vater verschwunden. Ich bekam einen sehr großen Schreck; ich verstand gar nicht, wie er den Baron jetzt alleinlassen konnte; und die anderen sahen mich auch gleich wieder alle ganz merkwürdig an. Ich merkte, daß ich mich zu schämen begann.

Da kam aber der Baron schon heran. Er räusperte sich. «Vetter Hubertus –» sagte er dann.

Das schattenlose Glanzgesicht des Dentisten Ledinek wurde fahl. «Vetter Ernst –?»

«Wollen wir unsere Großmutter nicht *zusammen* nach Hause holen?»

«Warum nicht», sagte der Dentist Ledinek hastig; «bloß –: ich hab nicht mehr genug Munition.»

«Du brauchst auch keine», sagte der Baron; «man geht nicht mit Kleinkaliber auf Wölfe.»

«Aber du *hast* doch gar kein anderes Gewehr!»

«Nein», sagte der Baron, «ich hatte noch nie eins.»

Tja, also dann – Der Dentist Ledinek war auf einmal sehr daran interessiert, mit seiner Schuhspitze ein Stück

Eis loszuhacken; – dann wüßte er wirklich nicht recht.

«So», keuchte plötzlich Vater hinter mir, «da wären wir wieder. Schnell, Herr Baron, ehe die Sonne weg ist.» Er hatte sich seinen Mantel angezogen und den Schal umgebunden und hielt dem Baron dessen Joppe und den pelzgefütterten Lodenhut hin.

Einen Moment lang sah es so aus, als wollte der Baron ihn umarmen; aber das täuschte, er hatte nur die Handgelenke aus den Windjackenärmeln gereckt, um besser in die Joppe zu kommen. «Danke», sagte er dann. Darauf bat er Vater, noch eine Minute zu warten und eilte zum Schweinestall rüber.

«Natürlich –», murmelte Vater.

Der Baron hatte den Stall kaum betreten, da schrie drin gellend ein Schwein auf.

«Jetzt bin ich gespannt», sagte Vater.

Ich sah unsicher an ihm empor, seine Aufgekratztheit gefiel mir nicht recht. Aber es war auch gar keine, man merkte es seinem stärker flatternden Augenlid an.

Nun kam der Baron wieder heraus. «Das Übliche», sagte er unwillig, als er heran war: «sie lief vor mir weg.»

«Es wäre vielleicht auch kein sehr günstiger Zeitpunkt gewesen», sagte Vater betont.

Der Baron hob ein wenig die Schultern. «Wie man's nimmt. Hier –», sagte er und teilte ein Büschel blauschwarzer Schweineborsten in zwei gleichgroße Hälften, von denen er sich die eine hinter das Band seines Lodenhuts schob, «stecken Sie sich die ein, sie machen gegen eine ganze Menge immun.»

«Aha», sagte Vater, «*daher* der Schrei.» Er zog die Brieftasche und legte die Borsten zwischen seinen Straßenbahnausweis und Friedas Fotografie.

Ich schluckte; jetzt, wo Vater mitging, hätte ich doch lieber gehabt, er wäre bei mir geblieben.

Aber nun war es zu spät; der Baron hatte sich schon vor seinen Gästen verbeugt. «Warten Sie bitte nicht mit dem

Kaffee auf uns», sagte er und setzte seinen Hut wieder auf. «Und was Ihre Wünsche betrifft, die werde ich mir durch den Kopf gehen lassen.»

Herr Jankel Freindlich wollte etwas antworten; er bekam jedoch nur ein Räuspern zustande.

«Auf Wiedersehen», sagte auch Vater jetzt. «Und lassen Sie uns bitte nicht mehr böse sein miteinander. Ob Welt oder nicht – ich schätze Sie alle.» Darauf drückte er mir seinen eisverkrusteten Schnurrbart auf die Backe, und dann gingen sie los.

Ich sah ihnen nach, bis sie auf der endlosen Schneefläche draußen nur noch wie zwei winzige, verlorene Rußstäubchen wirkten. Dann kam ich mir auf einmal auch selber derart verloren und stäubchenhaft vor, daß ich mich schnell umdrehte, um wenigstens einen Halt für die Augen zu haben. Die anderen waren schon reingegangen. Gerade ging auch die Tür vom Schweinestall zu, und ich sah eben noch Swertlas blasses, vermummtes Kindergesicht dahinter wieder ins Dunkel eintauchen; sie hatte sehr besorgt ausgesehen. Ich lief noch ein bißchen auf dem Hof hin und her; ich wußte nicht, woran es lag, ich scheute mich plötzlich, ins Gutshaus zu gehen.

Über der Tenne hing tief und glanzlos die Sonne; man bekam Herzklopfen, wenn man sich vorstellte, daß sie in diesem Jahr nicht mehr aufgehen würde. Ich sah noch eine Weile den Hühnern zu, die eins hinter dem anderen, ohne zu drängeln, ihre Leiter raufstiegen. Dann fingen die Schatten an, länger zu werden, und ich merkte, daß ich Angst zu kriegen begann, und da ging ich *doch* rein; aber nur in die Küche. Ich ließ mir von der Köchin eine Wärmflasche geben und legte mich in unserem Zimmer angezogen ins Bett und versuchte mir einzureden, daß Wölfe Menschen nichts täten, und schon gar nicht Menschen wie Vater und dem Baron. Darüber schlief ich ein.

Ich wachte davon auf, daß im Haus irgendein Motor lief, eine Zentrifuge oder so was. Ich setzte mich und lauschte, ich hatte gar keine Zentrifuge gesehen. Jetzt erst erkannte ich, daß es auch gar keine war; es war mein Herz.

Die Dunkelheit hatte zugenommen inzwischen, es war wohl schon Abend; nur der Schnee auf dem Hof schimmerte schwach und warf einen fahlen Lichtwiderschein gegen die Decke. Ich überlegte, ob es vielleicht Sinn hätte, für Vater zu beten. Ich glaubte, schon; doch zu wem? Früher hatte ich manchmal zu den Zwergen gebetet, zur Feuerwehr, zum Kleiderschrank, zur Spree. Aber es mußte ja eine Macht sein, die für Kalünz zuständig war, die Preppe vielleicht. Doch die Preppe war mir zu unbeteiligt. Ich überlegte, wie es mit dem Eisvogel wäre. Aber man wußte nicht recht, ob er jemand hinter sich hatte; und der Eisvogel *allein*? Nein, es mußte etwas Machtvolleres sein. Ich dachte so angestrengt nach, daß ich Kopfschmerzen bekam. Aber dann hatte ich es: die Schweine; zu den Schweinen würde ich beten. Denn es war doch wohl kein Zufall gewesen, daß der Baron sich mit Vater in das Büschel Borsten geteilt hatte. Schön, Bradek behauptete zwar, die schwarzen Schweine des Barons hätten Unglück gebracht. Aber hatte Vater nicht immer gesagt, das Schicksal wäre gut und böse zugleich? Es kam aufs Gebet an, wie sich das Schicksal entschied.

Ich stand auf und tastete mich im Dunkeln zur Treppe. Plötzlich schwang dicht vor mir knarrend eine Stubentür auf. Ich hielt den Atem an und preßte mich entsetzt gegen die Wand: es war die Tür zum Zimmer der alten Baronin. Doch es blieb dunkel dahinter, und alles war still; wahrscheinlich schloß die Tür nur nicht richtig, und trat man auf eine der Dielen vor ihr, dann klappte sie auf, mit Vater zusammen hatte ich das ja schon einmal erlebt. Auf Zehen schlich ich heran; und ich wollte die Tür eben wieder zumachen, da sah ich drin, in den Spiegel geklemmt, etwas Helles: den Brief; den Brief mit dem Ultimatum darin. Ich überlegte, was wohl geschähe, wenn die Tür etwa mal vor dem Dentisten Ledinek aufschwang. Nein, es war mir auf einmal ganz klar: sollte der Baron den Brief auch erhalten, war es das Beste, ihn an mich zu nehmen; und ich trat ein und schob ihn mir unter den Sweater.

Von draußen fiel etwas Schneehelligkeit rein, man konnte den Raum ganz gut überblicken. Es war wohl das unordentlichste und zerwühlteste Zimmer, das ich je in meinem Leben gesehen hatte. Haarnadeln, Kämme, Schnürsenkel, Pillenschächtelchen, aufgerissene Briefbündel, zerknäulte Kleider und knirschende Parfümflaschensplitter lagen herum. Die Tür des Kleiderschranks war aus den Angeln gegangen, nur noch ein Säckchen Lavendel baumelte drin. Über dem Bett hing schief ein großer, verblichener Abreißkalender mit der Zahl 1938 darauf; er war leer. Betäubt von dem Geruchsdurcheinander aus Mottenpulver, Puder, Arzneien, Parfüms zog ich mich wieder zurück und schloß aufatmend die Tür hinter mir. Dann ging ich runter.

Aus dem Eßzimmer drang Licht. Ich blickte durch das Schlüsselloch rein. Die Gäste des Barons waren um die Petroleumlampe zusammengerückt und lasen schweigend und sehr konzentriert in denselben vergilbten Jagdzeitschriften, über die sie sich noch am Morgen so aufgeregt hatten. Der Dentist Ledinek fehlte; wie ich ihn kannte, war er schlafengegangen, um gegen Mitternacht dann besser bei Kräften zu sein. Herr Jankel Freindlich hatte sich abseits gesetzt, er stützte die Stirn in die Hände und sah starr auf sein Schachbrett, auf dem nur noch zwei Bauern und die Könige standen. Ich wartete, ob vielleicht einer was sagte; aber sie redeten nicht. Da zog ich mir meinen Mantel an und ging raus.

Ein schneidender Wind hatte zu wehen begonnen, er blies knisternde Eiskristalle gegen das erleuchtete Küchenfenster und jagte schmale, langhinwallende Schneebänder über den Hof. Auf der Tenne war Licht. Im Vorbeigehen konnte ich durch das offenstehende Tor die Gutsarbeiterfrauen in ihren Feiertagskleidern noch mal die Dielen blankfegen sehen. Papiergirlanden hingen von der Decke herab, und an den beiseite gerückten Maschinen waren Windlichter und bunte Lampions befestigt. Die Gutsarbeiter standen mit ausgestreckten Händen um einen Koksrost herum; sie schwiegen.

Vor dem Schweinestall machte ich halt. Ich hatte mir vorgenommen, hier draußen zu beten, und dann wollte ich reingehen und sehen, was mir die Schweine zu antworten hätten. Ich war furchtbar aufgeregt, mein Herz klopfte jetzt so sehr, daß ich gar nicht mehr richtig Luft holen konnte; ich keuchte nur noch. Ich nahm all meine Kraft zusammen, und dann schloß ich die Augen, preßte die Stirn gegen die Schweinestalltür und sprach das Gebet. Ich bezog alle mit ein, auch Frieda und die Baronin, nur den Dentisten Ledinek nicht. Darauf wartete ich noch etwas, damit das Gebet auch genügend Zeit hätte zu wirken, und um die Schweine sich ihre Antwort in Ruhe zurechtlegen zu lassen; und dann trat ich ein.

Totenstille herrschte im Stall. Das grelle Glühbirnenlicht lag strenger auf den Tieren denn je. Sie standen, die witternden Rüssel gegen die Troggitter gestemmt, bewegungslos in den Buchten; nur ihre schwarzen, stählern funkelnden Schwarten zuckten hin und wieder erdbebenhaft auf. Von keinem war das Gesicht zu erkennen, es sah aus, als hielten sie sich mit ihren Schlappohren die Augen zu, um etwas Grauenhaftes nicht mitansehen zu müssen. Verstört lief ich die Buchten entlang und kuckte nach, ob nicht wenigstens ein paar sich anders verhielten. Aber nein, sie waren sich einig.

Da machte ich einen letzten, verzweifelten Versuch. Ich ging zu dem dicksten von allen, stieg auf das Troggitter rauf und streichelte es. Doch es rührte sich nicht. Ich beugte mich tiefer und flüsterte ihm ein paar Freundlichkeiten ins Ohr; und da passierte es: Der Brief der Baronin rutschte mir unter dem Mantel hervor und fiel dicht neben der Schnauze des Schweins in den Trog. Ich sprang sofort runter und versuchte, ihn wieder herauszubekommen, aber das Schwein beroch ihn bereits, und da fing es auch schon an, auf ihm zu kauen, und ich sah ihn langsam unter den mahlenden Hauern verschwinden.

Nun wußte ich überhaupt nicht mehr, was ich anfangen sollte; ich ließ mich auf eine umgedrehte Schubkarre fallen und blickte dumpf vor mich hin. In Berlin hätte man jetzt wenigstens noch Frieda gehabt. Sie war zwar untergetaucht, jedoch wenn es mal ganz schlimm kommen sollte, hatte sie gesagt, dann wäre sie natürlich für uns genauso da, wie im Augenblick für die Genossen. Ich hatte plötzlich wahnsinniges Heimweh nach ihr. Bestimmt hätte sie einem auch jetzt helfen können, Frieda hatte uns *immer* geholfen. Aber hier –? Wer half einem hier? Swertla! schoß es mir da durch den Kopf; Swertla konnte mir helfen; sie hatte ja *auch* Angst um den Baron. Ich sprang auf und rannte zu ihrer Kammer. Nichts rührte sich drin, als ich klopfte. Ich rief ihren Namen und klopfte noch mal – nichts. Da trat ich ein.

Es war die sauberste und ordentlichste Kammer, die sich vorstellen läßt. Nichts lag herum, alles befand sich pedantisch auf seinem Platz. Man konnte fast ein bißchen Angst vor dieser Ordnung bekommen; sogar der Teddybär, der auf dem Kopfkissen saß, hatte steif die Arme anlegen müssen. Über dem Waschtisch, genau in der Mitte, war vor kurzem erst ein bunter, funkelnagelneuer Abreißkalender angebracht worden, kein Blatt fehlte, und es prangte die goldgeprägte Zahl 1939 darauf. Am Schrank hing Swertlas Feiertagskleid, es war aus steifem blauem, etwas verschossenem Kattun und darunter standen, streng ausgerichtet, die Schuhe; sie waren sehr derb, aber blank.

Mir fiel ein, Swertla könnte vielleicht im Gesindehaus sein; aber die Fenster dort waren dunkel. Da ging ich rüber zur Tenne. Der Wind war noch stärker geworden inzwischen, er wehte so eisig, daß es einem den Atem verschlug. Kein Stern war zu sehen. Die rostige Pflugschar, die in dem abgestorbenen Birnbaum als Vesperglocke aufgehängt war, schlug summend gegen den Stamm. Das Tennentor war nun zu; flirrige Lichtlanzen steckten überall in den Ritzen, und man konnte hallendes Stimmengemurmel und mißmutig einen Ziehharmonikabalg aufseufzen hören. Ich öffnete mühsam einen Spalt breit das Tor und schob mich hinein.

Die Tenne war jetzt ein riesiger Tanzboden geworden. Rechts und links standen Bänke zwischen den glosenden Koksrosten, und mitten im Raum thronte auf einer Häckselmaschine ein glänzendes Bierfaß. Ein Fiedler war auch schon da, er ließ sich von dem Harmonikaspieler den Ton angeben und stimmte mit schiefgehaltenem Kopf seine Geige danach. Als die Gutsarbeiter und ihre Frauen mich sahen, hörte das Stimmengewirr auf.

Was ich hier suchte, fragte Bradek, der gerade das Faß hatte anstechen wollen, und warf den Holzhammer hoch und fing ihn dann wieder.

Ob Swertla hier wäre, fragte ich ihn.

«Nee», sagte Bradek; «die hat was Besseres vor.»

«Was denn», fragte ich hastig.

«Was Wunderhübsches», sagte Bradek: «sie rennt ihrem Traumprinzen nach.»

Von den Frauen kicherten welche.

«Wem –?» fragte ich.

«Dem Baron», sagte Bradek und warf wieder den Holzhammer hoch.

«Sie ist dem Baron nachgerannt?!» rief ich.

«Pironje», sagte Bradek, «verstehst du kein Deutsch?»

«Still mal –!» rief da einer der Männer.

Bradek schob sich lauschend den Hut aus der Stirn. Ich hatte das Tor aufgelassen, ein Windstoß fuhr jetzt herein und ließ die Petroleumlampen schaukeln, so daß ihre Schatten wie große schwarze, stumme Glocken über uns hin und her pendelten.

«Da –!» rief der Mann wieder und hob den Zeigefinger empor.

Ein langgezogenes, schauerlich trauriges Heulen, in dem noch die ganze Leere und Verlorenheit der Schnee-Ebene mitschwang, war draußen zu hören.

«Verdammt», sagte Bradek. Er biß sich heftig einen neuen Tabakpriem ab und begann, mit mahlenden Kinnbacken auf ihm zu kauen. «Kommt mal mit raus», sagte er dann zu den Männern. Ein paar gingen auch mit, doch die meisten blieben drin bei den Frauen, die auf einmal ganz hektisch zu lachen anfingen und die Musikanten bestürmten, sie sollten beginnen.

Ich schob mich auch wieder mit raus; jemand knallte das Tor hinter mir zu, und jetzt war es ganz dunkel um uns, und ich stand zitternd neben den Männern und lauschte mit ihnen. Drüben im Gutshaus hatten sie es auch gehört; ich sah sie dicht zusammengedrängt neben der Freitreppe stehen, und einmal blitzte auch stumpf der Goldrücken von Graf Stanislavs Rilke-Band auf.

Jetzt stieg fern, am Rand der Schnee-Ebene draußen, wieder dieser furchtbare Heulton empor; mir schlugen die Zähne aufeinander vor ihm. Diesmal war er bestimmt auch zu den Schweinen gedrungen, aber sie verhielten sich still. Plötzlich fingen hinter uns in der Tenne die Musikanten an, wie rasend einen Krakowiak zu spielen, und gleich war der riesige hallende Raum mit stampfenden Schritten und rhythmischem Klatschen und mit schrillen Schreien gefüllt, und da krachte auch schon das Tor wieder auf, und aus der flutenden Helle hervor brachen lärmend ein paar von den Frauen und zerrten Bradek und die anderen Männer mit rein. Es ging sehr schnell; ich begriff gar nicht richtig, daß ich jetzt allein hier stand. Aber dann ließ der Wind auf einmal nach, und über der Preppe trat zerbrechlich und blaß der Mond aus den Wolken hervor und tauchte Kalünz und alles, was zu ihm gehörte, voll in sein kaltes, kränkelndes Licht. *Da* wußte ich, daß ich allein war.

Doch ich wußte auch noch etwas. Ich wußte, daß ich es jetzt hier nicht mehr aushielt; es gab keinen Ofen und kein warmes Zimmer mehr vor diesem Geheul; es gab nur eins: Vater und dem Baron entgegenzugehen, wie es ja auch Swertla erkannt hatte. Drüben an der Freitreppe stand jetzt auch niemand mehr; natürlich, wer sollte da auch noch stehen. Ich lauschte angestrengt, aber es war jetzt nur der Krakowiak zu hören. Da dachte ich ganz fest an Vater und an den Baron und an Frieda und an Berlin und an all unsere Freunde, und dann ging ich los.

Ich hatte eben das Hoftor erreicht, als ich rennende Schritte hinter mir hörte. Ich drehte mich um, und da kam mit flatterndem Ulster und beschlagenem Zwicker Herr Jankel Freindlich heran.

Erst dachte ich, daß er mich zurückholen wollte; aber nein, Herrn Jankel Freindlich ging es wie mir, er hielt es im Gutshaus nicht aus; und dann, sagte er, hätte er auch noch etwas gutzumachen.

Gerade da war wieder das Heulen zu hören, und es war jetzt so laut, daß es sogar die Musik übertönte.

«Sie kommen näher», flüsterte Herr Jankel Freindlich erregt.

Ich konnte nicht gleich antworten, die Zähne schlugen mir zu sehr aufeinander. «Ja», würgte ich dann mühsam hervor; «aber das ist mir gleich.»

«Mir auch», sagte Herr Jankel Freindlich zitternd. Darauf nahm er mich bei der Hand, und mit eingezogenem Kopf und den Blick starr auf des Barons und auf Vaters Spuren gesenkt, traten wir auf die Schnee-Ebene hinaus.

Der Mond war längst wieder weg, es war zu unruhig am Himmel. Ich hütete mich raufzusehen, aber man merkte es daran, daß der Schnee sich dauernd verfärbte; mal war er silbern, mal grau, mal schwarz, mal metallen. Wir liefen sehr schnell, wir keuchten schon beide, und der Wind riß uns große, flappende Atemwattebäusche vom Mund. Es war sehr seltsam, jetzt hier über diese endlose Schneefläche zu laufen. Mir war, als bliebe alles, was ich bisher erlebt hatte, für immer hinter mir liegen, und es würde nie wieder auch nur annähernd so schön werden können, wie Vater es mir bisher gemacht hatte. Auf einmal fielen mir all unsere wunderbaren Tage in Berlin wieder ein. Ich sah die Laubenkolonien von Weißensee, die Malchower Dorfkirche, den Alexanderplatz, die Spree; ich hörte die Mauersegler über dem Prenzlauer Berg und die Krähen in der Platanengruppe neben dem Kronprinzenpalais; ich roch die muffige Luft, die aus den Tageskinos in der Münzstraße quoll und den brodelnden Kieferndufft, der im August über dem Grunewald stand, und ich schmeckte die Bierwurst, die es bei Aschinger gab und die Weiße mit Schuß, auf die Vater so schwor, und plötzlich hatte ich ein so wildes und rasendes Herzklopfen, daß ich Herrn Jankel Freindlich bitten mußte, mal einen Augenblick stehenzubleiben.

Er lauschte gleich wieder; doch das Geheul war verstummt. Es war jetzt ringsum ganz still. Aber es war eine böse, schleichende Stille, sie glitt auf Windpfoten über den Schnee, und ständig zog sie dabei sprungbereit ihr Wolkenrückgrat zusammen. Dann jedoch riß die Wolkendecke entzwei, und in einen großen, heiligenscheinartigen Hof eingebettet, blickte mit schiefgehaltenem Kopf der Mond auf uns nieder. Herr Jankel Freindlich klappte seine Taschenuhr auf und versuchte, unter seinem beschlagenen Zwicker hervor, das Zifferblatt zu erkennen.

«Halb zehn», sagte er seufzend; «praktisch ist das alte Jahr schon gestorben.»

Und da sah ich sie. Erst glaubte ich zu träumen, denn Herr Jankel Freindlich hielt mich besorgt am Handgelenk fest, als ich losrennen wollte, und behauptete zwinkernd, nein, dort vorn bewegte sich nichts. Aber dann bat ich ihn, mal seinen Zwicker zu putzen; er tat es, und da rief er auch schon: «Herr Doktor!» und «Herr Baron!», und winkend und schreiend rannten wir ihnen entgegen.

Jetzt konnte man auch erkennen, daß sie jeder was trugen, der Baron eine gedrungene Last auf dem Rücken, Vater eine lange sperrige über der Schulter. Ich war so außer mir, Vater wohlbehalten wiederzusehen, daß ich blindlings auf ihn losstürzte und ihn heulend und lachend umschlang. Dann erst blickte ich zu ihm auf.

Ich bekam einen so furchtbaren Schreck, daß mir die Knie wankten: Die bohnenstangenhaft steifen Beine der alten Baronin ragten über Vaters Schulter hinweg, und er hatte das eine von ihnen so fest gepackt, als hätte er sich keinen Menschen sondern eine Hocke Holz aufgeladen. Das Grauenhafteste jedoch war Vaters Gesicht. Sein Schnurrbart war plötzlich schneeweiß, und da er zu lächeln versuchte, was aber mißlang, sah es aus, als schnitte ein höhnischer Greis, der Vater nachmachen wollte, eine Grimasse vor mir.

Ich mußte erst eine ganze Weile betäubt neben ihm herstolpern, bis ich begriff, Vaters rauchender Atem hatte sich in seinem Schnurrbart als Reif abgesetzt; und was die Grimasse betraf, die kam durch Vaters Erschöpfung zustande. Die Baronin war tot.

Ich wagte nicht, darauf auch den Baron anzusehen, denn der hatte sich Swertla auf den Rücken geladen. Dann hielt ich die Ungewißheit aber nicht länger aus und ich blickte verstohlen an ihm empor.

Ihm fehlte der Hut; das gelbe Haarbüschel stand steil in die Höhe, es sah in dem Mondlicht wie ein brennender Kerzendocht aus. Swertla schlief zum Glück nur. Ihr kurzgeschorener Kopf war dem Baron auf die Schulter gesunken und pendelte im Gehen sanft hin und her.

Wir kamen jetzt nur langsam voran und mußten auch häufig verschnaufen. Einmal war ganz dicht hinter uns ein heiser hechelndes Belfern zu hören. Vater versuchte zwar gleich, es mit einem Räuspern zu übertönen, aber das nützte nicht viel; und dauernd sah sich Herr Jankel Freindlich im Weiterlaufen jetzt um, denn der Mond hatte die Wolken inzwischen gebändigt und war beständig geworden, so daß man weithin über die Schnee-Ebene sehen konnte.

Und dann lag ganz plötzlich das Gutshaus im Mondlicht, und die Preppe tauchte links auf; und noch ein paar hundert Schritte, und wir betraten den Hof. Ich konnte es gar nicht verstehen, daß erst ein einziger Tag vergangen sein sollte, seit uns Bradek im Schlitten hier reingefahren hatte; mir war zumut, als lägen tausend Tage dazwischen.

In der Tenne war die Musik gerade einen Augenblick still, so daß man das hechelnde Belfern, das eben wieder auf der Schneefläche draußen erklang, jetzt ganz deutlich hörte. Es war mehrstimmig geworden, und Vater konnte sich noch so laut räuspern, man kam nicht mehr gegen es an. Ich wunderte mich über die Schweine, sie schwiegen noch immer.

Unter dem abgestorbenen Birnbaum blieben wir stehen, und Vater lehnte sich mit seiner brettsteifen Last erschöpft an ihn an.

Vater möchte doch die Freundlichkeit haben, sagte der Baron, die alte Dame ins Herrenzimmer zu bringen. Darauf ruckelte er sich Swertla noch einmal zurecht und ging mit ihr zum Schweinestall rüber.

Vater schien selbst jetzt noch was gegen Swertla zu haben; er murmelte irgendeine Ungehörigkeit vor sich hin und stieß sich dabei so ungehalten vom Stamm ab, daß eine von den gekrümmten Stiefeletten der alten Dame heftig gegen die rostige Pflugschar stieß, die in den Ästen des Birnbaums aufgehängt war. Es gab einen glockenhaft hellen, lang anhaltenden Ton, auf den hin in der Küche sogleich Bewegung entstand: man sah die versorgten Gesichter unserer Freunde am erleuchteten Fenster erscheinen und angestrengt in die Dunkelheit starren.

Vater blinzelte gereizt zu ihnen hinüber. Herr Freindlich möchte doch so nett sein, sie schonend auf das Geschehene vorzubereiten.

Er mußte es zweimal sagen, Herr Jankel Freindlich lauschte immer noch mit eingezogenem Kopf und dick beschlagenem Zwicker auf die Schnee-Ebene hinaus. Doch nun fingen drin auf der Tenne die Musikanten an, eine Polka zu spielen, und Pfiffe und Schreie und galoppierende Schritte ertönten dazu; das erleichterte es Herrn Jankel Freindlich ein wenig, wieder zu sich zu kommen;

er fuhr sich über die Stirn und flüsterte hastig, jawohl, er würde es den anderen sagen.

«Los», sagte Vater darauf zu mir, «mach mir die Tür auf, daß man nicht dauernd anstößt mit ihr.»

Sein Ton befremdete mich; doch er hing wohl mit seiner Ermüdung zusammen. Ich lief also vor und machte die Türen auf und half ihm, die alte Dame im Herrenzimmer auf das Wachstuchsofa zu legen.

«Einen Augenblick Ruhe», sagte Vater und fiel in einen der Sessel.

Ich schloß auf Zehen die Tür und setzte mich zu ihm. Es war dunkel im Raum; die Standuhr zählte ächzend die Zeit.

«Es war *so*», sagte Vater nach einer Weile, und Gott sei Dank begann der Reif in seinem Schnurrbart jetzt langsam zu tauen: «Sie war schon tot, als wir kamen; erfroren. Nein, niemand hatte ihr etwas getan. Sie saß steif und wohlbehalten am Tisch, vor sich einen angefangenen Brief an ihren gestorbenen Mann. Es war Brennholz genug da, sie hätte es sich mit Leichtigkeit warm machen können; aber sie hatte es wohl vergessen. Das heißt», sagte Vater, «es kann natürlich auch sein, daß sie an einer ganz anderen Kälte gestorben ist.» Er schwieg einen Moment und lauschte abwesend. «Wie dem auch sei», sagte er dann, «sie war jedenfalls tot, als wir kamen. Es war inzwischen dunkel geworden, deshalb wärmten wir uns gar nicht erst auf in der Hütte sondern trugen die alte Dame hinaus. Sie war so steif, daß man sie hinstellen konnte; wir lehnten sie gegen eine Fichte und waren gerade dabei, in der Hütte drin ihre Siebensachen zusammenzupacken, da hörten wir draußen so ein merkwürdiges Hecheln. Wir traten raus, und da sahen wir sie; sie hatten die alte Dame umzingelt und schnappten lautlos nach ihr.» Vater rieb sich frierend die Schultern, dann sah er mich durchdringend an. «Du denkst jetzt: die Wölfe.»

Ich nickte erregt.

«Du irrst dich», sagte Vater; «wir haben uns alle geirrt, auch der Baron. Es sind Hunde gewesen, Dutzende von Hunden; Schäferhunde, Dorfköter, Jagdhunde – alle Sorten. Sie hatten fast sämtlich noch ihre Halsbänder um; das sah merkwürdig aus, beinah wie uniformiert.» Vater wartete, bis der Standuhrschlag verklungen war; viertel zwölf war es jetzt. «Wölfe», sagte er dann, «wären wahrscheinlich gar nicht weiter gefährlich gewesen; sie sind feige, sie greifen einen nicht an. Hunde aber wissen mit Menschen Bescheid, sie sind ja bei ihnen in die Lehre gegangen. Und sie wissen auch, daß der Mensch zu einem Großteil aus Feigheit besteht; schließlich, warum hält er sich denn einen Hund? Aus Angst; er soll ihn beschützen: vorm Alleinsein oder vor einer Gefahr – das kommt aufs selbe heraus.»

Vater schien etwas den Faden verloren zu haben, er sah abwesend auf seine Schuhspitzen nieder. «Ach so», sagte er dann: «Sie hatten also die alte Dame umzingelt. An sie ranzukommen, das war noch zu machen; aber dann war es aus. Sie zogen den Kreis um uns so eng, daß wir nichts weiter tun konnten, als uns, Rücken an Rücken, gegen die alte Dame zu stemmen und ihr die Hunde mit Fußtritten vom Leibe zu halten; das heißt, natürlich nicht ihr nur allein.» Vater atmete heftig. «Keine Ahnung, wie es unter diesen Umständen ausgegangen wäre; übel, nehme ich an. Aber plötzlich kam Swertla hinter der Jagdhütte hervor. So», sagte Vater, «und nun gib acht, und dann wirst du vielleicht verstehen, warum ich sie, trotz ihrer Tüchtigkeit, nicht sonderlich schätze.»

Er saß jetzt sehr gerade und atmete ein paarmal tief durch die Nase; seine Schnurrbartenden zitterten. «Weißt du, was sie gemacht hat, als sie uns da in dieser Bedrängnis erblickte?»

«Nein», sagte ich.

«Sie hat ihnen gepfiffen. So:» Vater steckte zwei Finger in den Mund. «Es war ein richtiger, grauenhaft schriller Feldwebelpfiff. Er war sogar den Hunden zuviel, sie klemmten die Schwänze ein und schlichen beiseite. Nicht alle, nein; aber die meisten. Doch Swertla wurde auch mit den restlichen fertig.» Sein Tonfall war richtig bitter geworden, ich verstand ihn nun allmählich *wirklich* nicht mehr. «Soll ich dir sagen, was sie mit ihnen gemacht hat?» Er beugte sich etwas vor und sah mit hochgezogenen Brauen durch mich hindurch. «Bei Namen genannt hat sie sie und ihnen Kommandos gegeben, woraufhin sie sich dann auch allmählich verdrückten. Na –?» Jetzt blickte er mir starr ins Gesicht, sein linkes Augenlid flatterte heftig.

«Es waren Hunde aus der Umgebung», sagte ich; «sie hat sie gekannt.»

Vater nickte schwerfällig, der Tod der alten Dame schien ihn doch mehr mitgenommen zu haben, als er sich anmerken ließ. «Natürlich, das ist eine Erklärung. Aber eben auch nur *eine*, und leider auch nur eine sehr unvollkommene.» Er lehnte sich wieder im Sessel zurück und schloß einen Moment lang die Augen. «Hinzukommt», sagte er darauf, und der gekränkte Unterton in seiner Stimme war nun nicht mehr zu überhören, «hinzukommt natürlich auch noch: sie hat uns maßlos beschämt. Obendrein nämlich war sie fast die ganze Strecke von Kalünz bis zur Jagdhütte gerannt und nun dermaßen am Ende, daß sie buchstäblich zusammenbrach, nachdem sie die Hunde weggescheucht hatte.» Vater lauschte wieder. Aber der Wind wehte nur ein paar ferne Mazurka-Fetzen herüber.

Es war seltsam, zum ersten Mal in meinem Leben war ich über Vater empört. «Aber du willst Swertla da doch wohl keinen Vorwurf draus machen», sagte ich scharf; «oder –?»

Vater nagte eine Weile schweigend an seinen Schnurrbartenden, sie waren nun wieder ganz rot. «Ich weiß, daß du sie gernmagst», sagte er dann.

Jetzt schwieg ich auch.

Draußen konnte man die leise sporenklirrenden Schritte des Barons den Flur entlangkommen hören. Vor unserer

Tür verhielten sie kurz. Da schlug die Standuhr halb zwölf, und man hörte den Baron hastig die Treppe raufgehen.

«Er wird sich erst umziehen», sagte Vater.

Es hatte sehr deprimiert geklungen, und bestürzt sah ich zu ihm auf. Plötzlich erkannte ich: Vaters Schnurrbartenden hingen so tief herab wie noch nie. «Ich wollte dich nicht traurig machen», sagte ich schnell.

«Ich weiß», sagte Vater; «ich bin's ja auch nicht nur deinetwegen.»

«Wegen der alten Dame», sagte ich; «nicht –?»

«Nein», sagte Vater; «das ist Schmerz, nicht Trauer.»

«Etwa wegen des Barons –?» fragte ich heiser.

«Seinetwegen auch, ja.»

«Aber warum?!» rief ich; «man braucht doch seinetwegen nicht Trübsal zu blasen!»

«Warte es ab», sagte Vater; «du wirst es in ein paar Minuten selber beurteilen können.» Er stand auf und schob seinen Sessel ans Kopfende des Sofas und setzte sich wieder.

«Und warum *noch?*» fragte ich.

Vater verstand mich nicht gleich, er war nun auch zu sehr in den Anblick der alten Dame versunken.

Ich hüstelte etwas; ich mußte es ganz wissen, wie sollte ich ihn sonst trösten? «Warum du *noch* traurig bist.»

Zögernd hob Vater den Kopf; jetzt fiel wieder voll das Mondlicht auf sein Gesicht. Ich erschrak, als ich es sah; Vater war zwar schon immer ernst gewesen, aber *so* ernst hatte ich ihn noch niemals gesehen. «Wegen Kalünz», sagte er; «ich hab mich geirrt; ich hatte es für eine Insel gehalten.»

«Aber es ist doch auch eine», sagte ich schluckend; «deshalb sind wir doch hierher geflohen!»

«Heb dir das Wort geflohen noch auf», sagte Vater.

Draußen waren tastende Schritte zu hören; gleich darauf klopfte es leise, die Tür ging auf, und von Herrn Jankel Freindlich geführt, der zwei ängstlich flackernde Kerzenstümpfe vor sich her balancierte, traten unsere Freunde herein.

Der Tod der Baronin war ihnen nun doch erschreckend nahgegangen. Rochus Felgentreu hielt fröstelnd Herdmuthe umschlungen, die sich pausenlos mit seinem geblümten Taschentuch die schon ganz schattig geweinten Augen betupfte. Die blaugeäderten Ohren des Oberst zuckten ärger denn je; er preßte sich die Hand gegen die Rippen und lauschte angstvoll in sich hinein, als vergliche er den Takt seines Herzschlags mit dem Standuhrticken im Raum. Graf Stanislav weinte; die Spinnenfinger um seinen Rilke-Band geflochten, dessen Goldrücken, trotz des Küchenschabenflecks, in dem Kerzenschein jetzt beinah bibelhaft wirkte, beugte er sich mit eng in die Hüften gepreßten Ellenbogen scheu zu der alten Dame hinab. «Wahrhaftig», flüsterte er, «es ist wahr.»

Vater stand auf; er räusperte sich. «Anstand, Friedfertigkeit, Würde –: es ist nicht in Worte zu kleiden, was mit der Baronin dahingeht.»

«Ich danke Ihnen von Herzen», antwortete da vom Eßzimmer her eine schleppende Stimme.

Wir hatten gar nicht bemerkt, daß der Baron drüben eingetreten war; er kam jetzt herein und blieb einen Augenblick schweigend dicht neben Vater und vor seiner Großmutter stehen. Nein, er hatte sich nicht umgezogen, er trug dieselbe verschossene Windjacke wie stets, nur die Sporen hatte er abgeschnallt. Nun straffte er mit einem entschlossenen Ruck seine Jacke. «Niemand trifft Schuld; denn niemand hätte sie aufhalten können.»

«Ich widerspreche Ihnen», sagte Herr Jankel Freindlich, der von seinen zwei Kerzenstümpfen umzuckt, klein und mit eingezogenem Kopf, am Fußende stand.

Der Baron sah ihn abwesend an. «Ihr Widerspruch ehrt Sie; doch die Wahrheit verändert er nicht.»

Im Obergeschoß klingelte klirrend ein Wecker, und man hörte, wie der Dentist Ledinek fluchend aus seinem

Bett und auf den Fußboden sprang; und zugleich schlug auch die Standuhr dreiviertel.

Der Baron tastete nach seiner Krawatte, die jedoch, wie immer, vorbildlich saß; es war das erste Mal, daß man ihn in Unruhe sah. «Die Zeit drängt», sagte er. «Wenn ich Sie jetzt bitten dürfte, mir ins Eßzimmer zu folgen.»

«Mir», sagte da Vater, «erlauben Sie wohl, bei der Frau Baronin zu bleiben.»

Er bäte ebenfalls, bei ihr bleiben zu dürfen, sagte Herr Jankel Freindlich schnell.

Der Baron verbeugte sich schweigend vor ihnen; darauf ging er mit den anderen rüber.

Ich blieb unsicher zurück.

Herr Jankel Freindlich hatte den einen seiner Kerzenstümpfe neben Vater ans Kopfende gestellt, der andere flackerte an den Füßen der Toten. Sie hatten sich beide wieder gesetzt; weder Vater noch Herr Jankel Freindlich bewegte sich mehr, nur ihre Schatten zuckten wild und geduckt zwischen den ausgestopften Vögeln an der Wand hin und her.

«Mit diesem Jahr», sagte da nebenan der Baron, «wird auf Kalünz die letzte Tugend begraben.» Seine Stimme klang so seltsam und neu, daß ich aufgeregt rüberschlich.

Eine heftig blakende Petroleumlampe stand auf dem Tisch; die Luftschlangengirlande über ihrem rußgeschwärzten Zylinder wogte sanft auf und nieder.

«Ich meine die Unschuld», sagte der Baron, der sich unter dem augenlosen Elchkopf an die Wand gelehnt hatte; «die Unschuld, die ich Sie sich, meine Freunde, als ich Sie einst zu mir einlud, bat zu erhalten.»

«Aber *noch*», sagte Graf Stanislav heiser, «hat sie doch niemand von uns hier verloren.»

«Verzeihen Sie, Graf –» Der Baron blickte Graf Stanislav ernst und liebevoll an: «Wollten Sie nicht Kontakt mit der Welt?»

Graf Stanislavs zerbrechliche Hände verschränkten sich

auf dem Rilke-Band zu einem unentwirrbaren Fingerknäuel. «Eine Laune, Baron; ein flüchtiger Wunsch.»

«Es war kein Wunsch», sagte der Baron, «es war eine Forderung.»

«Dann bitte ich», sagte Graf Stanislav hastig, «sie hiermit in aller Form zurücknehmen zu dürfen.»

«Tut mir aufrichtig leid, Graf.» Der Baron hob bedauernd die Schultern. «Wer den Kontakt mit der Welt *will,* der hat ihn im Geist schon vollzogen. Ich werde Ihnen im neuen Jahr einen Volksempfänger hinstellen lassen.»

«Aber ich», sagte der Oberst, der vor Erregung fast flüsterte, «ich darf von meiner Bitte doch absehen? Sie war überstürzt, man braucht keine Zeitung.»

«Doch», nickte der Baron, «doch, Herr Oberst, man braucht eine. Ich halte mir schon seit Jahren ein Blatt; ich werde es Ihnen in Zukunft herunterschicken.»

«Zehn vor zwölf», sagte da Vater von nebenan her pedantisch; «Herr Baron, ich sollte Sie an Ihr Versprechen erinnern.»

«Verbindlichsten Dank, Herr Doktor; sofort.» Der Baron wandte sich Rochus Felgentreu zu, dem plötzlich der Vollbart zu zucken begann, als arbeitete ein Motor darunter. «Sie haben recht behalten, mein Lieber.»

«Ich will nicht recht haben», sagte Rochus Felgentreu schluckend; «ich will unser altes Kalünz.»

Der Baron wiegte mit vorgeschobener Unterlippe den Kopf. «Trotzdem sagten Sie, die Welt ließe sich nicht ungestraft verschweigen – nicht wahr?»

«Ein dummes Bonmot, Herr Baron.» In Rochus Felgentreus dunkel umflortem künstlichem Auge glomm beschwörend ein schwacher Petroleumlampenwiderschein auf; «Sie wissen doch, wie wenig so eine Pseudowahrheit besagt.»

«Sie sollten nicht so bescheiden sein», sagte der Baron. «Haben Sie es heute nicht selber gesehen? –: Die Welt hat doch schon mit der Strafe begonnen.»

Herdmuthe fing an zu schluchzen. Und da wäre *sie* dem Baron mit dem Wunsch, ins Kino gehen zu dürfen, gekommen!

«Ich hätte ihn Ihnen gerne erfüllt», sagte der Baron; «nur leider empfiehlt es sich im Augenblick nicht, Kalünz zu verlassen.»

«Fünf Minuten vor zwölf», sagte Vater von nebenan monoton; «Herr Baron, Sie halten Ihr Versprechen nicht ein.»

Der Baron rückte seine Manschetten zurecht. «Doch, Herr Doktor; ich bin mir nur noch nicht über den Brautführer klar.»

«Über *wen?*» Herdmuthes Schluchzen war mit einem Schlag weg.

Ich hörte Vater nebenan einen seufzenden Atemzug tun. «Nehmen Sie den Jungen; der wird es wohl noch am ehsten verstehen.»

Der Baron sah mich an, als läge sein Schicksal bei mir. «Ja –?» fragte er; «übernimmst du dies Amt?»

Ich nickte erregt; ich wußte nicht, warum, mir kamen auf einmal die Tränen.

«Gut», sagte der Baron; «dann darf ich Sie jetzt bitten, mit mir zu kommen.»

Hastig folgten wir ihm auf den Flur. Fast im selben Moment kam, atemlos und noch Rasierschaum im roten Gesicht, der Dentist Ledinek die Treppe runtergerast. «Na, bitte!» schrie er, «da seid ihr ja alle!» Er riß sein Gewehr vom Kleiderhaken herab und schloß sich uns an.

Ich hatte richtig vermutet: der Baron führte uns zum Schweinestall rüber.

Es war kälter geworden. Der Mond stand jetzt so hoch, daß er Kalünz mit seinem blausilbernen Schein kaum noch erreichte. Auf der Tenne wurde ein Schieber gespielt, und man konnte den schurrenden Marschtritt der Tanzpaare hören. In den Ställen ringsum war es still.

«Ein Hund –» sagte da Graf Stanislav plötzlich und wies mit seinem Rilke-Band zum Hoftor hinüber.

Wir sahen ihn alle. Gedrungen und krummbeinig stand er da und hatte witternd zum Gut hin die Nase gehoben.

«Bitte sich zu beeilen!» rief der Baron, der bereits in dem grellen Lichtgeviert des Stalleingangs stand.

Wir rannten hinüber, und er führte uns weiter den Mittelgang hoch. In die Schweine war wieder Leben gekommen, sie standen schmatzend vor den frisch gefüllten Trögen und ließen behaglich dabei ihre Fransenschwänze propellern.

An Swertlas Kammertür machten wir halt. Gerade setzten nebenan auf der Tenne die Musikanten zum Sylvestertusch an.

«Bitte –» sagte der Baron heiser.

Ich war auf einmal ganz ruhig. «Jawohl», sagte ich; und ich krümmte den Zeigefinger und klopfte.

«Herein», sagte eine gepreßte Kinderstimme von innen.

Da öffnete ich und trat ein.

Swertla stand mitten im Raum. Sie hatte das blaue, verschossene Kattunkleid an, es hing steif um sie herum wie ein Zelt und reichte bis zu den machtvollen Schuhspitzen nieder. Auf ihrem rötlichen Haarfilz lag ein wenig Konfetti, und ihre grünen Augen sahen mich neugierlos an.

Ich machte einen Diener vor ihr und bat, sie hinausführen zu dürfen. Sie schien nichts dagegen zu haben. Da nahm ich sie bei der Hand, und wir überschritten die Schwelle.

Der Tusch auf der Tenne brach ab.

Ich räusperte mich. «Geschätzte Freunde», sagte ich, «darf ich Ihnen hier bitte das Fräulein Braut des Herrn Baron vorstellen.»

«Prosit Neujahr!» brüllte da eine trompetende Stimme, und zugleich krachte donnernd ein Schuß gegen die Decke. Die Schweine hörten auf zu fressen, sie hoben die Köpfe und versuchten, unter ihren Schlappohren hervorzusehen.

«Danke für die Aufmerksamkeit, Vetter Hubertus», sagte der Baron; «du wirst ein guter Soldat werden.»

Der Dentist Ledinek lächelte breit.